中公文庫

# 三浦老人昔話

## 岡本綺堂読物集一

岡本綺堂

中央公論新社

目次

附録

# 三浦老人昔話

岡本綺堂読物集一

口絵　山本タカト

# 三浦老人昔話

# 桐畑の太夫

## 一

今から二十年あまりの昔である。なんでも正月の七草《ななくさ》すぎの日曜日と記憶してゐる。わたしは午後から半七老人《はんしちろうじん》の家《うち》をたづねた。老人は彼《か》の半七捕物帳《はんしちとりものちよう》の材料を幾《いく》たびかわたしに話して聞かせてくれるので、けふも年始《ねんし》の礼を兼《か》ねてあは好《よ》くば又《また》なにかの昔話を聞き出さうと巧《たく》らんで、から風の吹く寒い日を赤坂まで出かけて行つたのであつた。

格子《こうし》をあけると、沓《くつ》ぬぎには新しい日和下駄《ひよりげた》がそろへてある。この頃《ごろ》はあまり世間《せけん》と交際《つきあい》をしないらしい半七老人の家にも、さすがは春だけに来客があると思つてゐると、わたしの案内を聞いておなじみの老婢《ばあや》がすぐに出て来た。広くもない家《うち》であるから、わたしの声が筒《つつ》ぬけに奥へきこえたらしい。横六畳《よころくじよう》の座敷から老人は声をかけた。

『さあ、お通りください。あらたまつたお客様ぢやありませんから。』

わたしは遠慮なしに座敷へ通ると、主人《しゆじん》とむかひ合つて一人の年始客らしい老人が坐《すわ》つてゐた。主人も老人であるが、客は更《さら》に十歳《とお》以上も老《ふ》けてゐるらしく、相当《そうとう》に時代のついてゐるらしい糸織《いとおり》の二枚小袖《にまいこそで》に黒斜子《くろななこ》の三《み》つ紋《もん》の羽織《はおり》をかさねて、行儀よく坐つていた。お定《さだ》まりの屠蘇《とそ》や重詰物《じゆうづめもの》もならべられて、主人も客もその顔をうすく染めてゐた。主人に対して新年の挨拶がすむと、半七老人は更にその客の老人をわたしに紹介した。

『こちらは大久保《おおくぼ》にお住居《すまい》の三浦さんとおつしやるので……。』

初対面の挨拶が型《かた》の通りに交換された後《のち》に、わたしも主人から屠蘇をすゝめられた。ふたりの老人と一人の青年とがすぐに打解《うちと》けて話しはじめると、半七老人は更に説明を加へて再び彼《か》の客を紹介した。

『三浦さんも江戸時代には下谷《したや》に住まつてゐて、わたしとは古いお馴染《なじみ》ですよ。いえ、同《どう》商売《しようばい》ぢやありませんが、まんざら縁《えん》のない方《ほう》でもないので……。番所《ばんしよ》の腰掛《こしかけ》では一緒になつたこともあるんですよ。はゝゝゝゝ。』

三浦といふ老人は家主《いえぬし》で、その時代の詞《ことば》でいふ大屋《おおや》さんであつた。江戸時代にはなにかの裁判沙汰があれば、かならずその町内の家主が関係することになつてゐるので、岡《おか》つ引《ぴき》を勤《つと》めてゐた半七老人とはまつたく縁のない商売ではなかつた。ことに神田《かんだ》と下谷とは土地つゞきでもあるので、半七老人は特にこの三浦老人と親しくしてゐたらしかつた。さうして、維新以後の今日《こんにち》まで交際《こうさい》をつゞけてゐるのであつた。

『むかしは随分《ずいぶん》おたがひに仲好《なかよ》くしてゐたんですがね。』と、三浦老人は笑ひながら云《い》つた。『このごろは大久保の方《ほう》へ引込《ひっこ》んでしまつたもんですから、どうも出無精《でぶしょう》になつて……。いくら達者だと云つても、なにしろこゝの主人にくらべると、丁度一《ちょうどひ》とまはりも上なんですもの、口ばかり強さうなことを云つても、からだやあんよが云ふことを肯《き》きませんや。それだもんですから自然御無沙汰勝《ごぶさたがち》になつてしまつて、今日《きょう》もこゝまで出て来るには眼あきの朝顔といふ形《かたち》なんですからね。いやもう意気地《いくじ》はありません。』

かれは持つてゐる烟管《きせる》を握つて、杖《つえ》をつく形をしてみせた。勿論《もちろん》、そのころの東京にはまだ電車が開通してゐなかつたのである。

『それでも三浦さんはまつたく元気がいゝ。殊《こと》に口の方《ほう》はむかしよりも達者になつたらしい。』と、半七老人も笑ひながらわたしを見かへつた。『あなたは年寄りのむかし話を聴くのがお好きだが、おひまがあつたら今度この三浦さんをたづねて御覧なさい。この人はなか〳〵面白い話を知つてゐます。わたくしのお話はいつでも十手《じって》や捕縄《とりなわ》の世界にきまつてゐますけれども、こちらの方は領分がひろいから、色々の変つた世界のお話を聴かせてくれますよ。』

『いや、面白いお話なんていふのはありませんけれど、時代おくれの昔話で宜《よろ》しければ、せい〴〵お古いところをお聴きに入れます。まことに辺鄙《へんぴ》な場末《ばすえ》ですけれども、お閑《ひま》のときには何《ど》うぞお遊びにおいでください。』と、三浦老人も打解けて云つた。

今とちがつて、その当時の大久保のあたりは山の手の奥で、躑躅《つつじ》でも見物にゆくほかには余《あま》りに足の向かないところであつたが、わたしはそんなことに頓着《とんじやく》しなかつた。わたしは半七老人から江戸時代の探偵ものがたりを聴き出すのと同じやうな興味を以《もつ》て、この三浦老人からも何かの面白い昔話を聴きたいと思つた。新しい話を聴かせてくれる人は沢《たく》山《さん》ある、寧《むし》ろだん〳〵に殖《ふ》えてゆくくらゐであるが、古い話を聴かせてくれる人は暁方《あけがた》の星のやうにだん〳〵に消えてゆく。今のうちに少しでも余計《よけい》に聴いて置かなければならないといふ一種の慾《よく》も手伝つて、わたしはあらためて、三浦老人訪問の約束をすると、老人は快く承知して、どうで隠居《いんきよ》の身の上ですからいつでも遊びにいらつしやいと云つてくれた。

その次の日曜日は陰《くも》つてゐた。底冷えのする日で、なんだか雪でも運《はこ》び出して来さうな薄暗い空模様であつたが、わたしは思ひ切つて午後から麴町《こうじまち》の家を出て、大久保百人町《ひやくにんまち》まで人車《くるま》に乗つて行つた。車輪のめり込むやうな霜《しも》どけ道を幾《いく》たびか曲《まが》りまはつて、やう〳〵に杉の生垣《いけがき》のある家を探しあてると、三浦老人は自身に玄関まで出て来た。

『やあ、よく来ましたね。この寒いのに、お強いこつてすね。さあ、さあ、どうぞおあがりください。』

南向きの広い庭を前にしてゐる八畳の座敷に通されて、わたしは主人の老人とむかひ合つた。

# 二

わたしは自分と三浦老人との関係を説《と》くのに、あまり多くの筆や紙を費《ついや》し過ぎたかも知れない。早くいへば、前置きがあまり長過ぎたかも知れないが、これから次々にこの老人の昔話を紹介してゆくには、それを語る人がどんな人物であるかと云ふことも先《ま》づ一通りは紹介して置かなければならないのである。しかしこの上に読者を倦《う》ませるのはよくない。わたしはすぐに本文《ほんもん》に取りかゝつて、この日に三浦老人から聴かされた江戸ものがたりの一つを紹介しようと思ふ。

三浦老人はかう語つた。

今日《こんにち》の人たちは幕末の士風頽廃《しふうたいはい》といふことをよく云ひますが、徳川の侍《さむらい》だつて揃《そろ》ひも揃つて腰ぬけの意気地無《いくじな》しばかりではありません。なかには今日でも見られないやうな、随分しつかりした人物もありました。併《しか》し又そのなかには随分だらしのない困り者があつたのも事実で、それを証拠にして、さあ何《ど》うだと云はれると、まつたく返事に詰《つ》まるわけです。そのだらしのないと云はれる仲間のうちには、又こんな風変《ふうがわ》りのものもありました。これはわたくしが子供の時に聞いた話ですから、天保初年《てんぽうしょねん》のことゝ思つてください。赤《あか》坂《さか》の桐畑《きりばたけ》のそばに小坂丹下《こさかたんげ》といふ旗本がありました。千五百石《こく》の知行取《ちぎようと》りで、その先代はお目附《めつけ》を勤めたとか聞いてゐます。一口に旗本と云つても、身分にはなか〳〵高下《こうげ》があります。百石以上は旗本ですけれども、それらは所謂《いわゆる》貧乏旗本で、先《ま》づほんたうの旗本らしい格式を保《たも》つてゆかれるのは少《すく》なくも三百石以上でせう。五百石以上となれば立派なお歴々で、千石以上となれば大身《たいしん》、それこそ大威張《おおいば》りのお殿様です。そこで、この小坂さんの屋敷は千五百石といふのですから、立派なお旗本であることは云ふまでもありません。

当主の丹下といふ人は今年三十七の御奉公盛《ごほうこうざか》りですが、病気の届《とど》け出《い》でをして五六年まへから無役《むやく》の小普請《こぶしん》入りをしてしまひました。学問もある人で、若い時には聖堂の吟味《ぎんみ》に甲科《こうか》で白銀《はくぎん》三枚の御褒美《ごほうび》を貰《もら》ひ、家督《かとく》を相続してからも勤め向きも首尾もよく、おひ〳〵出世の噂もきこえてゐたのですが、二十五六のときから此人《このひと》にふと魔がさした。といふのは、この人が藝事《げいごと》に凝《こ》り始めたのです。藝事も色々ありますが、清元《きよもと》の浄瑠璃《じようるり》に凝り固まつてしまつたのですから些《ちつ》と困ります。なんでもその皮切りは、同役《どうやく》の人の下屋敷《しもやしき》へ呼ばれて行つたときに、その酒宴の席上で清元の太夫《たゆう》と知合ひになつたのだと云ひますが、その先代も赤坂あたりの常磐津《ときわづ》の女師匠を囲ひものにしてゐたとか云ふ噂がありますから、遊藝については幾らか下地があるといふほどで無くとも、相当の趣味はあつたのかも知れません。いづれにしても、その清元の師匠を自分の屋敷へよんで、お稽古《けいこ》をはじめたのです。

おなじやうな理窟《りくつ》ですけれども、これが謡《うたい》の稽古でもして、熊坂《くまさか》や船弁慶《ふなべんけい》を唸《うな》るのならば格別の不思議もないのですが、清元の稽古本《けいこぼん》にむかつておかる勘平《かんぺい》や権八小紫《ごんぱちこむらさき》を歌ふことになると、どうもそこが妙《みよう》なことになります。と云つて、これがひどく筋の悪いこと〻云ふほどでもないので、奥様や用人《ようにん》も開き直つて意見をするわけにも行《ゆ》かず、困つた道楽だと苦々しく思ひながらも、先《ま》づそのま〻にして置くうちに、主人の道楽はいよ〳〵募《つの》つて来て、もう一廉《ひとかど》の太夫さん気取りになつてしまつたのです。

むかしから素人《しろうと》の藝事はあまり上達しないにきまつたもので、俗に素人藝、旦那藝、殿様藝、大名《だいみよう》藝などと云つて、先づ上手《じようず》でないのが当《あた》りまへのやうになつてゐるのですが、この小坂といふ人ばかりは例外で、好きこそ物の上手なりけりと云ふのか、それとも一種の天才と云ふのか、素人藝や殿様藝を通り越して、三年五年のうちに、めきめきと上達する。第一に喉《のど》が好《い》い。三味線《しやみせん》も達者にひく、ふだんは苦々しく思つてゐる奥様や用人も、春雨《はるさめ》のしんみりと降《ふ》る日に、非番の殿様が爪《つめ》びきで明鴉《あけがらす》か何かを語つてゐると、思はずうつとりと聴き惚れてしまふと云ふやうなわけですから、師匠もお世辞を抜きにしてほんたうに褒《ほ》める。当人は一心不乱《いっしんふらん》に稽古する。師匠も身を入れて教へる。それが自然と同役のあひだにも伝はつて、下屋敷などで何かの酒宴でも催《もよお》すといふやうな場合には、小坂をよんで一段《いちだん》語らせようではないかと云ふことになる。当人もよろこんで出かけてゆく、それが続いてゐるうちに、世間の評判がだん〳〵に悪くなりました。

一方にこれほど浄瑠璃に凝《こ》りかたまつてゐながらも、小坂といふ人は別に勤め向きを怠《おこた》るやうなこともありませんでした。とんだ三段目《さんだんめ》の師直《もろのう》ですが、勤めるところは屹《きっ》と勤める武蔵守《むさしのかみ》と云つた風《ふう》で、上《かみ》の御用はかゝさずに勤めてゐたのですが、どうも世間の評判がよろしくない。まへにも云ふ通り、おなじ歌ひものでも弁慶や熊坂とちがつて、権八や浦里《うらざと》ではどうも困る。それも小身者《しょうしんもの》の安御家人《やすごけにん》かお城《しろ》坊主のたぐひならば格別、なにしろ千五百石取りのお歴々のお旗本が粋《いき》な喉《のど》をころがして、『情《なさけ》は売れど心まで』などと、遣《や》つてゐるのでは、理窟は兎《と》もあれ、世間が承知しません。武士にあるまじきとか、身柄をも憚《はば》からずとか云ふやうな非難の声がだん〳〵に高くなつてくるので、支配頭《しはいがしら》も聞きながしてゐるわけにも行かなくなりました。勿論、親類縁者の一門《いちもん》からも意見や苦情が出てくるといふ始末。と云つて、小坂丹下、家代々の千五百石の知行をなげ出しても、今更清元をやめることは出来ないので、結局病気と云ひ立てゝ無役の小普請組に這入《はい》ることになりました。

小普請に這入れば何をしてもいゝと云ふわけでも勿論無いのですが、それでも小普請となると世間の見る眼がずつと違つて来ます。もう一歩すゝんで寧《いっ》そ隠居してしまへば、殆《ほとん》ど何をしても自由なのですが、家督相続の子供がまだ幼少であるので、もう少し生長するのを待つて隠居するといふ下心であつたらしく、先づそれまでは小普請に這入つて、やかましい世間の口を塞《ふさ》ぐ積《つも》りで、自分から進んで無役のお仲間入りをしたのでせう。それについても定《さだ》めて内外《うちそと》から色々の苦情があつたこと丶察せられますが、当人が飽《あく》までも遊藝に執着《しゆうじやく》してゐるのだから仕方がありません。小坂さんはたうとう自分の思ひ通りの小普請になつて、さあこれからはおれの世界だとばかりに、大《おお》びらで浄瑠璃道楽をはじめることになりました。いや、もうその頃は所謂《いわゆる》お道楽を通り越して、本式の藝といふものになつてゐたのです。

かうなると、自分の屋敷内《うち》で遠慮勝《えんりよがち》に語つたり、友だちの家《うち》へ行つて慰《なぐさ》み半分に語つたりしてゐるだけでは済まなくなりました。当人はどこまでも真剣です。だん〳〵と修行が積《つ》むにつれて、自然と藝人附合《づきあい》をも始めるようになつて、諸方《しよほう》のお浚《さら》ひなどへも顔を出すと、それがまつたく巧《うま》いのだから誰でもあつと感服する。桐畑の殿様、素人にして置くのは勿体《もつたい》ないなどと云ふ者もある。当人もいよ〳〵乗気になつて、浜町《はまちよう》の家元から清元喜《き》路太夫《じだゆう》といふ名前まで貰《もら》ふことになつてしまひました。勿論それで飯《めし》を食ふといふわけではありませんが、千五百石の殿様が清元の太夫さんになつて、肩衣《かたぎぬ》をつけて床《ゆか》へあがるといふのですから、世間に類の少いお話と云つてい丶でせう。清元の仲間では桐畑の太夫さんと呼んでゐました。道楽もこ丶まで徹底してしまふと誰もなんとも云ひやうがありますまい。屋敷内の者も親類縁者の人達も、もう諦《あきら》めたのか呆《あき》れたのか、正面から意見がましいことを云ひ出す者もなくなつて、唯《ただ》いたづらに当人の自由行動をながめてゐるばかりでした。

さてこれからがお話の本文《ほんもん》で、この喜路太夫の身のうへに一大事件が出来《しゆつたい》したのです。

三

まへにも申上げた通り、天保初年の三月末《すゑ》のことださうです。芝《しば》の高輪《たかなわ》の川與《かわよ》といふ料理茶屋で清元の連中《れんじゆう》のお浚《さら》ひがありました。今日《こんにち》とちがつて、江戸時代の高輪は東海道の出入口といふのでなか〳〵繁昌《はんじよう》したものです。殊《こと》に御殿山《ごてんやま》のお花見が大層賑《たいそうにぎわ》ひました。お浚ひに昼の八《や》つ（午後二時）頃から夜にかけて催《もよお》されることになつて、大きい桜のさいてゐる茶屋の門口《かどぐち》に、太夫の連名を筆太《ふでぶと》にかいた立看板が出てゐるのを見ると、そのうちに桐畑の喜路太夫の名も麗々《れいれい》しく出てゐました。

このお浚ひは昼のうちから大層な景気で、茶屋の座敷には一杯《いつぱい》の人が押掛《おしか》けてゐます。日がくれると門口には紅《あか》い提灯《ちようちん》をつける。内《うち》ばかりでなく、表《おもて》にも大勢の人が立つてゐる。そこへ通りかゝつた七八人連《づれ》の男は、どれも町人や職人風で、御殿山の花見帰りらしく、真紅《まつか》に酔つた顔をしてよろけながらこの茶屋のまへに来かゝりました。

『やあ、こゝに清元の浚ひがある。馬鹿に景気がいゝぜ。』

立ちどまつて立看板をよんでゐるうちに、その一人が云ひました。

『おい、おい。このなかで清元喜路太夫といふのは聞かねえ名だな。どんな太夫だらう。』

『むゝ。おれも聞いたことがねえ。下手か上手か、一つ這《は》入《い》つて聴いて遣《や》らうぢやねえか。』

酔つてゐるから遠慮はない。この七八人はどや〳〵と茶屋の門《かど》を這入つて、帳場のまへに来ました。

『もし、喜路太夫と云ふのはもうあがりましたかえ。』

『いえ、これからでございます。』と、帳場にゐる者が答へました。なんと云つても幾らかの遠慮がありますから、小坂さんの喜路太夫は夜になつてから床《ゆか》にあがることになつてゐたのです。

『ぢやあ、丁度いゝ。わつし等《ら》にも聴かせておくんなせえ。』

『皆さんはどちらの方《かた》でございます。』

『わつし等はみんな土地の者さ。』

『どちらのお弟子さんで……。』

『どこの弟子でもねえ。たゞ通りかゝつたから聴きに這入つたのよ。』

浄瑠璃のお浚ひであるから、誰でも無暗《むやみ》に入れると云ふわけには行かない。殊《こと》にどの人もみんな酔つてゐるので、帳場の者は体《てい》よく断りました。

『折角《せつかく》でございますが、今晩は通りがかりのお方をお入れ申すわけにはまゐりません。どうぞ悪《あし》からず……。』

『わからねえ奴だな。おれ達は土地の者だ。今こゝのまへを通ると清元の浚ひの立看板がある。ほかの太夫はみんなお馴染《なじみ》だが、そのなかに唯《た》つた一人、喜路太夫といふのが判《わか》らねえ。どんな太夫だか一段聴いて、上手ならば贔屓《ひいき》にしてやるんだ。そのつもりで通してくれ。』

酔つた連中はずん〳〵押上《おしあが》らうとするのを、帳場の者どもはあわてゝ遮《さえぎ》りました。

『いけません、いけません。いくら土地の方でも今晩は御免《ごめん》を蒙《こうむ》ります。』

『どうしても通さねえか。そんならその喜路太夫をこゝへ呼んで来い。どんな野郎だか、面《つら》をあらためて遣《や》る。』

なにしろ相手は大勢で、みんな酔つてゐるのだから、始末が悪い。帳場の者も持余《もてあま》してゐると、相手はいよ〳〵大きな声で怒鳴《どな》り出しました。

『さあ、素直におれ達を通して浄瑠璃を聴かせるか。それとも喜路太夫をこゝへ連れて来て挨拶させるか。さあ、喜路太夫を出せ。』

この捫着《もんちやく》の最中に、なにかの用があつて小坂さんの喜路太夫が生憎《あいにく》に帳場の方《ほう》へ出て来たのです。しきりに喜路太夫といふ名をよぶ声が耳に這入《はい》つたので、小坂さんは何かと思つて出てみると、七八人の生酔《なまえい》が入口でがや〳〵騒いでゐる。帳場のものは小坂さんがなまじひに顔を出しては却《かえ》つて面倒だと思つたので、一人がそばへ行つて小声で注意しました。

『殿様、土地の者が酔つ払《ばら》つて来て、何かぐづ〳〵云つてゐるのでございます。あなたはお構《かま》ひ下さらない方《ほう》がよろしうございます。』

「むゝ、土地の者がぐづりに来たのか。』

むかしは遊藝の淺ひなどを催してゐると、質《たち》のよくない町内の若い者や小さい遊び人などが押掛けて来て、なんとか引つからんだことを云つて幾《いく》らかの飲代《のみしろ》をいたぶつてゆくことが往々《おうおう》ありました。世間馴れてゐる小坂さんは、これも大方《おおかた》その仲間であらうと思つたのです。さう思つたら猶更《なおさら》のこと、帳場の者にまかせて置けばよかつたのですが、そこが矢《や》はり殿様で、自分がつか〳〵と入口へ出てゆきました。

『失礼であるが、今夜はこちらも取込んでをります。ゆつくりとこゝで御酒《ごしゅ》をあげてゐると云ふわけにも行《い》かない。どうかこれで、ほかへ行つて飲んでください。』

小坂さんは紙入《かみいれ》から幾らかの銀《かね》を出して、紙につゝんで渡さうとすると、相手の方ではいよ〳〵怒《おこ》り出しました。

『やい、やい。人を馬鹿にしやあがるな。おれたちは銭貰《ぜにもら》ひに来たんぢやあねえ。喜路太夫をこゝへ出せといふんだ。』

『その喜路太夫はわたしです。』

『むゝ。喜路太夫は手前《てめえ》か。怪《け》しからねえ野郎だ。ひとを乞食《こじき》あつかひにしやあがつて……。』

なにしろ酔つてゐるから堪《たま》らない。その七八人がいきなりに小坂さんを土間へひき摺《ず》り下《おろ》して、袋叩《ふくろだた》きにしてしまつたのです。旗本の殿様でも、大小《だいしよう》は楽屋にかけてあるから丸腰《まるごし》です。勿論、武藝の心得もあつたのでせうが、この場合、どうすることも出来ないで、おめ〳〵と町人の手籠《てご》めに逢《あ》つた。帳場の者もおどろいて止めに這入つたが間に合はない。その乱騒《らんさわ》ぎのうちに、どこか撲《ぶ》ち所《どころ》が悪かつたとみえて小坂さんは気をうしなつてしまつたので、乱暴者も流石《さすが》にびつくりして皆ちり〴〵に逃げて行《ゆ》きました。それを追つかけて取押《とりおさ》へるよりも、先《ま》づ殿様を介抱しなければならないと云ふので、家中《うちじゆう》は大騒ぎになりました。

すぐに近所の医者をよんで来て、いろ〳〵の手当をして貰ひましたが、小坂さんはどうしても生き返らないで、たうとう其儘《そのまま》に冷《つめた》くなつたので、関係者はみんな蒼《あお》くなつてしまひました。もうお浚ひどころではありません。兎《と》もかくも急病の体《てい》にして、死骸を駕籠《かご》にのせて、窃《そつ》と赤坂の屋敷へ送りとゞけると、屋敷でもおどろきましたが、場所が場所、場合が場合ですから、なんとも文句の云ひ様《よう》がありません。旗本の主人が清元の太夫になつて、料理茶屋のお浚ひに出席して、しかも町人にぶち殺されたなどと云ふことが表沙汰《おもてざた》になれば、家《いへ》断絶ぐらゐの御咎《おとが》めをうけないとも限りませんから、残念ながら泣寝入《なきねい》りにするより外《ほか》はありません。今年十五になる丹三郎《たんざぶろう》といふ息子《むすこ》さんは、お父《とつ》さんが大事にしてゐた二梃《にちよう》の三味線《しやみせん》を庭へ持ち出して、脇差《わきざし》を引きぬいてその棹《さお》を真二《まつぷた》つに切りました。

皮をずた〳〵に突き破りました。

『これがせめてもの仇討《かたきうち》だ。』

小坂さんは急病で死んだことに届けて出て、表向きは先づ無事に済んだのですが、その初七日《しよなぬか》のあくる日に、八人の若い男が赤坂桐畑の屋敷へたづねて来て、玄関先でかういふことを云ひ入れました。

『わたくし共《ども》は高輪辺《へん》に住まつてをります者でございますが、先日御殿山へ花見にまゐりまして、その帰り途《みち》に川與といふ料理茶屋のまへを通りますと、そこの家に清元の浚ひがございまして、立看板の連名のうちに清元喜路太夫といふのがございました。つひぞ名前を聞いたことのない太夫ですから、一段聴いてみようと云つて這入りますと、帳場の者が入《い》れないといふ。こつちは酔つてをりますので、是非入れてくれ、左《さ》もなければその喜路太夫といふのをこゝへ出して挨拶させろと、無理を云つて押問答をしてをりますところへ奥からその喜路太夫が出て来て、今夜は入れることは出来ないから、これで一杯飲んでくれと云つて、幾らか紙につゝんだものを出しました。くどくも申す通り、こつちも酔つてをりますので、ひとを乞食あつかひにするとは怪《け》しからねえと、喧嘩にいよ〳〵花が咲いて、たうとうその喜路太夫を袋叩《ふくろだた》きにしてしまひました。それでまあ一旦《いつたん》は引きあげたのでございますが、あとでだん〳〵うけたまはりますると、喜路太夫と申すのはお屋敷の殿様ださうで、実にびつくり致《いた》しました。またそればかりでなく、それが基《もと》で殿様はおなくなり遊ばしましたさうで、なんと申上げてよろしいか、実に恐れ入りました次第でございます。就《つ》きましては、その御詫《おわび》として、下手人《げしゅにん》一同うち揃つてお玄関まで罷《まか》り出ましたから、なにとぞ御存分のお仕置をねがひます。』

小坂の屋敷でも挨拶に困りました。憎い奴等《やつら》だとは思つても、こゝで八人の者を成敗すれば、どうしても事件が表向きになつて、一切の秘密が露顕することになるので、応対に出た用人は飽《あく》までもシラを切つて、当屋敷に於ては左様な覚えは曽《かつ》て無い、それは何かの間違ひであらうと云ひ聞かせましたが、八人の者はなか〳〵承知しない。清元喜路太夫はたしかにお屋敷の殿様に相違ない。知らないことゝは云ひながら、お歴々のお旗本を殺して置いて唯《ただ》そのまゝに済むわけのものでないから、かうして御成敗をねがひに出たのであるが、お屋敷でどうしても御存じないとあれば、わたくし共《ども》はこれから町奉行所へ自訴《じそ》して出るより外《ほか》はないと云ひ張るのです。

これには屋敷の方でも持てあまして、いづれ当方からあらためて沙汰をするからと云つて、一旦は八人の者を追ひ返して置いて、それから土地の岡つ引か何かをたのんで、二百両ほどの内済金《ないさいきん》を出して無事に済ませたさうです。主人をぶち殺された上に、あべこべに二百両の内済金を取られるなどは、随分ばか〳〵しい話のやうですけれども、屋敷の名前には換へられません。重々《じゅうじゅう》気の毒なことでした。

八人の者は勿論なんにも知らないで、たゞの藝人だと思つて喜路太夫を袋叩きにして、それがほんたうに死んだと判《わか》り、しかもそれが旗本の殿様とわかつて、みんなも一時《いちじ》は途方にくれてしまつたのですが、誰か悪い奴が意地《いじ》をつけて、相手の弱味につけ込んで、逆《さか》ねぢにこんな狂言をかいたのだと云ふことです。わたくしの親父も一度柳橋《やなぎばし》の茶屋で喜路太夫の小坂さんの浄瑠璃を聴いたことがあるさうですが、それはまつたく巧いものだつたと云ふことですから、なまじひ千五百石の殿様に生《うま》れなかつたら、小坂さんも天晴《あつぱ》れの名人になりすましたのかも知れません。さう思ふと、たゞ一口《ひとくち》にだらしのない困り者だと云つてもゐられません、なんだか惜《おし》いやうな気もします。いつの代《よ》にも斯《こ》ういふことはあるのでせうが、人間の運不運は判りませんね。

『いや、根つから面白くもないお話で、さぞ御退屈でしたらう。』と、云ひかけて三浦老人は耳をかたむけた。『おや、降《ふ》つて来ましたね。なんだか音がするやうです。』

老人は起《た》つて障子《しようじ》をあけると、いつの間にふり出したのか、庭の先は塩をまいたやうに、薄白《うすじろ》くなつてゐた。

『たうとう雪になりました。』

老人は縁先《えんさき》の軒《のき》にかけてある鶯《うぐいす》の籠《かご》をおろした。わたしもそろ〳〵帰り支度《じたく》をした。

『まあ、いゝぢやありませんか。初めてお出《い》でなすつたのですから、なにか温《あつた》かいものでも取らせませう。』

『折角ですが、あまり積《つも》らないうちに今日《きょう》はお暇《いとま》いたしませう。いづれ又ゆつくり伺《うかが》ひます。』と、私は辞退して起《た》ちかゝつた。

『さうですか。なにしろ足場の悪いところですから、無理にお引留《ひきと》め申すわけにも行《い》かない。では、又御ゆつくりおいで下さい。こんなお話でよろしければ、なにか又思ひ出して置きますから。』

『はあ。是非またお邪魔にあがります。』

挨拶をして表《おもて》へ出る頃には、杉の生垣《いけがき》がもう真白《まつしろ》に塗られてゐた。わたしは人車《くるま》を待たせて置かなかつたのを悔《くや》んだ。それでも洋傘《こうもり》を持つて来たのは仕合はせに、風まじりの雪のなかを停車場《ていしやじよう》の方へ一足《ひとあし》ぬきに辿《たど》つて行つた。その途中は随分寒かつた。

春の雪——その白い影をみるたびに、わたしは三浦老人訪問の第一日を思ひ出すのである。

# 鎧櫃の血

## 一

その頃、わたしは忙がしい仕事を持つてゐたので、兎《と》かくにどこへも御無沙汰勝《ごぶさたがち》であつた。半七老人にも三浦老人にもしばらく逢《あ》ふ機会がなかつた。半七老人はもうお馴染《なじみ》でもあり、わたしの商売も知つてゐるのであるから、ちつとぐらゐ無沙汰をしても格別に厭《いや》な顔もされまいと、内々多寡《ないないたか》をくゝつてゐるのであるが、三浦老人の方《ほう》はまだ馴染のうすい人で、双方《そうほう》の気心もほんたうに知れてゐないのであるから、たつた一度顔出しをしたぎりで鼬《いたち》の道をきめては悪い。さう思ひながらも矢《や》はり半日の暇も惜《おし》まれる身のうへで、今日《きょう》こそはといふ都合のいゝ日が見付からなかつた。

その年の春はかなりに余寒《よかん》が強くて、二月から三月にかけても天《てん》からたび〳〵白いものを降《ふ》らせた。わたしは軽い風邪をひいて二日ほど寝たこともあつた。なにしろ大久保に無沙汰をしてゐることが気にかゝるので、三月の中頃にわたしは三浦老人にあてゝ、無沙汰の詫言《わびごと》を書いた郵便を出すと、老人からすぐに返事が来て、自分も正月の末から持病のリウマチスで寝たり起きたりしてゐたが、此頃《このごろ》はよほど快《よ》くなつたとのことであつた。さう聞くと、自分の怠慢がいよ〳〵悔《くや》まれるやうな気がして、わたしはその返事をうけ取つた翌日の朝、病気見舞をかねて大久保へ第二回の訪問を試《こころ》みた。第一回の時《とき》もさうであつたが、今度はいよ〳〵路《みち》がわるい。停車場《ていしやじよう》から小一町《こいつちよう》をたどるあひだに、わたしは幾《いく》たびか雪解《ゆきどけ》のぬかるみに新らしい足駄《あしだ》を吸取《すいと》られさうになつた。目おぼえの杉の生垣《いけがき》の前まで行《ゆ》き着いて、わたしは初めてほつとした。天気のいゝ日で、額《ひたい》には汗が滲《にじ》んだ。

『この路《みち》の悪いところへ……。』と、老人は案外に元気よくわたしを迎へた。『粟津《あわづ》の木曽《きそ》殿《どの》で、大変でしたらう。なにしろこゝらは躑躅《つつじ》の咲くまでは、江戸の人の足踏《あしぶ》みするところぢやありませんよ。』

まつたく其頃《そのころ》の大久保は、霜解《しもどけ》と雪解《ゆきどけ》とで往来難渋《おうらいなんじゆう》の里《さと》であつた。そのぬかるみちを突破してわざ〳〵病気見舞に来たといふので、老人はひどく喜んでくれた。リウマチスは多年《たねん》の持病で、二月中は可《か》なりに強く悩まされたが、三月になつてからは毎日起きてゐる。殊《こと》にこの四五日は好《い》い日和《ひより》がつゞくので、大変に体《からだ》の工合《ぐあい》がいゝといふ話を聴かされて、わたしは嬉《うれ》しかつた。

『でも、このごろは大久保も馬鹿に出来ませんぜ。洋食屋が一軒開業しましたよ。けふはそれを御馳走《ごちそう》しますからね。お午過《ひるす》ぎまで人質《ひとじち》ですよ。』

かうして足留めを食《く》はして置いて、老人は打《う》ちくつろいで色々のむかし話をはじめた。次に紹介するのもその談話の一節である。

このあひだは桐畑《きりばたけ》の太夫《たゆう》さんのお話をしましたが、これもやはり旗本の一人のお話です。これは前の太夫さんとは段ちがひで、おなじ旗本と云つても二百石《にひやくこく》の小身《しようしん》、牛込《うしごめ》の揚場《あげば》に近いところに屋敷を有《も》つてゐる今宮六之助《いまみやろくのすけ》といふ人です。この人が嘉永《かえい》の末年《まつねん》に御《ご》用道中《ようどうちゆう》で大阪へゆくことになりました。大阪の城の番士《ばんし》を云ひ付かつて、一種の勤番《きんばん》の格《かく》で出かけたのです。よその藩中《はんちゆう》と違つて、江戸の侍に勤番といふものは無いのですが、それでも交代に大阪の城へ詰《つ》めさせられます。大阪城の天守が雷火《らいか》に焚《や》かれたときに、そこにしまつてある権現様《ごんげんさま》の金《きん》の扇《おうぎ》の馬標《うまじるし》を無事にかつぎ出して、天守の頂上から濠《ほり》のなかへ飛び込んで死んだといふ、有名な中川帯刀《なかがわたてわき》もやはりこの番士の一人《いちにん》でした。

そんなわけですから、甲府詰《こうふづめ》などとは違つて、江戸の侍の大阪詰は決して悪いことではなかつたので、今宮さんも大威張《おおいば》りで出かけて行つたのです。普通の旅行ではなく、御用道中といふのですから、道中は幅《はば》が利《き》きます。何《なん》のなにがしは御用道中で何月何日にはどこを通るといふことは、前以《まえもつ》て江戸の道中奉行から東海道《とうかいどう》の宿々《しゆくじゆく》に達してありますから、ゆく先々《さきざき》ではその準備をして待ち受けてゐて、万事《ばんじ》に不自由するやうなことはありません。

泊《とま》りは本陣《ほんじん》で、一泊九十六文《もん》、昼飯《ひるめし》四十八文といふのですから実に廉《やす》いものです。駕籠《かご》に乗つても一里《り》三十二文、それもこれも御用といふ名を頂《いただ》いてゐるおかげで、弥次喜多《やじきた》の道中だつてなか〲こんなことでは済みません。主人はまあそれでもい丶として、その家来《けらい》共《ども》までが御用の二字を嵩《かさ》にきて、道中の宿々を困らせてあるいたのは悪いことでした。

早い話が、御用道中の悪い奴に出《で》つくはすと、駕籠屋があべこべに強請《ゆす》られます。道中で客が駕籠屋や雲助《くもすけ》にゆすられるのは、芝居《しばい》にも小説にもよくあることですが、これはあべこべに客の方《ほう》から駕籠屋や雲助をゆするのだから怖《おそ》ろしい。主人といふほどの人は流石《さすが》にそんなこともしませんが、その家来の若党《わかとう》や中間《ちゆうげん》のたぐひ、殊《こと》に中間などの悪い奴は往々《おうおう》それを遣《や》つて自分たちの役得と心得《こころえ》てゐる。たとへば、駕籠に乗つた場合に、駕籠のなかで無暗《むやみ》にからだを揺《ゆ》する。客にゆすられては担《かつ》いでゆくものが難儀《なんぎ》だから、駕籠屋がどうかお静かにねがひますと云つても、知らない顔をしてわざと揺《ゆす》る。云へば云ふほど、ひどく揺る。駕籠屋も結局往生《おうじよう》して、内所《ないしよ》で幾《いく》らか掴《つか》ませることになる。ゆすると云ふ詞《ことば》はこれから出たのか何《ど》うだか知りませんが、なにしろ斯《こ》ういふ風《ふう》にしてゆするのだから堪《たま》りません。それが又《また》、この時代の習慣で、大抵《たいてい》の主人も見て見ぬ振《ふり》をしてゐたやうです。それを余《あま》りにやかましく云へば、おれの主人は野暮《やぼ》だとか判《わか》らず屋だとか云つて、家来どもに見限られる。まことにむづかしい世の中でした。

今宮さんは若党ひとりと中間三人の上下《じようげ》五人で、荷かつぎの人足《にんそく》は宿々で雇ふことにしてゐました。若党は勇作《ゆうさく》、中間は半蔵《はんぞう》と勘次《かんじ》と源吉《げんきち》。主人の今宮さんは今年三十一で、これまで御奉公に不首尾《ふしゆび》もない。勿論、首尾のわるい者では大阪詰になりますまいが、先《ま》づは一通りの武家気質《ぶけかたぎ》の人物。たゞこの人の一つの道楽は食道楽《くいどうらく》で、食物《くいもの》の好《この》みがひどくむづかしい。今度の大阪詰についても、本人はたゞそれだけを苦にしてゐたが、どうも仕様がない。大阪の食物にはおひ〳〵に馴《な》れるとしても、当座が困るに相違《そうい》ない。殊《こと》に大阪は醤油《しようゆ》がよくないと聞いてゐるから、せめては当座の使ひ料として醤油だけでも持つて行《ゆ》きたいといふ註文《ちゆうもん》で、銚子《ちようし》の亀甲萬一樽《きつこうまんひとたる》を買はせたが、扨《さて》それを持つて行くのに差支《さしつか》へました。

武家の道中に醤油樽をかつがせては行《ゆ》かれない。と云つて、何分《なにぶん》にも小さいものでないから、何かの荷物のなかに押込んで行くといふわけにも行かない。その運送に困つた挙句《あげく》に、それを鎧櫃《よろいびつ》に入れて行くといふことになりました。道中の問屋場《といやば》にはそれ〴〵に公定相場と云ふやうなものがあつて、人足どもにかつがせる荷物もその目方によつて運賃が違ふのですが、武家の鎧櫃にかぎつて、幾《いく》らそれが重くても所謂《いわゆる》「重《おも》た増《ま》し」を取らないことになつてゐましたから、鎧櫃のなかへは色々のものを詰め込んで行く人がありました。今宮さんも多分《たぶん》それから思ひ付いたのでせうが、醤油樽は随分《ずいぶん》思ひ切つてゐます。殊《こと》にその樽を入れてしまへば、もうその上に鎧を入れる余地はありません。鎧が大事か、醤油が大事かと云ふことになつても、やはり醤油の方が大切であつたとみえて、今宮さんはたうとう自分の鎧櫃を醤油樽のかくれ家ときめてしまひました。しかし鎧を持つて行かないでは困るので、鎧の袖《そで》や草摺《くさずり》をばら〳〵に外《はず》して、小手《こて》も脛当《すねあて》も別々にして、ほかの荷物のなかへ何《ど》うにか斯《こ》うにか押込んで、先《ま》づ表向きは何の不思議も無しに江戸を立つことになりました。

それは六月の末《すゑ》、新暦で申せば七月の土用のうちですから、夏の盛りで暑いことおびたゞしい。武家の道中は道草を食はないので、はじめの日は程《ほど》ケ谷泊り、次の日が小田原《おだわら》、その次の日が箱根八里《り》、御用道中ですから勿論関所のしらべも手軽にすんで、その晩は三島に泊る。こゝまでは至極《しごく》無事であつたのですが、そのあくる日、江戸を出てから四日目に三島の宿《しゆく》を立つて、伊賀越《いがごえ》の浄瑠璃でおなじみの沼津《ぬまづ》の宿《しゆく》をさして行くことになりました。上下五人の荷物は両掛《りようがけ》にして、問屋場の人足二人がかついで行く。主人だけが駕籠に乗つて、家来四人は徒歩《かち》で附いて行く。兎《と》かく説明が多くなるやうですが、この人足も問屋場に詰めてゐるのは皆おとなしいもので、決して悪いことをする筈《はず》はないのです。もし悪いことをして、次の宿の問屋場にその次第《しだい》を届け出られゝば、すぐに取押《とりおさ》へて牢に入れられるか、あるひは袋叩《ふくろだた》きにされて所払《ところばら》ひを食ふか、いづれにしても手ひどい祟《たたり》をうけることになつてゐるのですから、問屋場にゐるものは先《ま》づ安心して雇へるわけです。しかしこの問屋場に係《かか》り合《あい》のない人足で、彼《か》の伊賀越の平作《へいさく》のやうに、村外《むらはず》れや宿《しゆく》はづれにうろ付いて客待をしてゐる者の中には、所謂《いわゆる》雲助根性を発揮して良くないことをする奴もありました。そんなら旅をする人は誰でも問屋場にかゝりさうなものですが、問屋場には公定相場があつて負引《まけひき》が無いのと、問屋場では帳簿に記入する必要上、一々その旅人の身許《もと》や行く先などを取りしらべたりして、手数がなか〳〵面倒《めんどう》であるので、少しばかりの荷物を持つた人は問屋場の手にかゝらないことになつてゐました。勿論、お尋《たず》ね者《もの》や駈落者《かけおちもの》などは我身《わがみ》にうしろ暗いことがあるから問屋場にはかゝりません。そこが又、悪い雲助などの附込《つけこ》むところでした。

今宮さんの一行《いっこう》は立派な御用道中ですから、大威張りで問屋場の手にかゝつて、荷物をかつがせて行つたのですが、間違ひの起《おこ》るときは仕方のないもので、その前の晩は、三島の宿に幾組《いくくみ》かの大名《だいみょう》の泊りが落合《おちあ》つて、沢山《たくさん》の人足が要《い》ることになつたので、助郷《すけごう》までも狩りあつめてくる始末《しまつ》。助郷といふのは、近郷《きんごう》の百姓が一種の夫役《ぶやく》のやうに出てくるのです。それでもまだ人数《にんず》が不足であつたとみえて、宿はづれに網《あみ》を張つてゐる雲助までも呼びあつめて来たので、今宮さんの人足三人のうちにも平作の若いやうなのが一人まじつてゐました。年《とし》は三十前後で、名前はかい助《すけ》と云ふのださうですが、どんな字を書くのか判《わか》りません。本人もおそらく知らなかつたかも知れません。なにしろかい助といふ変な名ではお話に仕《し》にくいから、仮《かり》に平作と云つて置きませう。そのつもりでお聴きください。

人足どもはそれ〴〵に荷物をかつぐ。彼《か》の平作は鎧櫃をかつぐことになりました。担《かつ》がうとすると、よほど重い。平作も商売柄ですから、すぐにこれは普通の鎧櫃ではないと睨《にら》みました。這奴《こいつ》なか〳〵悪い奴とみえて、それをかつぐ時《とき》に粗相《そそう》の振《ふり》をしてわざと問屋《といや》役人の眼のまへで投げ出しました。暑い時分《じぶん》のことですから、醤油が沸《わ》いて呑口《のみぐち》の栓《せん》が自然に弛《ゆる》んでゐたのか、それとも強く投げ出すはずみに、樽に割れでも出来たのか、いづれにしても、醤油が鎧櫃のなかへ流れ出したらしく、平作が自分の粗相をわびて再びそれを担《かつ》ぎあげようとすると、櫃《ひつ》の外へもその醤油の雫《しずく》がぽと〳〵と零《こぼ》れ出しました。

『あ。』

人々も顔を見あはせました。

鎧櫃から紅《あか》い水が零れ出す筈がない。どの人もおどろくのも無理はありません。あまりの不思議をみせられて、平作自身も呆気《あつけ》に取られました。

二

まへにも申す通り、武家のよろひ櫃《びつ》の底に色々の物が忍ばせてあることは、問屋場の者もふだんから承知してゐましたが、紅い水が出るのは意外のことで、それが何であるか鳥渡《ちよつと》想像が付きません。かうなると役目の表《おもて》、問屋の者も一応は詮議をしなければならないことになりました。今宮さんの顔の色が変《かわ》つてしまひました。こゝで鎧櫃の蓋をあけて、醤油樽を見つけ出されたら大変です。鎧の身代《みがわ》りに醤油樽を入れたなどと云ふことが表向《おもてむ》きになつたら、洒落《しやれ》や冗談では済まされません。お役御免《やくごめん》は勿論、どんな御咎《おとがめ》をうけるか判りませんから、家来達までが手に汗を握りました。

問屋場の役人――と云つても、これは武士ではありません。その町や近村の名望家《めいぼうか》が選ばれて幾人かづつ詰めてゐるので、矢《や》はり一種の町役人です。勿論、大勢のうちには岩永《いわなが》も重忠《しげただ》もあるのでせうが、こゝの役人は幸ひにみんな重忠であつたとみえて、その一人がふところから鼻紙を出して、その紅い雫《しずく》をふき取りました。さうしてほかの役人にも見せて、その匂《にお》ひを鳥渡かぎましたが、やがて笑ひ出しました。

『はゝ、これは血でござりますな。御具足櫃《ごぐそくびつ》に血を見るはおめでたい。はゝゝゝ。』

入物《いれもの》が鎧櫃であるから、それに取りあはせて紅い雫を血だといふ。ほんたうの血ならば猶更《なおさら》詮議をしなければならない筈ですが、そこが前にもいふ重忠揃《ぞろ》ひですから、何処《どこ》までもそれを紅い血だといふことにして、そのまゝ無事に済ませてしまつたので、今宮さん達もほつとしました。

『重《かさ》ねて粗相をするなよ。』

役人から注意をあたへられて、平作は再び鎧櫃をかつぎ出しました。今宮さんは心のうちで礼を云ひながら駕籠に乗つて、三島の宿を離れましたが、どうも胸がまだ鎮《しず》まらない。問屋場の者も表向きは無事に済ましてくれたものゝ、蔭《かげ》では屹《きつ》と笑つてゐるに相違ない。それにつけても、おれに恥辱《ちじよく》をあたへた雲助めは憎い奴であると、今宮さんは駕籠のなか、から駕籠屋に訊《き》きました。

『おれの鎧櫃をかついでゐるのは、矢はり問屋場の者か。』

『いえ。あれは宿《しゆく》はづれに出てゐるかい助といふのでございます。』と、駕籠屋は正直に答へました。

『さうか。』

実は今宮さんも少し疑つてゐたことがあるのです。あの人足が鎧櫃を取り落《おと》したのは何《ど》うもほんたうの粗相ではないらしい、わざと手ひどく投げ出したやうにも思はれる——と、かう疑つてゐる矢先へ、それが問屋場の者でないと聞いたので、いよ〳〵その疑ひが深くなりました。一所不定《いつしよふじよう》の雲助め、往来の旅人《りよじん》を苦《くるし》める雲助め、おそらく何かの弱味を見つけておれを強請《ゆす》らうといふ下心であらうと、今宮さんは彼《かれ》を憎むの念が一層強くなりましたが、差当《さしあた》り何《ど》うすることも出来ないので、胸をさすつて駕籠にゆられて行《ゆ》くと、朝の五《いつ》つ半《はん》（午前九時）前に沼津の宿に這入《はい》つて、宿はづれの建場茶屋《たてばぢやや》に休むことになりました。朝涼《あさすず》のあひだと云つても一里半ほどの路《みち》を来たので、駕籠屋は汗びつしよりになつて、店さきの百日紅《さるすべり》の木の下でしきりに汗を拭いてゐます。四人の家来たちも茶屋の女に水を貰《もら》つて手拭《てぬぐい》をしぼつたりしてゐましたが、三人の人足どもはまだ見えないので、若党の勇作は少し不安になりました。

『これ、駕籠屋。あの人足どもは確かなものだらうな。』

『はい。ふたりは大丈夫でございます。問屋場に始終《しじゆう》詰めてゐるものでございますから、決して間違ひはございません。かい助の奴も、お武家さまのお供《とも》で、そばにあの二人が附いてをりますから、どうすることもございますまい。やがてあとから追ひ着きませう。しばらくこゝでお休みください。』と、駕籠屋は口をそろへて云ひました。

『むゝ、こちらは随分《ずいぶん》足が早かつたからな。』

『はい。こちら様のお荷物はなか〳〵重いと云つてをりましたから、だん〳〵に後《おく》れてしまつたのでございませう。』

荷物が重い。――それが店のなかに休んでゐる今宮さんの耳にちらりと這入つたので、今宮さんはまた気色《きしよく》を悪くしました。かの鎧櫃の一件を当付《あてつ》けらしく云ふやうにも聞き取れましたので、すこしく声を暴《あら》くして家来をよびました。

『勇作。貴様《きさま》は駕脇《かごわき》についてゐながら、荷物のおくれるのになぜ気がつかない。あんな奴《やつ》等《ら》は何をするか判《わか》つたものでない。すぐに引返《ひつかへ》して探して来い。源吉だけこゝに残つて、半蔵も勘次も行け。あいつ等《ら》がぐづ〳〵云つたら引《ひつ》くゝつて引摺《ひきず》つて来い。』

『かしこまりました。』

勇作はすぐに出て行きました。二人の中間もつゞいて引返しました。どの人もさつきの鎧櫃のむしやくしやがあるので、なにかを口実に彼《か》の平作めをなぐり付けてゞも遣《や》らうといふ腹で、元来《もと》た方へ急いでゆくと、二町《にちよう》ばかりのところで三人の人足に逢ひました。

平作は並木の松の下に鎧櫃をおろして悠々《ゆうゆう》と休んでゐるのを、ふたりの人足がしきりに急《せ》き立てゝゐるところでした。

『貴様たちはなぜ遅い。宿を眼のまへに見てゐながら、こんなところで休んでゐる奴があるか。』と、勇作は先づ叱り付けました。

勇作に云はれるまでもなく、問屋場の人足どもは正直ですから、もう一息《ひといき》のところだから早く行かうと、さつきから催促してゐるのですが、平作ひとりがなか〳〵動かない。こんな重い具足櫃は生《うま》れてから一度もかついだことが無いから、この暑い日に照《てら》されながら然《そ》う急いではあるかれない。おれはこゝで一休みして行くから、おまへたちは勝手に先へ行けと云つて、どつかりと腰をおろしたまゝで何《ど》うしても動かない。相手がお武家だからと云つて聞かせても、こんな具足櫃をかつがせて行く侍があるものかと、空嘯《そらうそぶ》いて取合《とりあ》はない。さりとて、かれ一人を置いて行くわけにも行かないので、人足共《ども》も持余《もてあま》してゐるところへ、こつちの三人が引返《かつ》して来たのでした。

その仔細を聴いて、勇作も赫となりました。平作とても大《たい》して悪い奴でもない。鎧櫃の秘密を種《たね》にして余分の酒手《さかて》でもいたぶらうといふ位《ぐらい》の腹でしたらうから、なんとか穏《おだや》かに賺《すか》して、多寡《たか》が二百か三百文も余計《よけい》に遣ることにすれば、無事穏便《ぶじおんびん》に済んだのでせうが、勇作も年が若い、おまけに先刻《さつき》からのむしやくしや腹《ばら》で、この雲助めを憎い憎いと思ひつめてゐるので、そんな穏便な扱ひ方をかんがえへてゐる余裕がなかつたらしい。

『よし。それほどに重いならばおれが担《かつ》いで行《ゆ》く。』

かれは平作を突《つ》きのけて、問題の鎧櫃を自分のうしろに背負ひました。さうして、ほかの中間どもに眼くばせすると、半蔵と勘次は飛びかゝつて平作の両腕と頭髻《たぶさ》をつかみました。

『さあ、来い。』

三

平作は建場茶屋へ引き摺つて行かれると、さつきから苛々《いらいら》して待つてゐた今宮さんは、奥の床几《しようぎ》を起《た》つて店さきへ出て来ました。見ると、勇作が鎧櫃を背負つてゐる、中間ふたりが彼《か》の平作を引つ立てゝくる。もう大抵《たいてい》の様子は推量されたので、この人も赫《かつ》となりました。

『これ、そいつがどうしたのだ。』

この雲助めが横着《おうちやく》をきめて動かないと云ふ若党の報告をきいて、今宮さんはいよいよ怒りました。単に横着といふばかりでなく、こんなに重い具足櫃はかついだことが無いとか、こんな具足櫃をかつがせて行く侍があるものかとか云ふやうな、あてこすりの文句が一々こつちの痛いところに触《さわ》るので、今宮さんはいよ〳〵堪忍袋の緒《お》を切りました。

『おのれ不埒《ふらち》な奴だ。この宿の問屋場へ引渡《ひきわた》すからさう思へ。』

こゝまで来る途中でも、もう二三度は中間共になぐられたらしく、平作は散《ち》らし髪《がみ》になつて、左の眼のうへを少し腫《は》らしてゐましたが、這奴《こいつ》なか〳〵気の強い奴、おまけに中間どもに撲《なぐ》られて、これもむしやくしや腹《ばら》であつたらしい。立派な侍に叱られても、平気でせゝら笑つてゐました。

『問屋場へでも何処《どこ》へでも引渡して貰《もら》ひませう。わつしはその荷物が重いから重いと云つたゞけのことだ。わつしも十六の年から東海道を股《また》にかけて雲助をしてゐるから、具足櫃と云ふものはどのくらゐの目方《めかた》があるか知つてゐます。わつしを問屋場へ引渡すときに、その具足櫃も一緒に持つて行つて、どんな重い具足が這入つてゐるのか、役人達にあらためて貰ひませう。』

かうなると、這奴《こいつ》をうつかり問屋場へ引渡すのも考へもので、いはゆる藪蛇《やぶへび》のおそれがあります。憎い奴だとは思ひながら何うすることも出来ない。そのうちに店の者は勿論、近所の者や往来の者がだん〳〵にこの店先にあつまつて来て、武家と雲助との押問答《おしもんどう》を聴いてゐる。中間どもが追ひ払つても、やはり遠巻きにして眺めてゐる。見物人が多くなつて来たゞけに、今宮さんもいよ〳〵そのまゝには済まされなくなりましたが、前にもいふ藪蛇の一件があります。こゝの問屋場の役人たちも三島の宿とおなじやうな重忠揃《しげただぞろ》ひなら仔細《しさい》はないが、万一そのなかに岩永《いわなが》がまじつてゐて野暮にむづかしい詮議をされたら、あべこべにこつちが大恥《おおはじ》をかゝなければならない。今宮さんは残念ながら這奴《こいつ》を追ひかへすより外《ほか》はありませんでした。

『貴様のやうな奴等《やつら》にかゝり合つてゐては、大切《たいせつ》の道中が遅くなる、けふのところは格別を以《もつ》てゆるして遣《や》る。早く行け、行け。』

もうこつちの内兜《うちかぶと》を見透《みすか》してゐるので、平作は素直に立去《たちさ》らない。かれは勇作にむかつて大きい手を出しました。

『もし、御家来さん。酒手をいたゞきます。』

『馬鹿をいへ。』と、勇作はまた叱り付けました。『貴様のやうな奴に鐚一文《びたいちもん》でも余分なものが遣られると思ふか。首の飛ばないのを有難いことにして、早く立去れ。』

『さあ、行け、行け。』

中間どもは再び平作の腕をつかんで突き出すと、さつきからはら〳〵しながら見てゐた駕籠屋や人足共も一緒になつて、色々になだめて連れて行かうとする。なにしろ多勢《たぜい》に無勢《ぶぜい》で、所詮《しよせん》腕づくでは敵《かな》はないと思つて、平作は引き摺《ず》られながら大きい声で怒鳴りました。

『なに、首の飛ばないのを有難く思へ……。はゝ、笑はせやあがる。おれの首が飛んだら、その具足櫃からしたゞのやうな紅い水が流れ出すだらう。』

見物人が大勢あつまつてゐるだけに、今宮さんも捨てゝ置かれません。この上にも何を云ひ出すか判らないと思ふと、もう堪忍も容赦もない。つか〳〵と追つて出て、刀《かたな》の柄《つか》袋《ぶくろ》を払ひました。

『そこ退《の》け。』

刀に手をかけたと見えて平作をおさへてゐた駕籠屋や人足共は、あつと悸《おび》へて飛び退《の》きました。

『え丶、おれをどうする。』

ふり向く途端《とたん》に平作の首は落ちてしまひました。今宮さんは勇作を呼んで、茶店の手桶《ておけ》の水を柄杓《ひしやく》に汲《く》んで血刀《ちがたな》を洗はせてゐると、見物人はおどろいて皆ちり〴〵に逃げてしまふ。駕籠屋や人足どもは蒼《あお》くなつて顫《ふる》へてゐる。それでも今宮さんは流石《さすが》に侍です。この雲助を成敗《せいばい》して、しづかに刀を洗ひ、手を洗つて、それから矢立《やたて》の筆をとり出して、ふところ紙にさら〳〵と書きました。

『当宿《とうしゆく》の役人にはおれから届ける。勇作と半蔵は三島の宿へ引返して、この鎧櫃をみせて来い。』

かう云ひつけて、勇作に何かさ丶やくと、勇作は中間ふたりに手伝はせて、彼《か》の鎧櫃を茶屋のうしろへ運《はこ》んで行《ゆ》きました。そこには小川《おがわ》がながれてゐる。三人は鎧櫃の蓋《ふた》をあけてみると、醬油樽の底がぬけてゐるやうです。その樽も醬油も川へ流してしまつて、櫃《ひつ》のなかも綺麗に洗つて、それへ雲助の首と胴とを入れました。今度は半蔵がその鎧櫃を背負つて勇作が附いて行くことになりました。

三島の宿の問屋場ではこの鎧櫃をとゞけられて驚きました。それには今宮さんの手紙が添へてありました。

先刻は御手数相掛過分《おてすうあいかけかぶん》に存候《ぞんじそうろう》。拙者《せつしや》鎧櫃の血汐《ちしお》、いつまでも溢《あふ》れ出して道中迷惑に御座候間《ござそうろうあいだ》、一応おあらための上《うえ》、よろしく御取捨被下度《おとりすてくだされたく》、右重々《みぎじゆうじゆう》御手数ながら御願申上候《おんねがいもうしあげそうろう》。早々、

今宮六之助

問屋場御中

問屋場では鎧櫃を洗ひきよめて、使《つかい》のふたりに戻しました。これで鎧櫃からこぼれ出した紅い雫も、ほんたうの血であつたと云ふことになります。沼津の宿の方《ほう》の届けも型《かた》ばかりで済みました。一方は侍、一方は雲助、しかも御用道中の旅先といふのですから、可哀《かわい》さうに平作は殺され損《ぞん》、この時代のことですから何《ど》うにも仕様がありません。

今宮さんはその後の道中に変《かわ》つたこともなく、主従五人が仲よく上《のぼ》つて行つたのですが、彼《か》の一件以来、どうも気が暴《あら》くなつたやうで、左《さ》もないことにも顔色を変へて小言《こごと》を云ふこともある。しかしそれは一時《いつとき》のことで、あとは矢張り元の通りになるので、家来共も別

に気にも留めずにゐると、京《きよう》ももう眼の前といふ草津《くさつ》の宿に這入る途中、二三日前からの雨つゞきで路がひどく悪いので、今宮さんの一行《いつこう》はみな駕籠に乗ることになりました。その時に、中間の半蔵が例の手段で駕籠をゆすぶつて、駕籠屋から幾らかの揺《ゆす》り代《だい》をせしめたことが主人に知れたので、今宮さんは腹を立てました。

『貴様は主人の面《つら》に泥を塗る奴だ。』

半蔵はさん〴〵に叱られましたが、勇作の取りなしで先《ま》づ勘弁《かんべん》して貰つて、霧雨《きりさめ》のふる夕方に草津の宿に着きました。宿屋に這入つて、今宮さんは草鞋《わらじ》をぬいでゐる。家来どもは人足にかつがせて来た荷物の始末をしてゐる。その忙しいなかで、半蔵が人足にこんなことを云ひました。

『おい、おい。その具足櫃は丁寧にあつかつてくれ。今日は危なくおれの首を入れられるところだつた。塩つ辛《かれ》え棺桶《かんおけ》は感心しねえ。』

それが今宮さんの耳に這入ると、急に顔の色が変りました。草鞋をぬいで玄関へあがりかけたのが、又引返して来て激しく呼びました。

『半蔵。』

『へえ。』

何心《なにごころ》なく小腰《こごし》をかゞめて近寄ると、ぬく手も見せずと云ふわけで、半蔵の首は玄関先に転《ころ》げ落ちました。前の雲助の時とは違つて、勇作もほかの中間共もしばらく呆《あき》れて眺めてゐると、不埒《ふらち》な奴だから手討にした、死骸の始末をしろと云ひすてゝ、今宮さんは奥へ這入つてしまひました。

主人がなぜ半蔵を手討にしたか。勇作等も大抵は察してゐましたが、表向《おもてむ》きは彼《か》のゆすりの一件から物堅《ものがた》い主人の怒《いかり》に触れたのだと云ふことにして、これも先づ無事に片附きました。

それから大阪へゆき着いて、今宮さんは城内の小屋に住んで、とゞこほりなく勤めてゐました。かの鎧櫃は雲助の死骸を入れて以来、空《から》のまゝで担《かつ》がせて来て、空のまゝで床《とこ》の間《ま》に飾つて置いたのでした。なんでも九月のはじめださうで、今宮さんは夕方に詰所から退《さが》つて来て、自分の小屋で夕飯《ゆうめし》を食《く》ひました。たんとも飲まないのですが、晩酌《ばんしゃく》には一本つけるのが例になつてゐるので、今夜も機嫌よく飲んでしまつて、飯《めし》を食ひはじめる。勇作が給仕をする。黄い《きいろ》行燈《あんどう》が秋の灯《ひ》らしい色をみせて、床《ゆか》の下ではこほろぎが鳴く。今宮さんは飯をくひながら今日は詰所でこんな話を聴いたと話しました。

『この城内には入《い》らずの間《ま》といふのがある。そこには淀殿《よどどの》が坐つてゐるさうだ。』

『わたしもそんな話を聴きましたが、ほんたうでござりませうか。』と、勇作は首をかしげてゐました。

『ほんたうださうだ。なんでも淀殿がむかしの通りの姿で坐つてゐる。それを見た者は屹《きっ》と命《いのち》を取られると云ふことだ。』

『そんなことがござりませうか。』と、勇作はまだ疑ふやうな顔をしてゐました。

『そんなことが無いとも云へないな。』

『さうでござりませうか。』

『どうもありさうに思はれる。』

云ひかけて、今宮さんは急に床の間の方へ眼をつけました。

『論より証拠だ。あれ、みろ。』

勇作の眼にはなんにも見えないので、不思議さうに主人の顔色をうかゞつてゐると、今宮さんは少し乗り出して床の間を指さしました。

『あれ、鎧櫃の上には首が二つ乗つてゐる。あれ、あれが見えないか。え、、見えないか、馬鹿な奴だ。』

主人の様子がをかしいので、勇作は内々《ないない》用心してゐると、今宮さんは跳《おど》るやうに飛びあがつて、床の間の刀掛《かたなかけ》に手をかけました。これはあぶないと思つて、勇作は素早く逃げ出して、台所のそばにある中間部屋へ転《ころ》げ込んだので、勘次も源吉もおどろいた。だん〳〵仔細《しさい》をきいて、みんなも顔をしかめたが、半蔵の二の舞はおそろしいので、誰も進んで奥へ見とゞけに行くものがない。しかし小半時《こはんとき》ほど立つても、奥の座敷はひつそりとしてゐるらしいので、三人が一緒に繋《つな》がつて怖々《こわごわ》ながら覗《のぞ》きに行くと、今宮さんは鎧櫃を座敷のまん中へ持出して、それに腰をかけて腹を斬《き》つてゐました。

# 人参

## 一

その日は三浦老人の家《うち》で西洋料理の御馳走になつた。大久保《おおくぼ》にも洋食屋が出来たといふ御自慢であつたが、正直のところ余り旨《うま》くはなかつた。併《しか》しもと〳〵御馳走をたべに来たわけではないから、わたしは硬いパンでも硬い肉でも一切《いっさい》鵜呑《うの》みにする覚悟で、なんでも片端《かたつぱし》から頬張《ほおば》つてゐると、老人はあまり洋食を好まないらしく、且《かつ》は病後といふ用心もあるとみえて、ほんのお附合に少しばかり食《く》つて、やがてナイフとフオークを措《お》いてしまつた。

『わたしには構《かま》はずに喫《た》べてください。』

『遠慮なく頂戴します。』と、わたしは喉《のど》に支《つか》へさうな肉を一生懸命に嚥《の》み込みながら云つた。食道楽《くいどうらく》のために身をほろぼした今宮といふ侍《さむらい》に、こんな料理を食はせたら何といふだらうかなどとも考へた。

『今お話をした今宮さんのやうなのが其昔《そのむかし》にもあつたさうですよ。』と、老人はまた話し出した。『名は知りませんが、その人は大阪の城番《じようばん》に行くことになつたところが、屋敷に鎧《よろい》が無《な》い。大方《おおかた》売つてしまつたか、質《しち》にでも入れてしまつたのでせう。さりとて武家の御用道中《ごようどうちゆう》に鎧櫃《よろいびつ》を持たせないといふわけにも行かないので、空《から》の鎧櫃に手頃《てごろ》の石を入れて、好加減《いいかげん》の目方《めかた》をつけて担《かつ》ぎ出させると、それが途中で転《ころ》げ出して大騒ぎをしたことがあるさうです。これも困つたでせうね。は丶丶丶丶。』

老人はそれからつゞけて幕末の武家の生活状態などを色々話してくれた。果《はた》し合ひや、辻斬《つじぎり》や、かたき討《うち》の話も出た。

『西鶴《さいかく》の武道伝来記《ぶどうでんらいき》などを読むと、昔はむやみに仇討《かたきうち》があつたやうですが、太平《たいへい》がつゞくに連《つ》れて、それもだん〳〵に少《すく》なくなつたばかりでなく、幕府でも私《わたくし》にかたき討をすることを禁じる方針を取つてゐましたし、諸藩でも表向《おもてむ》きには仇討の願ひを聴きとゞけないのが多くなりましたから、自然にその噂が遠ざかつて来ました。それでも確かに仇討とわかれば、相手を殺しても罪にはならないのですから、武家ばかりでなく、町人、百姓のあひだにも仇討は時々にありました。なにしろ芝居や講釈ではかたき討を盛《さかん》に奨励してゐますし、世間でも褒《ほ》めそやすのですから、やつぱり根《ね》切りといふわけには行《ゆ》かないで、とき〴〵には変《かわ》つた仇討も出て来ました。これもその一つです。いや、これは赤坂へ行つて半七さんにお聴きなすつた方《ほう》がいゝかも知れない。あの人の養父にあたる吉五郎《きちごろう》といふ人もかゝり合つた事件ですから。』

『いえ、赤坂も赤坂ですが。あなたが御承知のことだけは今こゝで聴かせて頂《いただ》きたいもんですが、如何《いかが》でせう。』と、わたしは子供らしく強請《ねだ》つた。

『ぢやあ、まあお話をしませう。なに、別に勿体《もったい》をつけるほどの大事件ではありませんがね。』

老人は笑ひながら話しはじめた。

安政《あんせい》三年の三月――御承知の通り、その前年の十月には彼《か》の大地震《おおじしん》がありまして、下町は大抵《たいてい》焼けたり潰《つぶ》れたりしましたが、それでももう半年もたつたので、案外に世直しも早く出来て、世間の景気もよくなりました。勿論、仮普請《かりぶしん》も沢山《たくさん》ありましたが、金廻《かねまわ》りのいゝのや、手廻《てまわ》しの好《い》いのは、もう本普請《ほんぶしん》をすませて、みんな商売をはじめてゐました。猿若町《さるわかまち》の芝居も蓋《ふた》をあけるといふ勢《いきお》ひで、よし原《わら》の仮宅《かりたく》は大繁昌《おおはんじょう》、さすがはお江戸だと諸国の人をおどろかしたくらゐでした。

なんでもその三月の末《すえ》だとおぼえてゐます。日本橋新乗物町《にほんばししんのりものちょう》に舟見桂齋《ふなみけいさい》といふ町医者がありましたが、診断《みたて》も調合《ちょうごう》も上手《じょうず》だといふのでなか〳〵流行《はや》つてゐました。小舟町《こぶなちょう》三丁目の病家《びょうか》を見舞つて、夜《よ》の五《いつ》つ頃（午後八時）に帰つてくると、春雨《はるさめ》がしと〳〵降《ふ》つてゐる。供《とも》の男に提灯《ちようちん》を持たせて、親父橋《おやじばし》を渡りかゝると、あとから跟《つ》けて来たらしい一人の者が、つかつかと寄つて来て、先《ま》づ横合《よこあい》から供の提灯をたゝき落《おと》して置いて、いきなりに桂齋先生の左の胸のあたりを突《つ》きました。先生はあつと云つて倒《たお》れる。供はびつくりして人殺し人殺しと呼び立てる。その間《ま》に相手はどこへか姿を隠してしまひました。

桂齋先生の疵《きず》は脇差《わきざし》のやうなもので突かれたらしく、駕籠《かご》にのせて自宅へ連《つ》れて帰りましたが、手あての甲斐《かい》もなしに息を引き取つたので、騒ぎはいよいよ大きくなりました。雨のふる晩ではあり、最初に提灯をたゝき消されてしまつたので、供の者も相手がどんな人間であるか、どんな服装《なり》をしてゐたか、些《ちつ》とも知らないと云ふのですから、手がかりはありません。しかし前後の模様から考へると、どうも物取りの仕業《しわざ》ではないらしい。桂齋先生に対して何かの意趣遺恨《いしゆいこん》のあるものだらうといふ鑑定で、町方《まちかた》でもそれぞれに探索にかゝりました。さあ、これからは半七さんの縄張りで、わたくし共《ども》にはよく判《わか》りませんが、なにか抜きさしのならない証拠が挙《あが》つたとみえて、その下手人《げしゆにん》は間もなく召捕《めしと》られました。それを召捕つたのが前にもいふ通り、半七さんの養父の吉五郎といふ人です。

その下手人はまだ前髪のある年季小僧《ねんきこぞう》で、人形町通りの糸屋に奉公してゐる者でした。名は久松《ひさまつ》——丁稚小僧《でつちこぞう》で久松といふと、なんだか芝居にでも出て来さうですが、本人は明けて十五といふ割《わり》に、からだの大きい、眼の大きい、見るからに逞《たくま》しさうな小僧だつたさうです。しかし運のわるい子で、六つの年《とし》に男親《おとこおや》に死別《しにわか》れて、姉のおつねと姉弟《きようだい》ふたりは女親の手で育てられたのです。勿論、株家督《かぶかとく》があるといふでは無し、芳町《よしちよう》のうら店《だな》に逼息《ひつそく》して、おふくろは針仕事や洗濯物をして、細々《ほそぼそ》にその日を送つてゐるといふ始末ですから、久松は九つの年から近所の糸屋へ奉公にやられ、姉は十三の年から芝口《しばぐち》の酒屋へ子守奉公《こもりぼうこう》に出ることになつて、親子三人が分《わか》れ〳〵に暮《くら》してゐました。そんなわけで、碌々《ろくろく》に手習《てならい》の師匠《ししよう》に通《かよ》つたのでも無し、誰に教へられたのでも無く、云はゞ野育ち同様に育つて来たのですが、不思議にこの姉弟は親思ひ、姉思ひ、弟思ひで、おたがひに奉公のひまを見てはおふくろを尋《たず》ねて行《ゆ》く。姉は弟をたづねる。弟も姉の身を案じて、使《つかい》の出先などからその安否《あんぴ》をたづねに行く。まことに美しい親子仲、姉弟仲でした。

これほど仲が好《い》いだけに、親子姉弟が別々に暮してゐると云ふことは、定《さだ》めて辛《つら》かつたに相違ありません。それでも行末《ゆくすえ》をたのしみに、姉も弟も真面目に奉公して、盆と正月の藪入《やぶい》りにはかならず芳町の家《うち》にあつまつて、どこへも行《ゆ》かずに一日話し合つて帰ることにきめてゐたので、その日も暮れかゝつて姉弟がさびしそうに帰つてゆくうしろ姿を見送ると、相長屋《あいながや》の人達もおのづと涙ぐまれたさうです。

『久《ひさ》ちやんは男だから仕方《しかた》もないが、せめておつねちやんだけは家《うち》にゐるやうにして遣《や》りたいものだ。』と、近所でも噂《うわさ》をしてゐました。

おふくろも然《そ》う思はないではなかつたでせうが、おつねを奉公に出して置けば、一人口《くち》が減つた上に一年幾《いく》らかの給金が貰へる。なにを云ふにも苦しい世帯《しよたい》ですから、親子がめでたく寄合《よりあ》ふ行末《ゆくすえ》を楽《たのし》みに、まあ〳〵我慢してゐるといふわけでした。どの人も勿論さうでせうが、取分《とりわ》けてこの親子三人は『行末』といふ望みのためばかりに生きてゐるやうなものだつたのです。

ところが、神も仏《ほとけ》も見そなはさずに、この親子の身のうへに悲しい破滅が起《おこ》つたのです。その第一はおふくろが病気になつたことで、おふくろはまだ三十八、ふだんから至極《しごく》丈夫な質《たち》だつたのですが、安政二年、おつねが十七、久松が十四といふ年の春から不図《ふと》煩《わずら》ひついて、三月頃にはもう枕《まくら》もあがらないやうな大病人《たいびようにん》になつてしまひました。姉弟の心配は云ふまでもありません。おつねは主人に訳《わけ》を話して無理に暇《ひま》を貰つて帰つて、一生懸命に看病する。久松も近所のことですから、朝に晩に見舞《みまい》にくる。長屋の人たちも同情して、共々《ともども》に面倒《めんどう》を見てくれたのですが、おふくろの容態《ようだい》はいよ〳〵悪くなるばかりです。今までは近所の小池玄道《こいけげんどう》といふ医者にかゝつてゐたのですが、どうもそれだけでは心もとないと云ふので、中途《ちゆうと》から医者を換《か》へて、彼《か》の舟見桂齋先生をたのむことになりました。評判のいゝ医者ですから、この人の匙加減《さじかげん》でなんとか取留《とりと》めることも出来ようかと思つたからでした。

桂齋先生は流行《はやり》医者ですから、うら店《だな》などへはなか〳〵来てくれないのを、伝手《つて》を求めてやう〳〵来て貰ふことにしたのですが、先生は病人の容態を篤《とく》とみて眉をよせました。

『これは容易ならぬ難病、所詮《しよせん》わたしの匙にも及ばぬ。』

医者に匙を投げられて、姉も弟もがつかりしました。ふたりは病人の枕もとを離れることが出来ないので、長屋の人にたのんで医者を送つて貰つて、あとは互ひに顔を見あはせて溜息《ためいき》をつくばかりでした。この頃はめっきり痩《や》せた姉の頬に涙が流れると、弟の大きい眼にも露《つゆ》が宿《やど》る。もうこの世の人ではないやうな母の寝顔を見守りながら、運のわるい姉弟はその夜を泣き明かしました。芝居ならば、どうしても、チョボ入《い》りの大世話場《おおせわば》といふところです。

二

それだけで済めば、姉弟《きょうだい》の不運は寧《むし》ろ軽かつたのかも知れませんが、あくる朝になつておつねは長屋の人から斯《こ》ういふことを聴きました。その人がゆうべ医者を送つて行く途中で、あのおふくろさんは何《ど》うしてもいけないのですかと聞くと、桂齋先生は斯《こ》う答へたさうです。

『並一通りの療治《りょうじ》では、とてもいけない。人参《にんじん》をのませれば屹《きっ》と癒《なお》ると思ふが、それを云つて聞かせても所詮無駄だと思つたから、黙《だま》つて来ました。』

人参は高価の薬で、うら店《だな》ずまひの者が買ひ調《ととの》へられる筈《はず》がないから、見殺しは気の毒だと思ひながらも、それを教へずに帰つて来たといふのでした。その話を聞かされて、おつねは喜びもし、嘆《なげ》きもしました。まつたく今の身のうへで高価の人参などを買ひとゝのへる力はありません。人参にも色々ありますが、その頃では廉《やす》くとも三両《りよう》か五両、良《い》い品《しな》になると十両二十両とも云ふほどの値《あたい》ですから、なか〳〵容易に手に入れられるものではない。ましてこの姉弟がどんなに工面《くめん》しても才覚《さいかく》しても、そんな大金《たいきん》の調達の出来ないのは判《わか》り切つてゐます。それでも何《ど》うかしておふくろを助けたい一心で、おつねは色々にかんがへ抜いた挙句《あげく》に、思ひついたのが例の身売です。

人参の代《だい》にわが身を売る――芝居や草双紙《くさぞうし》にはよくある筋《すじ》ですが、おつねも差当《さしあた》りその外《ほか》には思案もないので、たうとうその決心をきめたのでした。いつそ容貌《きりよう》が悪く生《うま》れたら、そんな気にもならなかつたかも知れませんでしたが。おつねは鳥渡《ちよつと》可愛らしい眼《め》鼻立《はなだち》で、みがき上げれば相当に光りさうな娘《むすめ》なので、自分も自然そんな気になつたのかも知れません。それでも迂闊《うかつ》にそんなことは出来ませんから、念のために医者の家《うち》へ行つて、おふくろの命《いのち》は屹《きつ》と人参で取留められるでせうかと聞きますと、十に九つまでは請合《うけあ》ふと桂斎先生が答へたさうです。おつねは喜んで帰つて来て、弟にその話をすると、久松も喜んだり嘆いたりで、しばらくは思案に迷つたのですが、姉の決心が固いのと、それより外《ほか》には人参代を調達する智慧《ちえ》も工夫もないのとで、これもたうとう思ひ切つて、姉に身売をさせることになつてしまひました。

おつねは長屋の人にたのんで、山谷《さんや》あたりにゐる女衒《ぜげん》に話して貰つて、よし原《わら》の女郎《じよろう》屋《や》へ十年一抔《ばい》五十両に売られることになりました。家《うち》の名は知りませんが、大町《だいちよう》小店《こみせ》で相当に流行《はや》る店だつたさうです。式《かた》のごとくに女衒の判代《はんだい》や身付《みづき》の代《だい》を差引《さしひ》かれましたが、残つた金を医者のところへ持つて行つて、宜《よろ》しくおねがひ申しますと云ふと、桂齋先生は心得て、そのうちから八両とかを受取つて、すぐに人参を買つて病人に飲ませてくれたが、おふくろの病気は矢《や》はりよくならない。久松も心配して、色々に医者をせがむので、先生はまた十両をうけ取つて人参を調剤したのですが、それも験《げん》がみえない。おふくろはいよ〳〵悪くなるばかりで、それから半月ほどの後《のち》にたうとう此世《このよ》の別れになつてしまつたので、久松は泣いても泣き尽《つく》せない位《くらい》で、とりあへず吉原《よしわら》の姉のところへ知らせてやりましたが、まだ初店《はつみせ》ですから出てくることは出来ません。長屋の人たちの手をかりて、久松は兎《と》もかくもおふくろの葬式をすませました。

かうなると、おつねの身売は無駄なことになつたやうなわけで、これから十年の長いあひだ苦界《くがい》の勤めをしなければならないのですから、姉思ひの久松は身を切られるやうに情《なさけ》なく思ひました。それから惹《ひ》いて、医者を怨《うら》むやうな気にもなりました。

『人参をのませれば屹《きつ》と癒ると請合つて置きながら、あの医者はおふくろを殺した。それがために姉さんまでが吉原へ行くやうになつた。あの医者の嘘つき坊主め。あいつはおふくろの仇《かたき》だ、姉さんのかたきだ。』

今日《こんにち》はそんなこともありませんが、病人が死ぬとその医者を怨むのが昔の人情で、川柳にも『見《み》すくの親のかたきに五分礼《ごふんれい》』などといふのがあります。まして斯《こ》ういふ事情が色々にからんでゐるので、年の行かない久松は一層その医者を怨むやうにもなり、自然それを口に出すやうにもなつたので、糸屋の主人は久松に同情もし、また意見もしました。『人間には寿命といふものがある。人参を飲んで屹と癒るものならば、高貴のお方は百年も長命する筈だが、さうはならない。公方様《くげさま》でもお大名《だいみよう》でも、定命《じようみよう》が尽きれば仕方がない。金の力でも買はれないのが人の命だ。人参まで飲ませても癒らない以上は、もうあきらめるの外《ほか》はない。むやみに医者を怨むやうなことを云つてはならない。』

理窟はその通りですが、どうも久松には思ひ切りが付きませんでした。姉の身売りの金がまだ幾《いく》らか残つてゐるのを主人にあづけて、自分は相変《あいかわ》らず奉公してゐましたが、おふくろは此世《このよ》に無し、姉には逢はれず、まつたく頼りのないやうな身の上になつてしまつたので、久松はもう働く張合《はりあい》もぬけて、ひどく元気のない人間になりました。毎月おふくろの墓まゐりに行つて、泣いて帰るのがせめてもの慰《なぐさ》めで、いつそ死んでしまはうかなどと考へたこともありましたが、姉は生きてゐる。年季が明ければ姉は吉原から帰つてくる。それを楽みに、久松はさびしいながらも矢はり生きてゐました。

そのうちに、又《また》こんなことが久松の耳に這入りました。初めておふくろの病気をみてゐた小池といふ医者が、途中で取換へられたのを面白く思つてゐなかつたのでせう、それに同商売忌敵《どうしようばいいみがたき》といふやうな意味もまじつてゐたのでせう、その後近所の人達にむかつて、あの病人に人参をのませて何になる。いくら人参だと云つても万病《まんびよう》に効《こう》のあるといふものではない。利《き》かない薬をあてがふのは、見す〳〵病家《びようか》に無駄な金を使はせるやうなものだ。高価な薬をあたへれば、医者のふところは膨《ふく》らむが、病家の身代《しんだい》は痩《や》せる。医は仁術で、金儲け一点張りではいけないなどと云ふ。それが自然に久松にもきこえましたから、いよ〳〵心持《こころもち》を悪くしました。それでは桂斎の医者坊主め、みす〳〵利かないのを知つてゐながら、金儲けのために高い人参を売り付けたのかも知れないといふ疑ひも起《おこ》つてくる。桂斎先生は決してそんな人物ではないのですが、ふだんから怨んでゐるところへ前のやうな噂が耳にひゞくので、年の行かない久松としては、そんな疑ひを起すのも無理はありません。商売の累《わずら》ひと云ひながら、桂斎先生も飛んだ敵《かたき》をこしらへてしまひました。

それでもまあそれだけのことならば、蔭《かげ》で怨んでゐるだけで済んだのですが、桂斎先生のためにも、久松姉弟のためにも、こゝに又とんでもない事件が出来《しゆつたい》したのです。それはその年十月の大地震――この地震のことはどなたも御承知ですから改《あらた》めて申上《もうしあ》げませんが、江戸中《じゆう》で沢山の家《うち》が潰《つぶ》れる。火事が起《おこ》る。死人や怪我人《けがにん》が出来る。そのなかでも吉原の廓《くるわ》は丸潰《まるつぶ》れの丸焼けで、こゝだけでもおびたゞしい死人がありました。おつねの勤めてゐる店も勿論つぶれて、おつねは可哀《かわい》さうに焼け死にました。久松の店も潰れたが、幸《さいわ》ひに怪我人はありませんでした。桂斎先生の家は半分かたむいたゞけで、これも運よく助かりました。

おふくろは死ぬ、それから半年ばかりのうちに姉もつゞいて死んだので、久松は一人法師《ひとりぼつち》になつてしまひました。おふくろのない後《のち》は、たゞ一本の杖柱《つえはしら》とたのんでゐた姉にも死別《しにわか》れて、久松はいよ〳〵力がぬけ果てゝ、自分ひとり、助かつたのを却《かえ》つて悔《くや》むやうになりました。おまけに姉のおつねが以前奉公してゐた芝口の酒屋は、土台がしつかりしてゐたと見えて、今度の地震にも屋根瓦《やねがわら》をすこし震《ふる》ひ落《おと》されたゞけでびくともせず、運よく火事にも焼け残つたので、久松はいよ〳〵あきらめ兼《か》ねました。姉も今までの主人に奉公してゐれば無事であつたものを、吉原へ行つたればこそ非業《ひごう》の死を遂《と》げたのである。姉はなんのために吉原へ売られて行つたのか。高価の人参は母の病《やまい》を救ひ得ないばかりか、却《かえ》つて姉の命をも奪ふ毒薬になつたのかと思ふと、久松は日本朝鮮《につぽんちようせん》にあらんかぎりの人参を残らず焼いてゞもしまひたい程《ほど》に腹が立ちました。その人参を売りつけた医者坊主がます〳〵憎い奴のやうに思はれて来ました。

糸屋の店では一旦《いつたん》小梅《こうめ》の親類の家《うち》へ立退《たちの》いたので、久松も一緒に附いて行きました。場所柄だけに、店の方はすぐに仮普請に取りかゝつて、十二月には兎《と》もかくも商売をはじめるやうになつたので、主人や店の者は日本橋へ戻りましたが、焼跡の仮小屋同様のところでは女子供がこの冬を過《すご》されまいといふので、主人の女房や娘子供は矢《や》はり小梅の方《ほう》に残つてゐることになりました。それがために小僧もひとり残されることになつたので、久松がその役にあたつて、あくる年の正月を小梅で迎へました。そのうちに三月の花が咲いて、陽気もだん〳〵にあたゝかくなり、世間の景気も春めいて来たので、主人の家族もみんなこゝを引払ふことになつて、久松もはじめて日本橋の店へ戻つてくると、土地が近いだけに憎い怨めしい医者坊主めのことが一層強く思ひ出されます。勿論、小梅にゐるあひだも毎日忘れたことはなかつたのですが、近間《ちかま》へ戻つてくると又一倍《またいちばい》にその執念が強くなつて来ました。

三月末《すゑ》の陰《くも》つた日に、久松が店の使《つかい》で表《おもて》へ出ると、途中で丁度、桂斎先生に逢ひました。はつと思ひながらも、よんどころなしに会釈《えしやく》をすると、先生の方では気が注《つ》かなかつたのか、それともそんな小僧の顔はもう見忘れてしまつたのか、素知《そし》らぬ風《ふう》でゆき過ぎたので、久松は赫《かつ》となりました。使《つかい》をすませて主人の店へ一旦《いつたん》帰つて、奥にゐる女房のまへに出て、去年からあづけてある金《かね》のうちで一両だけを渡して貰ひたいと云ひました。なんにするのだと聞くと、おふくろの一周忌がもう近づいたから、お長屋の人にたのんで石塔《せきとう》をこしらへて貰ふのだといふ返事です。久松の孝行は女房もかねて知つてゐるので、それは奇特《きどく》のことだと云つてすぐに一両の金を出してやると、久松はそれを持つて再び表へ出ましたが、もとの長屋へは行かないで、近所の刀屋《かたなや》へ行つて道中指《どうちゆうざし》のやうな脇差《わきざし》を一本買ひました。

その脇差をふところに忍ばせて、久松は新乗物町へ行つて桂斎先生の出入りをうかゞつてゐると、日のくれる頃から春雨が音もせずに降つて来ました。先生の出て行くところを狙つたのですが、どうも工合が悪かつたので、雨にぬれながら親父橋の袂《たもと》に立つてゐて、その帰るところを待ちうけて、今年十五の小僧が首尾よく相手を仕留めたのです。

久松はそれから人形町通りの店へ帰つて、平気でいつもの通りに働いてゐたのですが、間もなく吉五郎といふ人の手で召捕られました。町奉行所の吟味に対して、あの桂齋といふ藪医者はおふくろと姉の仇だから殺しましたと、久松は悪びれずに申立てたさうです。なにぶんにもまだ十六にも足らない者ではあり、係《かか》りの役人達も大いにその情状を酌量してくれたのですが、理窟の上から云へば筋違ひで、そんなことで一々かたき討《うち》をされた日には、医者の人種《ひとだね》が尽きてしまふわけですから、どうしても正当のかたき討と認めることは出来ないのでした。

『それにしても、母と姉との仇討《あだうち》ならば、なぜすぐに自訴《じそ》して出なかつたか。』と、係りの役人は聞きました。

かたきを討《う》つてから、久松は川づたひに逃げ延びて、人の見ないところで脇差を川のなかへ投げ込んで、自分もつゞいて川へ飛び込まうとすると、暗《くら》い水のうへに姉のおつねが花魁《おいらん》のやうな姿でぼんやりとあらはれて、飛び込んではならないと云ふやうに頻《しき》りに手を振るので、死なうとする気は急に鈍《にぶ》つた。かんがへてみると、今こゝで自分が死んでしまへば、おふくろや姉の墓まゐりをする者はなくなる。迂闊《うかつ》に死急《しにいそ》ぎをしてはならない。生きられるだけは生きてゐるのがおふくろや姉への孝行だと思ひ直して、早々にそこを立去つて、なに食はぬ顔をして主人の店へ戻つてゐたと、久松はかう申立てたさうです。姉のすがたが見えたか見えないか、それは勿論わかりませんが、或《あるい》は久松の眼にはほんたうに見えたのかも知れません。

奉行所ではその裁き方によほど困つたやうでした。唯《ただ》の意趣斬《いしゆぎり》にするのも不便《ふびん》、さりとて仇討《かたきうち》として赦《ゆる》すわけにも行かないので、一年あまりもそのまゝになつてゐましたが、安政四年の夏になつて、久松はいよ〳〵遠島《えんとう》といふことにきまりました。島へ行つてから何《ど》うしたか知りませんが、おそらく赦《しや》に逢つて帰つたらうと思ひます。

# 置いてけ堀

一

『躑躅《つつじ》がさいたら又《また》おいでなさい。』

かう云《い》はれたのを忘れないで、わたしは四月の末《すゑ》の日曜日に、かさねて三浦老人をたづねると、大久保の停車場《ていしやじよう》のあたりは早いつゝじ見物《けんぶつ》の人たちで賑《にぎわ》つてゐた。青葉の蔭《かげ》にあかい提灯《ちようちん》や花のれんをかけた休み茶屋が軒《のき》をならべて、紅い襷《たすき》の女中達《じよちゆうたち》がしきりに客を呼んでゐるのも、その頃の東京郊外の景物《けいぶつ》の一つであつた。暮春《ぼしゆん》から初夏にかけては、大久保の躑躅が最も早く、その次が亀戸《かめいど》の藤《ふじ》、それから堀切《ほりきり》の菖蒲《しようぶ》といふ順番で、そのなかでは大久保が比較的に交通の便利がいゝ方《ほう》であるので、下町からわざ〳〵上《のぼ》つてくる見物もなか〳〵多かつた。藤や菖蒲は単《たん》にその風趣を賞《しよう》するだけであつたが、躑躅には色々の人形細工《ざいく》がこしらへてあるので、秋の団子坂《だんござか》の菊人形と相対《あいたい》して、夏の大久保は女子供をひき寄せる力があつた。

ふだんは寂しい停車場にも、けふは十五六台の人車《くるま》が列《なら》んでゐて、つい眼のさきの躑躅園まで客を送つて行《ゆ》かうと、うるさいほどに勧めてゐる。茶屋の姐《ねえ》さんは呼ぶ、車夫《くるまや》は附《つ》き纏《まと》ふ、そのさう〴〵しい混雑のなかを早々に通りぬけて、つゝじ園のつゞいてゐる小道を途中から横にきれて、おなじみの杉の生垣《いけがき》のまへまで来るあひだに、私はつゝじのかんざしをさしてゐる女たちに幾《いく》たびも逢《あ》つた。

門《もん》をあけて、いつものやうに格子《こうし》の口へゆかうとすると、庭の方から声をかけられた。

『どなたです。すぐに庭の方へおまはりください。』

『では、御《ご》めん下さい。』

わたしは枝折戸《しおりど》をあけて、すぐに庭先の方へまはると、老人は花壇の芍薬《しやくやく》の手入れをしてゐるところであつた。

『やあ、いらつしやい。』

袖《そで》にまつはる虻《あぶ》を払ひながら、老人は縁《えん》さきへ引返《ひつかえ》して、泥だらけの手を手水鉢《ちようずばち》で洗つて、わたしをいつもの八畳の座敷へ通した。老人は自分で起《た》つて、忙しさうに茶を淹《い》れたり、菓子を運《はこ》んで来たりした。それがなんだか気の毒らしくも感じられたので、私はすゝめられた茶をのみながら訊《き》いた。

『けふはばあやはゐないんですか。』

『ばあやは出ましたよ。下町にゐるわたくしの娘《むすめ》が孫たちをつれて躑躅を見にくるとこのあひだから云つてゐたのですが、それが今日の日曜にどや〱押掛《おしか》けて来たもんですから、ばあやが案内役で連れ出して行きましたよ。近所でゐながら燈台下暗《とうだいもとくら》しで、わたくしは一向《いつこう》不案内ですが、今年も躑躅はなか〱繁昌《はんじよう》するさうですね。あなたもこゝへ来がけに御覧になりましたか。』

『いゝえ。どこも覗《のぞ》きませんでした。』と、わたしは笑ひながら答へた。

『まつすぐにこゝへ。』と、老人も笑ひながらうなづいた。『まあ、まあ、その方《ほう》がお利口でせうね。いくら人形がよく出来たところで、躑躅でこしらへた牛若弁慶五条《うしわかべんけいごじよう》の橋《はし》なんぞは、あなた方《がた》の御覧になるものぢやありますまいよ。はゝゝゝゝ。』

『しかし、お客来《きやくらい》のところへお邪魔《じやま》をしましては。』

『なに、構《かま》ふものですか。』と、老人は打消《うちけ》すやうに云つた。『決して御遠慮には及びません。あの連中《れんじゆう》が一軒一軒に口をあいて見物してゐた日にはどうしても半日仕事ですから、めつたに帰つてくる気づかひはありませんよ。わたくし一人が置《お》いてけ堀《ぼり》をくつて、退屈しのぎに泥いぢりをしてゐるところへ、丁度《ちようど》あなたが来て下《くだ》すつたのですから、まあゆつくりと話して行つてください。』

老人はいつもの通りに元気よく色々のむかし話をはじめた。老人が唯《た》つた今、置いてけ堀をくつたと云つたのから思ひ出して、わたしは彼《か》の『置いてけ堀』なるものに就《つ》いて質問を出すと、かれは笑ひながら斯《こ》う答へた。

置いてけ堀といへば、本所七不思議《ほんじよななふしぎ》のなかでも一番有名になつてゐますが、さてそれが何処《どこ》だといふことは確かに判《わか》つてゐないやうです。一体、本所の七不思議といふのからして、ほんたうには判つてゐないのです。誰でも知つてゐるのは、置いてけ堀、片葉《かたは》の蘆《あし》、一つ提灯《ちようちん》、狸《たきぬ》ばやし、足洗《あしあら》ひ屋敷《やしき》ぐらゐのもので、ほかの二つは頗《すこぶ》る曖昧《あいまい》です。ある人は津軽家《つがるけ》の太鼓《たいこ》、消えずの行燈《あんどう》だとも云ひますし、ある書物には津軽家の太鼓を省《はぶ》いて、松浦家《まつうらけ》の椎《しい》の木を入れてゐます。又《また》ある人は足洗ひ屋敷を省いて、津軽と松浦と消えずの行燈とをかぞへてゐるやうです。この七不思議を仕組んだものには『七不思議葛飾譚《かつしかものがたり》』といふ草双紙《くさぞうし》がありましたが、それには何々《なになに》をかぞへてあつたか忘れてしまひました。所詮《しよせん》無理に七つの数にあはせたのでせうから、一つや二つはどうでもいゝので、その曖昧なところが即《すなわ》ち不思議の一つかも知れません。

さういふわけですから、置いてけ堀だつて何処のことだか確かには判らないのです。御承知の通り、本所は掘割《ほりわり》の多いところですから、堀と云つたばかりでは高野山《こうやさん》で今道心《いまどうしん》をたづねるやうなもので、なか〳〵知れさうもありません。元来この置いてけ堀といふにも二様《よう》の説があります。その一つは、その辺に悪旗本《わるはたもと》の屋敷があつて、往来《おうらい》の者をむやみに引摺《ひきず》り込《こ》んでいかさま博奕《ばくち》をして、身ぐるみ脱《ぬ》いで置いて行かせるので、自然に置いてけ堀といふ名が出来たといふのです。もう一つは、その辺の堀に何か怪《あや》しい主《ぬし》が棲《す》んでゐて、日の暮れる頃に釣師《つりし》が獲物《えもの》の魚をさげて帰らうとすると、それを置いて行けと呼ぶ声が水のなかで微《かす》かにきこえると云ふのです。どつちがほんたうか知りませんが、後《のち》の怪談の方が広く世間《せけん》に伝はつてゐて、わたくし共《ども》が子供のときには、本所へ釣に行つてはいけない、置いてけ堀が怖《こわ》いぞと嚇《おど》かされたものでした。

その置いてけ堀について、こんなお話があります。嘉永《かえい》二年酉歳《とりどし》の五月のことでした。本所入江町《ほんじよいりえちよう》の鐘撞堂《かねつきどう》の近辺に阿部《あべ》久四郎《きゆうしろう》といふ御家人《ごけにん》がありまして、非番の時《とき》にはいつも近所の川や堀へ釣に出る、と云ふと、大変に釣道楽のやうにもきこえますが、実はそれが一つの内職で、釣つて来た鯉《こい》や鮒《ふな》はみんな特約のある魚屋へ売つてやることになつてゐるのです。武士は食《く》はねど高楊枝《たかようじ》などと云つたのは昔《むかし》のことで、小身《しようしん》の御家人たちは何かの内職をしなければ立ち行きませんから、みなそれぐ〵に内職をしてゐました。四谷怪《よつやかい》談《だん》の伊右衛門《いえもん》のやうに傘を張るのもあれば、花かんざしをこしらへるのもある。刀《かたな》をとぐのもあれば、楊枝を削るのもある。提灯《ちようちん》を張るのもある。小鳥を飼ふのもあれば、草花を作るのもある。阿部といふ人が釣に出るのも矢《や》はりその内職でしたが、おなじ内職でも刀を磨《と》いだり、魚を釣つたりしてゐるのは、まあ世間体《せけんてい》のいゝ方《ほう》でした。

五月は例のさみだれが毎日じめ〵降《ふ》る。それがまた釣師の狙《ねら》ひ時《どき》ですから、阿部さんはすつかり蓑笠《みのがさ》のこしらへで、びくと、釣竿《つりざお》を持つて、雨のふるなかを毎日出かけてゐましたが、今年の夏はどういふものか両国《りやうごく》の百本杭《ひやつぽんぐい》には鯉の寄りがわるい。綾瀬《あやせ》の方まで上《のぼ》るのは少し足場が遠いので、このごろは専《もつぱ》ら近所の川筋をあさることにしてゐました。そこで、五月のなかば、何でも十七八日《にち》ごろのことださうです、その日は法恩寺橋《ほうおんじばし》から押上《おしあげ》の方へ切れた掘割の川筋へ行つて、朝から竿をおろしてゐると、鯉はめつたに当《あた》らないが、鰻《うなぎ》や鯰《なまず》が面白いやうに釣れる。内職とは云ふものゝ、もと／＼自分の好きから始めた仕事ですから、阿部さんは我《われ》を忘れて釣つてゐるうちに、雨のふる日は早く暮れて、濁つた水のうへはだん／＼薄暗くなつて来ました。

今とちがつて、その辺は一帯《いつたい》の田や畑で、まばらに人家《じんか》がみえるだけですから、昼でも随分さびしいところです。まして此頃《このごろ》は雨がふり続くので、日が暮れかゝつたら滅多に人通りはありません。阿部さんは絵にかいてある釣師の通りに、大きい川柳《かわやなぎ》をうしろにして、若い蘆《あし》のしげつた中に腰をおろして、糸のさきの見えなくなるまで釣つてゐましたが、やがて気がつくと、あたりはもう暮れ切つてゐる。まだ残り惜《お》しいがもうこゝらで切上《きりあ》げようかと、水に入れてあるびくを引きあげると、ずつしりと重い。けふは案外の獲物があつたなと思ふ途端《とたん》に、どこかで微《かす》かな哀れな声がきこえました。

『置いてけえ。』

阿部さんもぎよつとしました。子供のときから本所に育つた人ですから、置いてけ堀のことは勿論《もちろん》知つてゐましたが、今までこゝらの川筋は大抵《たいてい》自分の釣場所にしてゐても、曽《かつ》て一度もこんな不思議に出逢つたことは無《な》かつたのに、けふ初めてこんな怪《あや》しい声を聴いたといふのはまつたく不思議です。しかし阿部さんは今年廿二《にじゆうに》の血気ざかりですから、一旦《いつたん》はぎよつとしても、又《また》すぐに笑ひ出しました。

『はゝ、おれもよつぽど臆病《おくびよう》だとみえる。』

平気でびくを片附けて、それから釣竿を引きあげると、鈎《はり》にはなにか懸《かか》つてゐるらしい。川蝦《かわえび》でもあるかと思つて糸を繰《く》りよせてみると、鈎のさきに引つかゝつてゐるのは女の櫛《くし》でした。ありふれた三日月型《みかづきがた》の黄楊《つげ》の櫛ですが、水のなかに漬《つ》かつてゐたにも似合はず、油で気味の悪い程《ほど》にねば〳〵してゐました。

『あゝ、又《また》か。』

阿部さんは又すこし厭《いや》な心持《こころもち》になりました。実をいふと、この櫛は午前《ひるまえ》に一度、ひるすぎに一度やはり阿部さんの鈎にかゝつたので、その都度《つど》に川のなかへ投げ込んでしまつたのです。それがいよ〳〵釣仕舞《つりじまい》といふときになつて、又もや三度目で鈎にかゝつたので、阿部さんも何だか厭な心持になつて、うす暗いなかでその櫛を今更のやうに透《すか》して見ました。油じみた女の櫛、誰でもあんまり好《い》い感じのするものではありません。殊《こと》にそれが川のなかゝら出て来たことを考へると、ます〳〵好い心持はしないわけです。隠亡堀《おんぼうぼり》の直助《なおすけ》権兵衛《ごんべえ》といふ形《かたち》で、阿部さんはその櫛をぢつと眺《なが》めてゐると、どこからかお岩の幽霊のやうな哀れな声が又きこえました。

『置いてけえ。』

今まではは知らなかつたが、それではこゝが七不思議の置いてけ堀であるのかと、阿部さんは屹《きつ》と眼を据ゑてそこらを見まはしたが、暗い水の上にはなんにも見えない。細《こま》かい雨が音もせずにしと〳〵と降《ふ》つてゐるばかりです。阿部さんは再び自分の臆病を笑つて、これもおれの空耳《そらみみ》であらうと思ひながら、その櫛を川のなかへ投げ込みました。

『置いていけと云ふなら、返してやるぞ。』

釣竿とびくを持つて、笑ひながら行きかけると、どこかで又よぶ声がきこえました。

『置いてけえ。』

それをうしろに聞きながして、阿部さんは平気ですた〳〵帰りました。

二

小身と云つても場末《ばすえ》の住居《すまい》ですから、阿部さんの組屋敷《くみやしき》は大縄《おおなわ》でかなりに広い空地を持つてゐました。お定《さだ》まりの門《もん》がまへで、門の脇にはくゞり戸がある。両方は杉の生垣で、丁度《ちょうど》唯今《ただいま》の、わたくしの家《うち》の様《よう》な恰好《かっこう》に出来てゐます。門のなかには正面の玄関口へ通《かよ》ふがけの路《みち》を取つて、一方はそこで相撲《すもう》でも取るか、剣術の稽古でもしようかと云ふやうな空地、一方は畑になつてゐて、そこで汁《しる》の実《み》の野菜でも作らうといふわけです。阿部さんはまだ独身で弟の新五郎《しんごろう》は二三年まへから同じ組内《くみうち》の正木《まさき》といふ家《うち》へ養子にやつて、当時はお幾《いく》といふ下女《げじよ》と主従二人暮《ぐら》しでした。

お幾といふ女は今年廿九《にじゆうく》で、阿部さんの両親が生きてゐるときから奉公してゐたのですが、嫁入先《よめいりさき》があるといふので、一旦《いつたん》ひまを取つて国へ帰つたかと思ふと、半年ばかりで又出て来て、もとの通りに使つて貰《もら》ふことになつて、今の阿部さんの代《だい》まで長年《ちようねん》してゐるのでした。容貌《きりよう》はまづ一通りですが、幾年《いくねん》たつても江戸の水にしみない山出しで、その代《かわ》りにはよく働く。女のゐない世帯《しよたい》のことを一手に引受けて、そのあひだには畑も作る。もと〳〵小身のうへに、独身で年のわかい阿部さんは、友だちの附合《つきあい》や何かで些《ちつ》とは無駄な金《かね》もつかふので、内職の鯉《こい》や鰻《うなぎ》だけではなか〳〵内証《ないしよう》が苦しい。したがつて、下女に払ふ一年一両の給金すらも兎角《とかく》とゞこほり勝《がち》になるのですが、お幾は些とも厭《いや》な顔をしないで、まへにも云ふ通り、見得《みえ》にも、振《ふり》にも構《かま》はずに、世帯のことから畑の仕事まで精出して働くのですから、まつたく徳用向《とくようむ》きの奉公人でした。

『お帰りなさいまし。』

くゞり戸を推《お》して這入《はい》る音をきくと、お幾はすぐに傘をさして迎ひに出て来て、主人の手から重いびくをうけ取つて水口の方《ほう》へ持つて行く。阿部さんも蓑笠でぐつしより濡れてゐますから、これも一緒に水口へまはると、お幾は蠟燭《ろうそく》をつけて来て、大きい盥《たらい》に水を汲《く》み込んで、びくの魚を移してゐたが、やがて小声で『おやつ』と云ひました。

『旦那《だんな》さま。どうしたのでございませう。びくのなかにこんなものが……。』

手にとつて見せたのは黄楊《つげ》の櫛《くし》なので、阿部さんも思はず口のうちで『おやつ』と云ひました。それはたしかに例の櫛です。三度目にも川のなかへ抛《ほう》り込んで来た筈《はず》だのに、どうしてそれが又《また》自分のびくのなかに這入《はい》つて来たのか。それとも同じやうな櫛が幾枚も落ちてゐて、何かのはずみでびくのなかに紛《まぎ》れ込んだのかも知れないと思つたので、阿部さんは別にくはしいことも云ひませんでした。

『そんなものが何《ど》うして這入《はい》つたのかな。掃溜《はきだめ》へでも持つて行つて捨てゝしまへ。』

『はい。』

とは云つたが、お幾は蠟燭のあかりでその櫛をながめてゐました。さうして、なんと思つたか、これを自分にくれと云ひました。

『まだ新しいのですから、捨てゝしまふのは勿体《もつたい》なうございます。』

櫛を拾ふのは苦《く》を拾ふとか云つて、むかしの人は嫌つたものでした。お幾はそんなことに頓着《とんじやく》しないとみえて自分が貰《もら》ひたいといふ。阿部さんは別に気にも止めないで、どうでも勝手にするがいゝと云ふことになりました。けふは獲物《えもの》が多かつたので、盥《たらい》のなかには鮒《ふな》や鯰《なまず》やうなぎが一杯《いつぱい》になつてゐる。そのなかには可成《かな》り目方《めかた》のありさうな鰻《うなぎ》もまじつてゐるので、阿部さんもすこし嬉しいやうな心持《こころもち》で、その二三匹をつかんで引きあげて見《み》てゐるうちに、なんだかちくりと感じたやうでしたが、それなりに手を洗つて居間へ這入りました。夕飯《ゆうめし》の支度《したく》は出来てゐるので、お幾はすぐに膳《ぜん》ごしらへをしてくる。阿部さんはその膳にむかつて箸《はし》を取らうとすると、急に右の小指が灼《や》けるように痛んで、生血《なまち》がにじみ出しました。

『痛い、痛い。どうしたのだらう。』

主人がしきりに痛がるので、お幾もおどろいてだん〳〵詮議《せんぎ》すると、たつた今、盥《たらい》のなかの鰻《うなぎ》をいぢくつてゐる時に、なにかちくりと触《さわ》つたものがあるといふ。そこで、お幾は再び蠟燭をつけて、台所の盥をあらためてみると、鰻のなかに、一匹の蝮《まむし》がまじつてゐたので、びつくりして声をあげました。

『旦那様、大変でございます。蝮が這入つてをります。』

『蝮が……。』と、阿部さんもびつくりしました。まさかに自分の釣つたのではあるまい。そこらの草むらに棲んでゐた蝮がびくのなかに這り込んでゐたのを、鰻と一緒に盥のなかへ移したのであらう。お幾は運よく咬《か》まれなかつたが、自分は鰻をいぢくつてゐるうちに、指が触つて、咬まれたのであらう。これは大変、まかり間違へば命《いのち》にもかゝはるのだと思ふと、阿部さんも真蒼《まつさお》になつて騒ぎ出しました。

『お幾、早く医者をよんで来てくれ。』

『蝮に咬まれたら早く手当をしなければなりません。お医者のくるまで打つちやつて置いては手おくれになります。』

お幾は上総《かずさ》の生《うま》れで、かういふことには馴れてゐるとみえて、すぐに主人の痛んでゐる指のさきに口をあてゝ、その疵口《きずぐち》から毒血をすひ出しました。それから小切《こぎれ》を持ち出して来て、指の附根《つけね》をしつかりと縛《くく》りました。それだけの応急手当をして置いて、雨のふりしきる暗《くら》いなかを医者のところへ駈けて行《ゆ》きました。阿部さんは運がよかったのです。お幾がすぐにこれだけの手当をしてくれたので、勿論《もちろん》その命《いのち》にかゝはるような大事件にはなりませんでした。医者が来て、診察してやはり蝮《まむし》の毒とわかつたので小指を半分ほど切りました。その当時でも、医者はそのくらゐの療治《りようじ》を心得てゐたのです。

大難《だいなん》が小難《しようなん》、小指の先ぐらゐは吉原の花魁《おいらん》でも切ります。それで命が助かれば実に仕合《しあわ》せと云はなければなりません。医者もこれで大丈夫だと受合《うけあ》つて帰り、阿部さんもお幾も先づほつとしましたが、なるべく静かに寝てゐろと医者からも注意されたので、阿部さんはすぐに床《とこ》を敷《し》かせて横になりました。本所は蚊《か》の早いところですから、四月の末《すえ》から蚊帳《かや》を吊《つ》つてゐます。阿部さんは蚊帳のなかでうと〳〵してゐると、気のせゐか、すこしは熱も出たやうです。宵《よい》から雨が強くなつたとみえて、庭のわか葉をうつ音がぴしや〳〵ときこえます。すると、どことも無しに、こんな声が阿部さんの耳にきこえました。

『置いてけえ。』

かすかに眼をあいて見まはしたが、蚊帳の外には誰もゐないらしい。やはり空耳だと思つてゐると、又しばらくして同じやうな声がきこえました。

『置いてけえ。』

阿部さんも堪《たま》らなくなつて飛び起きました。さうして、あわたゞしくお幾をよびました。

『おい、おい。早く来てくれ。』

広くもない家《うち》ですから、お幾はすぐに女部屋から出て来ました。

『御用でございますか。』

蚊帳《かやご》越しに枕《まくら》もとへ寄つて来たお幾の顔が、ほの暗《くら》い行燈《あんどう》の火に照《てら》されて、今夜はひどく美しくみえたので、阿部さんも変に思つてよく見ると、やはりいつものお幾の顔に相違《そうい》ないのでした。

『誰かそこらに居やしないか。よく見てくれ。』

お幾はそこらを見まはして、誰もゐないと云つたが、阿部さんは承知しません。次《つぎ》の間《ま》から、納戸《なんど》から、縁側《えんがわ》から、便所から、しまひには戸棚のなかまでも一々《いちいち》あらためさせて、鼠一匹もゐないことを確かめて、阿部さんも先づ安心しました。

『まつたくゐないか。』

『なんにも居《お》りません。』

さういふお幾の顔が又ひどく美しいやうにみえたので、阿部さんはなんだか薄気味悪くなりました。まへにも云ふ通り、お幾は先づ一通りの容貌《きりよう》で、決して美人といふたぐひではありません。殊《こと》に見得《みえ》にも振《ふり》にもかまはない山出しで、年《とし》も三十に近い。それがどうしてこんなに美しく見えるのか、毎日見馴《みな》れてゐるお幾の顔を、今さら見違へる筈《はず》もない。熱があるのでおれの眼がぼうとしてゐるのかも知れないと阿部さんは思ひました。

門《もん》のくゞりを推《お》す音がきこえたので、お幾が出てみると主人の弟の正木新五郎《まさきしんごろう》が見舞《みまい》に来たのでした。お幾は医者へ行く途中で、正木の家《うち》の中間《ちゆうげん》に出逢つたので、主人が蝮《まむし》に咬《か》まれたといふ話をすると、中間もおどろいて注進《ちゆうしん》に帰つたのですが、生憎《あいにく》に新五郎はその時《とき》不在で、四《よ》つ（午後十時）近い頃にやうやく戻つて来て、これもその話におどろいて夜中《やちゆう》すぐに見舞にかけ着けて来たといふわけです。新五郎は今年十九ですが、もう番入《い》りをして家督を相続してゐました。兄よりは一嵩《ひとかさ》も大きい、見るから強さうな侍でした。

『兄さん、どうした。』

『いや、ひどい目に逢つたよ。』

兄弟は蚊帳《かやご》越しで話してゐると、そこへお幾が茶を持つて来ました。その顔が美しいばかりでなく、阿部さんの眼《め》のせゐか、姿までが痩形《やせがた》で、如何《いか》にもしなやかに見えるのです。どうも不思議だと思つてゐると、阿部さんの耳に又きこえました。

『おいてけえ。』

阿部さんは不図《ふと》かんがへました。

『新五郎。おまへ今夜泊まつてくれないか。いま、看病だけならお幾ひとりで沢山だが、おまへには別に頼むことがある。おれの大小《だいしよう》や、長押《なげし》にかけてある槍《やり》なんぞを、みんな何処《どこ》かへ隠してくれ。さうして万一おれが不意《ふい》にあばれ出すやうなことがあつたら、すぐに取つて押さへてくれ。おとなしく云ふことを肯《き》かなかつたら、縄をかけて厳重に引つくゝつてくれ。かならず遠慮するな。屹《きつ》とたのむぞ。』

なんの訳《わけ》かよく判《わか》らないが、新五郎は素直に受合つて、兄の指図通りに大小や槍のたぐひを片附けてしまひました。自分はこゝに泊り込むつもりですから新五郎は兄と一つ蚊帳に這入る。用があつたら呼ぶからと云つて、お幾を女部屋に休ませる。これで家《うち》のなかもひつそりと鎮《しず》まつた。入江町《いりえちよう》の鐘《かね》が九つ《ここの》（午後十二時）を打つ。阿部さんはしばらくうと〳〵してゐましたが、やがて眼がさめると、少し熱があるせゐか、しきりに喉《のど》が渇《かわ》いて来ました。女部屋に寝てゐるものをわざ〳〵呼び起すのも面倒だと思つて、阿部さんはとなりに寝てゐる弟をよびました。

『新五郎、新五郎。』

新五郎はよく寝入つてゐるとみえて、なか〳〵返事をしません。よんどころなく大きい声でお幾をよびますと、お幾はやがて起きて来ました。主人の用を聞いて、すぐに茶碗に水を入れて来ましたが、そのお幾の寝みだれ姿といふのが又一層艶《つや》つぽく見えました。と思ふと、また例の声が哀れにきこえます。

『置いてけえ。』

心の迷ひや空耳とばかりは思つてゐられなくなりました。眼のまへにゐるお幾は、どうしてもほんたうのお幾とは見えません。置いてけの声も、かうしてたび〳〵聞える以上、どうしても空耳とは思はれません。阿部さんは起き直つて蚊帳越しに訊《き》きました。

『おまへは誰だ。』

『幾でございます。』

『嘘をつけ。正体をあらはせ。』

『御冗談を……。』

『なにが冗談だ。武士に祟《たた》らうとは怪《け》しからぬ奴だ。』

阿部さんは茶碗を把《と》つて叩き付けようとすると、その手は自由に働きません。さつきから寝入つた振りをして兄の様子をうかゞつてゐた新五郎が、いきなりに跳ね起きて兄の腕を取押《とりお》さへてしまつたのです。押さへられて、阿部さんはいよ〳〵焦《じ》れ出《だ》しました。

『新五郎。邪魔をするな。早く刀を持つて来い。』

新五郎は聴かない振《ふり》をして、黙《だま》つて兄を抱きすくめてゐるので、阿部さんは振り放さうとして身を藻掻《もが》きました。

『え丶、放せ、放せ。早く刀を持つて来いといふのに……。刀がみえなければ、槍を持つて来《こ》い。』

さつきの云ひ渡しがあるから、新五郎は決して手を放しません。兄が藻掻けば藻掻くほど、しつかりと押さへ付けてゐる。なにぶんにも兄よりは大柄で力も強いのですから、いくら焦《あせ》つても仕方《しかた》がない。阿部さんは無暗《むやみ》に藻《も》がき狂《くる》ふばかりで、おめ〳〵と弟に押さへられてゐました。

『放せ。放さないか。』と、阿部さんは気ちがひのやうに怒鳴《どな》りつゞけてゐる。その耳の端《はた》では『置いてけえ。』といふ声がきこえてゐます。

『これ。お幾。兄さんは蝮《まむし》の毒で逆上《ぎやくじよう》したらしい。水を持つて来て飲ませろ。』と、新五郎も堪《たま》りかねて云ひました。

『はい、はい。』

お幾は阿部さんの手から落ちた茶碗《ちやわん》を拾《ひろ》はうとして、蚊帳のなかへ自分のからだを半分くゞらせる途端《とたん》に、その髪の毛が蚊帳に触つて、何かぱらりと畳《たたみ》に落ちたものがありました。それは彼《か》の黄楊《つげ》の櫛でした。

『お話は先《ま》づこゝ迄《まで》です。』と、三浦老人は一息《ひといき》ついた。『その櫛が落ちると、お幾はもとの顔にみえたさうです。それで、だん〳〵に阿部さんの気も落ちつく。例の置いてけえも聞《き》こえなくなる。先づ何事もなしに済んだといふことです。お幾は初めに櫛を貰《もら》つて、一旦《いつたん》は自分の針箱の上にのせて置いたのですが、蝮《まむし》の療治《りようじ》がすんで、自分の部屋へ戻つて来て、その櫛を手に取つて再び眺めてゐるところを、急に主人に呼ばれたので、あわてゝその櫛を自分の頭にさして、主人の枕もとへ出て行つたのださうです。』

『さうすると、その櫛をさしてゐるあひだは美しい女に見えたんですね。』と、わたしは首をかしげながら訊いた。

『まあ、さういふわけです。その櫛をさしてゐるあひだは見ちがへるやうな美しい女にみえて、それが落ちると元の女になつたといふのです。』と、老人は答へた。『どうしてもその櫛になにかの因縁話《いんねんばなし》がありさうですよ。しかしそれは誰の物か、たうとう判《わか》らずじまひであつたと云ふことです。その櫛と、置いてけえと呼ぶ声と、そこにも何かの関係があるのか無《な》いのか、それもわかりません。櫛と、蝮と、置いてけ堀と、とんだ三題話のやうですが、そこに何にも纏《まと》まりの附いてゐないところが却《かえ》つて本筋の怪談かも知れませんよ。それでも阿部さんが早く気がついて、なんだか自分の気が可怪《おか》しいやうだと思つて、前以《まえもつ》て、弟に取押方《とりおさえかた》をたのんで置いたのは大出来《おおでき》でした。左《さ》もなかつたら、むやみ矢鱈《やたら》に刀《かたな》でも振りまはして、どんな大騒ぎを仕出来《しでか》したかも知れないところでした。阿部さんはそれに懲《こ》りたとみえてその後は内職の釣師を廃業したといふことです。』

なるほど老人の云つた通り、この長い話を終《おわ》るあひだに、躑躅見物の女連《おんなれん》は帰つて来なかつた。

# 落城の譜

## 一

『置《お》いてけ堀《ぼり》』の話が一席《いっせき》すんでも、女たちはまだ帰らない。その帰らない間《ま》にわたしは引揚《ひきあ》げようと思つたのであるが、老人はなか〳〵帰さない。色々の話がそれからそれへとはずんで行つた。

『いや、あなたが昨日《きのう》おいでになると、丁度《ちょうど》こゝに面白い人物が来てゐたのですがね。その人は森垣幸右衛門《もりがきこうえもん》と云《い》つて——明治以後はその名乗りを取つて、森垣道信《もりがきみちのぶ》といふむづかしい名に換《か》へてしまひましたが——わたくしの久しいお馴染《なじみ》なんです。維新後は一時《いちじ》横浜へ行つてゐたのですが、その時にかんがへ付いたのでせう。東京へ帰つて来てから時計屋をはじめて、それがうまく繁昌《はんじょう》して、今では、大森の方《ほう》へ別荘のやうなものをこしらへて、まあ楽隠居《らくいんきょ》といふ体《てい》で気楽に暮してゐます。なに、わたくしと同じやうだと仰《おっ》しやるか。どうして、どうして、わたくしなどは何《ど》うにか斯《こ》うにか息をついてゐると云ふだけで、とても森垣さんの足もとへも寄附《よりつ》かれませんよ。その森垣さんが躑躅《つつじ》見物ながら昨日久しぶりで尋《たず》ねてくれて、色々のむかし話をしました。その人にはかういふ変《かわ》つた履歴があるのです。まあ、お聴きなさい。』

わたくしはもうその年月《ねんげつ》を忘れてしまつたのですが、きのふ森垣さんに云はれて、はつきりと思ひ出しました。それは文久《ぶんきゅう》元年の夏のことで、その頃わたくしは何《ど》うも毎晩よく眠られない癖《くせ》が付きましてね、まあ今日《こんにち》ならば神経衰弱とでも云ふのでせうか、なんだか頭が重《おも》つ苦《くるし》くつて気が鬱《ふさ》いで、なにをする元気もないので、気晴《きばら》しのために近所の小さい講釈場《こうしゃくば》へ毎日通つたことがありました。今も昔もおなじことで、講釈場の昼席《ひるせき》などへ詰《つ》めかけてゐる連中《れんじゅう》は、よつぽどの閑人《ひまじん》か怠《なま》け者《もの》か、雨にふられて仕事にも出られないといふ人か、まあそんな手合が七分《しちぶ》でした。

わたくしなどもそのお仲間で、特別に講釈が好きといふわけでもないのですが、前に云《い》つたやうな一件《いっけん》で、家《うち》にゐてもくさ〳〵する、さりとて的《あて》なしに往来をぶら〳〵してもゐられないと云ふやうなことで、半分は昼寝をするやうな積《つも》りで毎日出かけてゐたのでした。それでも半月以上もつゞけて通つてゐるうちに、幾人《いくにん》も顔なじみが出来て、家にゐるよりは面白いといふことになりました。昼席には定連《じょうれん》が多いので、些《ちつ》とつゞけて通つてゐると、自然と懇意《こんい》の人が殖《ふ》えて来ます。その懇意のなかに一人のお武家《ぶけ》がありました。

お武家は三十二三のお国風《くにふう》の人で、袴《はかま》は穿《は》いてゐませんが、いつも行儀よく薄羽織《うすばおり》をきてゐました。勤番の人でもないらしい。おそらく浪人かと思つてゐましたが、この人もよほど閑《ひま》な体《からだ》だとみえて、大抵《たいてい》毎日のやうに詰めかけてゐる。しかもわたくしの隣《となり》に坐《すわ》つてゐることも屢々《しばしば》あるので、自然特別に心安くなりましたが、どこの何《ど》ういふ人だか云ひもせず聞きもせず、たゞ一通りの時候の挨拶や世間話をするくらゐのことでした。ところが、あの日の高座《こうざ》で前講のなんとかいふ若い講釈師が朝鮮軍記の碧蹄館《へきていかん》の戦《たたか》ひを読んだのです。明《みん》の大軍《たいぐん》三十万騎が李如松《りじよしよう》を大将軍《たいしようぐん》として碧蹄館へくり出してくる。日本の方では小《こ》早川隆景《ばやかわたかかげ》、黒田長政《くろだながまさ》、立花宗茂《たちばなむねしげ》と云つたやうな九州大名が陣をそろへて待ちうける。いや、とてもわたくしが修羅場《しゆらじよう》をうまく読むわけには行かないから、張扇《はりおうぎ》をたゝき立てるのは先《ま》づこのくらゐにして、さて本文に這入《はい》りますと、なにを云ふにも敵の大軍が野にも山にも満ち〳〵てゐるので、さすがの日本勢もそれを望んで少しく気怯《きおく》れがしたらしい。大将の小早川隆景が早くもそれを看《み》て取つて、味方の勇気を挫《くじ》かせないために、わざと後向《うしろむ》きに陣を取らせた。かうすれば敵はみえない。なるほど巧《うま》いことをかんがへたと講釈師は云ひますが、嘘かほんたうか、それはあなたの方がよく御承知でせう。そこで小早川は貝をふく者に云ひつけて、出陣の貝を吹かせようとしたが、こいつも少し怯《おび》えてゐるとみえて、貝を持つ手がふるへてゐる。これはいけない。勇気をはげます貝の音《ね》が万一《まんいち》いつもより弱いときは、ます〳〵士気を弱める基《もとい》であると思つたので、小早川自身がその法螺貝《ほらがい》を取つて、馬上で高くふき立てると、それが北風に冴《さ》えて、味方は勿論《もちろん》、敵の陣中までもひゞき渡る。明《みん》の三十万騎は先《ま》づこれに胆《きも》をひしがれて、この戦《たたか》ひに大敗北をするといふ一条《いちじよう》。それを上手な先生がよんだらば定《さだ》めて面白いのでせうが、なにしろ前講の若い奴が、横板《よこいた》に飴《あめ》で、途《と》ぎれ途切《とぎ》れに読むのですから遣切《やりき》れません。その面白くないことおびたゞしい。

おまけに夏の暑い時、日の長い時と来てゐるのですから、大抵《たいてい》のものは薄ら眠くなつて、いゝ心持《こころもち》さうにうと〳〵と居睡《いねむ》りを始める。そのなかで、彼《か》のお武家だけは膝《ひざ》もくづさないで聴いてゐます。尤《もつと》もふだんから行儀のいゝ人でしたが、とりわけて今日は行儀を正しくして一心に聴きすましてゐるばかりか、小早川がいよ〳〵貝をふくといふ件《くだり》になると、親の遺言を聴くか、ありがたい和尚様《おしようさま》のお説教でも聴くときのやうに、ぢつと眼をすゑて、息をのみ込んで、一心不乱《いつしんふらん》に耳をすましてゐるといふ形《かたち》であるので、わたくしも少し不思議に思ひました。しかし根がお武家であるので、かういふ軍談には人一倍の興《きよう》を催《もよお》してゐるのかと思つて、深くは気にも留めませんでした。

七《なな》つ（午後四時）過ぎに席がはねて、わたくしはそのお武家と一緒に表《おもて》へ出て、小半町《こはんちよう》ほども話しながら来ると、このごろの空の癖《くせ》で、大粒《おおつぶ》の雨がぽつり〳〵と降《ふ》り出して来ました。西の方《ほう》には夕日が光つてゐるのですから、大《たい》したことはあるまいとは思ひながらも、丁度《ちようど》わたくしの家《うち》の路地のそばでしたから、兎《と》もかくも些《ちつ》とのあひだ雨《あま》やどりをしてお出《い》でなさいと、相手が辞退するのを無理に誘つて路地のなかにあるわたくしの家へ連れ込みました。連れて来てい丶事をしました。ふたりが家の格子《こうし》をくゞると、ゆふ立《だち》はぶち撒《ま》けるやうに強く降つて来ました。

『おかげさまで助かりました。』

お武家はあつく礼を云つて、雨の晴れるまで話してゐました。やがて時分時《じぶんどき》になつたので、奴豆腐《やつこどうふ》に胡瓜揉《きゆうりも》みと云つたやうな台所料理のゆふ飯《めし》を出すと、お武家はいよいよ気の毒さうに、幾たびか礼を云つて箸をとりました。その時《とき》の話に、そのお武家は奥州《おうしゆう》の方角の人で、仔細《しさい》あつて江戸へ出て、遠縁のものが下谷《したや》の龍称寺《りゆうしようじ》といふ寺にゐるので、それを頼《たよ》つてこの間《あいだ》から厄介《やつかい》になつてゐるとのことでした。そのうちに雨もやんで、涼しさうな星がちら〳〵と光つて来たので、お武家は繰返して礼を云つて帰りました。

唯《ただ》それだけのことで、こつちでは左《さ》のみ恩にも被《き》せてゐなかつたのですが、そのお武家はひどく義理がたい人とみえて、あくる日の早朝に菓子の折《おり》を持つて礼に来たので、わたくしもいさ丶か恐縮しました。奥へ通して色々の話をしてゐるうちに、双方がます〳〵打《う》ち解《と》けて、お武家は自分の身の上話をはじめました。このお武家が前に云つた森垣幸右衛門といふ人で、その頃はまだ内田といふ苗字であつたのです。

森垣さんは奥州のある大藩《たいはん》の侍で、貝《かい》の役《やく》をつとめてゐたのです。いくさの時《とき》に法螺貝《ほらがい》をふく役です。一口《ひとくち》にほらゝゝを吹くと云ひますけれど、本式に法螺を吹くのはなか〳〵むづかしい。山伏《やまぶし》の法螺でさへ容易でない。まして軍陣の駈引に用ひる法螺と来ては更《さら》にむづかしいことになつてゐました。やはり色々の譜があるので、それを専門に学んだものでなければ滅多に吹くことは出来ません。拙者《せつしや》は貝をつかまつると云へば、立派に武士の云立《いいた》てになつたものです。森垣さんはその貝の役《やく》の家《いえ》に生れて去年の秋までは無事につとめてゐたのですが、人間といふものは判《わか》らないもので、なまじひに貝が上手であつたために、飛んでもないことを仕出来《しでか》すやうになつたのです。

二

貝の役はひとりでなく、幾人もあります。わたくしも素人《しろうと》で詳しいことは知りませんが、やはり貝の師範役といふものがあつて、それについて子供のときから稽古するのださうです。森垣さんの藩中では大館宇兵衛《おおだてうへえ》といふ人が師範役でした。その人は貝の名人で、この人が貝を吹くと六里四方にきこえるとか、この人が貝を吹いたら羽黒山《はぐろさん》の天狗《てんぐ》山伏が聴きに来たとか、いろ〳〵の云ひ伝へがあるさうです。年を取つても不思議に息のつゞく人でしたが、三年まへに七十幾歳《いくさい》とかいふ高齢で死にました。この人に子はありましたが、歯が悪くて貝の役は勤められず、若いときから他の役にまはされてゐたので、その家にある貝の秘曲を伝へ受けることが出来ませんでした。

わが子にゆづることの出来ないのは初めから判《わか》つてゐるので、宇兵衛といふ人は大勢の弟子のなかから然《しか》るべきものを見たて、置きました。見立てられたのが森垣さんで、宇兵衛は自分の死ぬ一年ほど前に、森垣さんを自分の屋敷へよびよせて、貝の秘曲を伝授しました。伝授すると云つても、その譜をかいてある巻物をゆづるのです。座敷のまん中にむかひ合つて、弟子はその巻物をひろげて一心に見てゐると、師匠が一度ふいて聞かせる。たゞそれだけのことですが、秘曲をつたへられるほどの素養《そよう》のある者ならば、その譜を見ただけでも十分に吹ける筈《はず》ださうです。笙《しょう》の秘曲なぞを伝へるのも矢《や》はりそれださうで、例の足柄山《あしがらやま》で新羅三郎義光《しんらさぶろうよしみつ》が笙の伝授をする図に、義光と時秋《ときあき》とがむかひ合つて笙を吹いてゐるのは間違つてゐて、義光は笙をふき、時秋は秘曲の巻を見てゐるのが本当だといふことですが、どうでせうか。

宇兵衛は三つの秘曲を伝授して、その二つだけは吹いて聞かせましたが、最後の一つは吹かないで、たゞその譜のかいてある巻物をあたへただけでした。

『これは一番大切なものであつて、しかも妄《みだ》りに吹くことは出来ぬものである。万一の場合のほかは決して吹くな。おれも生涯に一度も吹いたことは無かつた。おまへも吹く時のないやうに神仏《かみほとけ》に祈るがよい。』

それは落城の譜といふのでありました。城がいよ〳〵落ちるといふときに、今が最後の貝をふく。なるほど、これは大切なものに相違ありません。さうして、めつたに吹くことの出来ないものです。これを吹くやうなことがあつては大変です。貝の役としては勿論《もちろん》心得てゐなければならないのですが、それを吹くことの無いやうに祈つてゐなければなりません。

『万一の場合のほかは決して吹くな。』

師匠はくり返して念を押すと、森垣さんもかならず吹かないと誓《ちかい》を立てゝ、その譜の巻物をゆづられました。それも畢竟《ひつきよう》は森垣さんの技倆《ぎりよう》が師匠に見ぬかれたからで、藝道の面目《めんぼく》、身の名誉、森垣さんも人に羨《うらや》まれてゐるうちに、その翌年には師匠の宇兵衛が歿《ぼつ》しました。かうなると森垣さんの天下で、ゆく〳〵は師匠のあとを嗣《つ》いで師範役をも仰《おお》せつけられるだらうと噂されてゐましたが、前にも云つた通り、こゝに飛んでもない事件が出来《しゆつたい》したのです。

森垣さんは師匠から三つの秘曲をつたへられましたが、そのなかで最も大切に心得ろと云われた例の落城の譜――それはどうしても吹くことが出来ない。泰平無事のときに落城の譜をふくと云ふことは、城の滅亡を歌ふやうなもので、武家に取つては此上《このうえ》もない不吉です。ある意味に於《おい》ては主人のお家《いえ》を呪ふものとも見られます。師匠が固く戒《いまし》めたのもそこの理窟で、それは森垣さんも万々《ばんばん》心得てゐるのですが、そこが人情、吹くなと云はれると何《ど》うも吹いてみたくて堪《たま》らない。それでも三年ほどは辛抱《しんぼう》してゐたのですが、もう我慢が仕切れなくなつた来ました。うつかり吹いたらばどんなお咎《とが》めをうけるかも知れない、まかり間違へば死罪になるかも知れない。それを承知してゐながら、何分《なにぶん》にも我慢が出来ない。どうも困つたことになつたものです。

それでも初めのうちは一生懸命に我慢して、巻物の譜を眺めるだけで堪《こら》へてゐたのですが、仕舞《しまい》にはどうしても堪へ切れなくなつて来ました。なんでも八月十四日の晩ださうです。あしたが十五夜で、今夜も宵《よい》から月のひかりが皎々《こうこう》と冴えてゐる。森垣さんは縁側に出てその月を仰いでゐると、空は見果てもなしに高く晴れてゐる。露のふかい庭では虫の声がきこえる。森垣さんはしばらくそこに突つ立つてゐるうちに、例の落城の譜のことを思ひ出すと、もう矢《や》も楯《たて》も堪らなくなりました。今夜こそはどうしても我慢が出来なくなりました。

『その時は我ながら夢のやうでござつた。』と、森垣さんはわたくしに話しました。

まつたく夢のやうな心持《こころもち》で、森垣さんは奥座敷の床《とこ》の間《ま》にうや〳〵しく飾つてある革の手箱のなかから彼《か》の巻物をとり出して、それを先《ま》づふところに押込み、ふだんから大切にしてゐる法螺の貝をかゝへ込んで、自分の屋敷をぬけ出しました。夢のやうだとは云つても、さすがに本性《ほんしょう》は狂ひません。城下でむやみに吹きたてると大変だと思つたので、なるべく遠いところへ行つて吹くつもりで、明るい月のひかりをたよりに、一里あゆみ、二里あゆみ、たうとう城下から三里半ほども距《はな》れたところまで行き着くと、そこはもう山路《やまみち》でした。路の勝手はかねて知つてゐるので、森垣さんはその山路をのぼつて、中腹の平《たいら》なところへ出ると、そこには小さい古い社《やしろ》があります。うしろには大木《たいぼく》がしげり合つてゐますが、東南《ひがしみなみ》は開けてゐて、今夜の月を遮《さえぎ》るやうなものはありません。城の櫓《やぐら》も、城下の町も、城下の川も、夜露のなかにきら〳〵と光つてみえます。それを遠くながめながら、森垣さんは社の縁《えん》に腰をおろしました。

『こゝなら些《ちつ》とぐらゐ吹いても、誰にも覚《さと》られることはあるまい。』

譜はもう暗記するほどに覚えてゐるのですが、それでも念のためにその巻物を膝《ひざ》の上へひろげて、森垣さんは大きい法螺の貝を口にあてました。その時は、もう命はいらないほどに嬉しかつたさうです。前に云つた足柄山の新羅三郎と時秋とを一人で勤めるやうな形で、森垣さんはしづかに吹きはじめました。夜ではあり、山路ではあり、こゝらを滅多に通る者はありません。たまに登つてくる者があつたところで、それが何といふ譜を吹いてゐるのか、とても素人に聞き分けられる筈はないので、森垣さんも多寡《たか》をくゝつてゐました。

それでもやはり気が咎《とが》めるので、初めの中《うち》は努めて低く吹いてゐたのですが、月はいよ〳〵明るくなる、吹く人もだん〳〵興《きよう》に乗つてくる。森垣さんは我をわすれて、喉一《のどいつ》ぱいに高く高く吹き出すと、夜がおひ〳〵に更けて、世間も鎮《しず》まつて来たので、その貝の音《ね》は三里半をへだてた城下まで遠くきこえました。

その晩は月がいゝので、殿様は城内で酒宴を催《もよお》してゐました。もう夜がふけたからと云つて席を起《た》たうとしたときに、彼《か》の貝の音《ね》がきこえたので、殿様も耳をかたむけました。家来達も顔をみあはせました。幕末で世間がなんとなく騒がしくなつてゐましたが、まさかに隣国から不意に攻めよせて来ようとは思はれないので、今ごろ何者が貝をふくのかと、いづれも不思議に思ひました。家来達がすぐに櫓《やぐら》にかけ上つて、貝の音のきこえる方角を聞きさだめると、それは城下から三里あまりを隔てゝゐる山の方角であることが判りました。なんにせよ、夜陰《やいん》に及んで妄《みだ》りに貝をふきたてゝ城下をさわがす曲者《くせもの》は、すぐに召捕れといふ下知があつたところへ、家老のなにがしが俄《にわか》に殿の御前へ出て、容易ならぬことを言上《ごんじよう》しました。

『唯今《ただいま》きこえまする貝の音は一通りの音色《ねいろ》ともおぼえませぬ。』

勿論《もちろん》、それが落城の譜であるか何《ど》うかは確かに判らなかつたのですが、さすがは家老でも勤めてゐる人だけに、それが尋常の貝の音でないことだけは覚《さと》つたとみえたのです。扨《さて》さうなると、騒ぎはいよ〳〵大きくなつて、召捕《めしとり》の人数《にんず》がすぐに駈け向ふことになりました。

そんなことゝは些《ちつ》とも知らない森垣さんは、吹くだけ吹いて満足して、年来の胸のかたまりが初めて解《と》けたやうな心持で、足も軽く戻つて来る途中、召捕の人数に出逢ひました。貝を持つてゐるのが証拠で、なんとも云ひぬけることが出来ず、森垣さんはその場から城内へ引つ立てられました。これはしまつたと、森垣さんももう覚悟をきめたのですが、それでも途中で気がついて、ふところに忍ばせてゐる落城の譜の一巻《いつかん》を窃《そつ》と路《みち》ばたの川のなかへ投げ込みました。夜のことで、幸ひに誰にも覚《さと》られず、殊《こと》にそこは山川《やまがわ》の流れがうづ巻いて、深い淵のやうになつてゐる所であつたので、巻物は忽《たちま》ちに底ふかく沈んでしまひました。

## 三

城内へ引つ立てられて、森垣さんは厳重の吟味をうけましたが、月のよいのに浮かれて山へのぼり、低く吹いてゐるつもりの貝の音が次第に高くなつて、お城の内外をさわがしたる罪は重々おそれ入りましたと申立てたばかりで、落城の譜のことはなんにも云ひませんでした。家老はどうも普通の貝の音でないと云ふのですが、所詮は素人で、それがなんの譜であるかと云ふことは確かに判《わか》りません。もと〳〵秘曲のことですから、ほかに知つてゐる者のあらう筈はありません。もしそれが落城の譜であると知れたら、どんな重い仕置をうけるか判らなかつたのですが、何分《なにぶん》にも無証拠ですから、森垣さんはたうとう強情を張り通してしまひました。それでも唯《ただ》では済みません。夜中みだりに貝を吹きたてゝ城下をさわがしたといふ廉《かど》で、お役御免のうへに追放を申渡されました。

森垣さんは飛んだことをしたと今更《いまさら》後悔しましたが、どうにも仕方がない。それでも独り身の気安さに、ふだんから親《した》しくしてゐる人達から内証《ないしょ》で恵んでくれた餞別《せんべつ》の金《かね》をふところにして兎《と》にかくも江戸へ出て来たといふわけです。落城の譜が崇《たた》つて森垣さん自身が落城することになつたのも、なにかの因縁かも知れません。

『いや、一生の不覚、面目次第もござらぬ。』と、森垣さんも額《ひたい》を撫《な》でてゐました。

かう判つてみると、わたくしも気の毒になりました。屋敷をしくじつたと云つても、別に悪いことをしたと云ふのでもない。この先、いつまでも浪人してゐるわけにも行くまいから、なんとか身の立つやうにしてあげたいと思つてだん〳〵相談すると、森垣さんは再び武家奉公をする気はないといふ。しかしこの人は字をよく書くので、手習《てならい》の師匠でもはじめては何《ど》うだらうと云ふことになりました。幸ひわたくしの町内に森垣といふ手習の師匠があつて、六七十人の弟子を教へてゐましたが、これはもう老人、先年その娘のお政《まさ》といふのに婿《むこ》を取つたのですが、折合がわるくて離縁になり、二度目の婿はまだ決《きま》らないので、娘は廿六《にじゆうろく》になるまで独身でゐる。こゝへ世話をしたら双方の都合もよからうと、わたくしが例のお世話焼きでこつちへも勧《すす》め、あつちをも説《と》きつけて、この縁談は好《い》い塩梅《あんばい》にまとまりました。森垣さんはそれ以来、本姓の内田をすてゝ養家の苗字を名乗ることになつたのです。

『朝鮮軍記の講釈で、小早川隆景が貝を吹く件《くだり》をきいてゐる時には、自分のむかしが思ひ出されて、もう一度貝をふく身になりたいと思ひましたが、それはその時だけのことで、武家奉公はもう嫌です。まつたく今の身の上の方が気楽です。』と、その後《ご》に森垣さんはしみじみと云ひました。

さういふ関係から森垣さんとは特別に近しく附合つて、今日では先方は金持、こちらは貧乏人ですが、相変らず仲よくしてゐるわけです。わたくしは世話ずきで、むかしから色々の人の世話もしましたが、森垣さんのやうな履歴を持つてゐるのは、まあ変つた方《ほう》ですね。

森垣さんのお話はこれぎりですが、この法螺の貝について別に可笑《おかし》いお話があります。それはある与力のわかい人が組頭《くみがしら》の屋敷へ逢ひに行つた時のことです。御承知でもありませうが、旗本では御家人でも、その支配頭《しはいがしら》や組頭には毎月幾度といふ面会日があつて、それをお逢ひの日といひます。組下のもので何か云ひ立てることがあるものは、その面会日にたづねて行《ゆ》くことになつてゐるのですが、ほかに云ひ立てることはありません。なにかの藝を云ひ立て丶役附にして貰ふやうに頼みに行くのです。定《さだ》めてうるさいことだらうと思はれますが、自分の組内《くみうち》から役附のものが沢山《たくさん》出るのはその組頭の名誉になるので、組頭は自分の組下の者にむかつて何か申立てろと催促するくらゐで、面会日にたづねて行けば、よろこんで逢つてくれたさうです。

そこで、その与力は組がしらの屋敷に逢ひに行つたのです。かう云ふことを頼みに行くのは、いづれも若い人ですから、組頭のまへに出てやゝ臆《おく》した形で、小声で物を云つてゐました。

『して、お手前の申立ては。』と、組頭が訊きました。

『手前は貝をつかまつります。』

組頭は老人で、すこし耳が遠いところへ、こつちが小声で云つてゐるので能《よ》く聴き取れない。二度も三度も訊きかへし、云ひ返して、両方がじれ込んで来たので、組頭は自分の耳を扇《おうぎ》で指して、おれは耳が遠いから傍《そば》へ来て大きい声で云へと指図したので、若い与力はすゝみ出てまた云ひました。

『手前は貝をつかまつる。』

『なに。』と、組頭は首をかしげた。

まだ判らないらしいので、与力は顔を突き出して怒鳴りました。

『手前は法螺をふく。』

『馬鹿。』

与力はいきなりその横鬢《よこびん》を扇でぴしやりと撲《ぶ》たれました。撲たれた方はびつくりしてゐると、撲つた方は苦り切つて叱りつけました。

『たはけた奴だ。帰れ、帰れ。』

相手が上役だから何《ど》うすることも出来ない。ぶたれた上に叱られて、若い与力は烟《けむ》にまかれて早々に帰りました。すると、その晩になつて、組がしらから使《つかい》が来て、なにがしにもう一度逢ひたいから来てくれと云ふのです。今度行つたらどんな目に逢ふかと思つたのですが、上役からわざ〳〵の使ですから断るわけにも行かないので、内心びく〳〵もので出かけて行くと、昼間とは大違ひで、組頭はにこ〳〵しながら出て来ました。

『いや、先刻は気の毒。どうも年をとると一徹になつてな。はゝゝゝ。』

だん〳〵聴いてみると、この組がしらの老人、ほらを吹くと云つたのを、俗に所謂《いわゆる》ほらを吹くの意味に解釈して、大風呂敷をひろげると云ふことゝ一図に思ひ込んでしまつたのでした。武士は法螺をふくとは云はない、貝を吹くとか、貝をつかまつると云ふのが当然で、その与力も初めはさう云つたのですが、相手にいつまでも通じないらしいので、世話に砕《くだ》いて『ほらを吹く』と云つたのが間違ひの基《もと》でした。役附を願ふには何かの藝を申立てなければならないが、その申立ての一藝が駄法螺《だぼら》を吹くと云ふのでは、あまりに人を馬鹿にしてゐる。怪《け》しからん奴だと組頭も一時は立腹《りつぷく》したのですが、あとになつてから流石《さすが》にそれと気がついて、わざ〳〵使を遣つて呼びよせて、あらためてその挨拶に及んだわけでした。

組がしらも気の毒に思つて、特別の推挙をしてくれたのでせう、その与力は念願成就《じようじゆ》、間もなく貝の役を仰せ附かることになりました。それを聞きつたへて若い人たちは、『あいつは旨《うま》いことをした。やつぱり人間は、ほらをふくに限る。』と笑つたさうです。なんだか作り話のやうですが、これはまつたくの実録ですよ。

老人の話が丁度こゝまで来たときに、表の門のあく音がして三四人の跫音《あしおと》がきこえた。女や子供の声もきこえた。躑躅《つつじ》のお客がいよ〳〵帰つて来たらしい。わたしはそれと入れちがひに席を起《た》つことにした。

# 権十郎の芝居

## 一

これも何かの因縁《いんねん》かも知れない。わたしは去年の震災に家を焼かれて、目白《めじろ》に逃れ、麻布《あざぶ》に移つて、更《さら》にこの三月から大久保《おおくぼ》百人町《ひやくにんまち》に住むことになつた。大久保は三浦老人が久しく住んでゐたところで、わたしが屢々《しばしば》こゝに老人の家《いえ》をたづねたことは、読者もよく知つてゐる筈《はず》である。

老人は已《すで》にこの世にゐない人であるが、その当時にくらべると、大久保の土地の姿はまつたく変《かわ》つた。停車場《ていしやじよう》の位置もむかしとは変つたらしい。そのころ繁昌《はんじよう》した躑躅園《つつじえん》は十余年前《よねんぜん》から廃《すた》れてしまつて、つゝじの大部分は日比谷公園に移されたとか聞いてゐる。わたしが今住んでゐる横町《よこちよう》に一軒の大きい植木屋が残つてゐるが、それはむかしの躑躅園の一つであるといふことを土地の人から聞かされた。してみると、三浦老人の旧宅もこゝから余り遠いところではなかつた筈であるが、今日《こんにち》ではまるで見当が付かなくなつた。老人の歿後《ぼつご》、わたしは滅多にこの辺へ足を向けたことがないので、こゝらの土地がいつの間にどう変つたのか些《ちつ》ともわからない。老人の宅《たく》は、むかし百人組同心《ひやくにんぐみどうしん》の組屋敷を修繕《しゆうぜん》したもので、そこには杉の生垣に囲まれた家が幾軒もつゞいてゐたのを明《あきら》かに記憶してゐるが、今日その番地の辺《へん》をたづねても杉の生垣などは一向に見あたらない。あたりにはすべて当世風の新しい住宅や商店ばかりが建ちつゞいてゐる。町が発展するにしたがつて、それらの古い建物はだん〳〵に取毀《とりこわ》されてしまつたのであらう。

昔話――それを語つた人も、その人の家も、みな此世《このよ》から消え失せてしまつて、それを聴いてゐた其当時の青年が今やこゝに移り住むことになつたのである。俯仰今昔《ふぎようこんじやく》の感に堪《た》へないとはまつたく此事《このこと》で、この物語の原稿をかきながらも、わたしは時々にペンを休めて色々の追憶に耽《ふけ》ることがある。むかしの名残《なごり》で、今でもこゝらには躑躅が多い。わたしの庭にも沢山《たくさん》に咲いてゐる。その紅い花が雨にぬれてゐるのを眺めながら、今日もその続稿をかきはじめると、むかしの大久保がありありと眼のまへに浮んでくる。

いつもの八畳の座敷で、老人と青年とが向ひ合つてゐる。老人は『権十郎《ごんじゆうろう》の芝居《しばい》』といふ昔話をしてゐるのであつた。

あなたは芝居のことを調べていらつしやるやうですから、今のことは勿論《もちろん》、むかしのことも好《よ》く御存じでせうが、江戸時代の芝居小屋といふものは実に穢《きたな》い。今日《こんにち》の場末《ばすえ》の小劇場だつて昔にくらべれば遥かに立派なものです。それでもその当時は、三芝居だとか檜《ひのき》舞台《ぶたい》だとか云つて、むやみに有難がつてゐたもので、今から考へると可笑《おかし》いくらゐ。なにしろ、芝居なぞといふものは町人や職人が見るもので、所謂《いわゆる》知識階級の人たちは立ち寄らないことになつてゐたのですから、今日とは万事が違ひます。

それでは学者や侍は芝居を一切見物しないかと云ふと、さうではない。芝居の好きな人は矢《や》はり覗《のぞ》きに行くのですが、まつたく文字通りに『覗き』に行くので、大手《おおで》をふつて乗り込むわけには行きません。勿論、武家法度《ぶけはっと》のうちにも武士は歌舞伎を見るべからずといふ個条《かじょう》はないやうですが、それでも自然にさういふ習慣が出来てしまつて、武士は先《ま》づさういふ場所へ立寄らないことになつてゐる。一時《いちじ》はその習慣もよほど廃《すた》れかゝつたのですが、御承知の通り、安政《あんせい》四年四月十四日、三丁目の森田座で天竺徳兵衛《てんじくとくべえ》の狂言を演じてゐる最中に、桟敷《さじき》に見物してゐた肥後《ひご》の侍が、たとひ狂言とはいへ、子として親の首を打つといふことがあらうかといふので、俄《にわか》に逆上して桟敷を飛び降り、舞台にゐる天竺徳兵衛の市蔵《いちぞう》に斬つてかゝつたといふ大騒ぎ。それ以来、侍の芝居見物といふことが又やかましくなりまして、それまでは大小《だいしょう》をさしたまゝで芝居小屋へ這入ることも出来たのですが、以来は大小をさして木戸をくゞること堅く無用、腰の物はかならず芝居茶屋にあづけて行くことに触れ渡されてしまひました。

それですから、侍が芝居を見るときには、大小を茶屋にあづけて、丸腰で這入らなければならない。つまり吉原《よしわら》へ遊びに行くのと同じことになつたわけですから、物堅い屋敷では藩中の芝居見物をやかましく云ふ。江戸の侍もおのづと遠慮勝《えんりよがち》になる。それでもやつぱり芝居見物をやめられないと云ふ熱心家は、芝居茶屋に大小をあづけ、羽織《はおり》もあづけ、そこで縞物《しまもの》の羽織などに着かへるものもある。用心のいゝのは、身ぐるみ着かへてしまつて、双子《ふたこ》の半纏《はんてん》などを引つかけて、手拭《てぬぐい》を米屋《こめや》かぶりなどにして土間の隅《すみ》の方で窃《そつ》と見物してゐるものもある。いづれにしても、おなじ銭《ぜに》を払ひながら小さくなつて見物してゐる傾《かたむ》きがある。どこへ行つても威張《いば》つてゐる侍が、芝居へくると遠慮してゐるといふのも面白いわけでした。

前置がちつと長くなりましたが、その侍の芝居見物のときのお話です。市ケ谷《いちや》の月桂寺《げつけいじ》のそばに藤崎餘一郎《ふじさきよいちろう》といふ人がありました。二百俵《にひやつぴよう》ほど取つてゐる組与力で、年はまだ廿一《にじゆういち》、阿母《おつか》さんと、中間《ちゆうげん》と下女と四人暮しで、先《ま》づ無事に御役をつとめてゐたのですが、この人に一つの道楽がある。それは例の芝居好きで、どこの座が贔屓《ひいき》だとか、どの俳優《やくしや》が贔屓だとか云ふのでなく、どこの芝居でも替《かわ》り目《め》ごとに覗《のぞ》きたいといふのだから大変です。ほかの小遣《こづか》ひはなるたけ倹約《けんやく》して、みんな猿若町《さるわかまち》へ運《はこ》んでしまふ。侍としてはあまり好《い》い道楽ではありません。いつぞやお話をした桐畑《きりばたけ》の太夫《たゆう》——あれよりはずつと優《ま》しですけれども、やはり世間からは褒《ほ》められない方《ほう》です。

それでも阿母《おつか》さんは案外に捌《さば》けた人で、いくら侍でも若いものには何かの道楽がある。女狂ひよりは芝居道楽の方がまだ始末がいゝと云つたやうなわけで、さのみにやかましくも云ひませんでしたから、本人は大手をふつて屋敷を出てゆく。そのうちに一つの事件が出来《しゆつたい》した。といふのは、文久《ぶんきゆう》二年の市村座《いちむらざ》の五月狂言は『菖蒲《しようぶ》合仇討講談《あわせあだうちこうだん》』で、合邦《がつぽう》ケ辻《つじ》に亀山の仇討《あだうち》を綴《と》ぢあはせたもの。俳優《やくしや》は関三《せきさん》に團蔵《だんぞう》、粂三郎《くめさぶろう》、それに売出しの、芝《し》翫《かん》、権十郎《ごんじゆうろう》、羽左衛門《うざえもん》といふやうな若手が加《くわ》はつてゐるのだから、馬鹿に人気《にんき》が好《い》い。二番目は堀川の猿まはしで、芝翫の与次郎、粂三郎のおしゆん、羽左衛門の伝兵衛、おつきあひに関三と團蔵と権十郎の三人が掛取《かけと》りを勤めるといふのですから、これだけでも立派な呼び物になります。その辻番附《つじばんづけ》をみただけでも、藤崎さんはもうぞく〳〵して初日を待つてゐました。

なんでも初日から五六日目の五月十五日であつたさうです。藤崎さんは例の通りに猿若町へ出かけて行きました。さつきも申す通り、家《うち》から着がへを抱《かか》へて行く人もあり、前以《まえもつ》て芝居町の近所の知人《しりびと》の家《うち》へあづけて置いて、そこで着かへて行く人もありましたが、藤崎さんはそれほどのこともしないで、やはり普通の帷子《かたびら》をきて、大小《だいしよう》に雪踏《せつた》ばきといふ拵《こしら》へ、しかし袴《はかま》は着けてゐません。茶屋に羽織と大小をあづけて、着ながしの丸腰で木戸を這入《はい》る。兎《と》も角《かく》も武家である上に、毎々のおなじみですから茶屋でも疎略には扱ひません。若い衆に送られて、藤崎さんは土間のお客になりました。

たつた一人の見物ですから、藤崎さんは無論《むろん》に割込《わりこ》みです。そのころの平土間《ひらどま》一枡《ひとます》は七人詰ですから、ほかに六人の見物がゐる。たとひ丸腰でも、髪の結い方や風俗でそれが武家か町人か十分に判りますから、おなじ枡の人たちも藤崎さんに相当の敬意を払つて、なるだけ楽に坐らせてくれました。ほかの六人も一組ではありません。四人とふたりの二組で、その一組は町家《ちょうか》の若夫婦と、その妹らしい十六七の娘と、近所の人かと思はれる廿一二《にじゅういちに》の男、ほかの一組は職人らしい二人連でした。この二組はしきりに酒をのみながら見物してゐる。藤崎さんも少しは飲みました。

いつの代《よ》の見物人にも俳優《やくしゃ》の好き嫌ひはありますが、とりわけて昔はこの好き嫌ひが烈《はげ》しかつたやうで、自分の贔屓俳優《ひいきやくしゃ》は親子兄弟のやうに可愛《かわい》がる。自分の嫌ひな俳優は仇《かたき》のやうに憎《にく》がるといふわけで、俳優の贔屓争ひから飛んでもない喧嘩《けんか》や仲違《なかたが》ひを生じることも屢々《しばしば》ありました。ところで、この藤崎さんは河原崎権十郎が嫌ひでした。権十郎は家柄がいゝのと、年が若くて男前がいゝのとで、御殿女中や若い娘達には人気があつて『権《ごん》ちやん、権ちやん』と頻《しき》りに騒がれてゐたが、見巧者連《みごうしゃれん》のあひだには余り評判がよくなかつた。藤崎さんも年《とし》の割《わり》には眼が肥《こ》えてゐるから、どうも権十郎を好かない。いや、好かないのを通り越して、あんな俳優は嫌ひだと不断《ふだん》から云つてゐるくらゐでした。

その権十郎が今度の狂言では合邦《がっぽう》と立場《たてば》の太平次《たへいじ》をするのですから、権《ごん》ちやん贔屓《びいき》は大《おお》涎《よだ》れですが、藤崎さんは少し納まりません。権十郎が舞台へ出るたびに、顔をしかめて舌《した》打《うち》をしてゐましたが、仕舞《しまい》にはだん〳〵に夢中になつて、口のうちで『あゝまづいな、まづいな。下手《へた》な奴だな。この大根め』などと云ふやうになつた。それが同じ枡の人たちの耳に這入ると、四人連のうちの若いおかみさんと妹娘とが顔の色を悪くしました。この女たちは大の権ちやん贔屓であつたのです。そのとなりに坐つてゐて、権十郎はまづいの下手だのとむやみに罵《ののし》つてゐるのだから堪《たま》りません。おかみさんも仕舞には顳顬《こめかみ》に青い筋をうねらせて、自分の亭主にさゝやくと、めん鶏勧《どりすす》めて雄鶏《おんどり》が時《とき》を作《つく》つたのか、それとも亭主もさつきから癪《しやく》に障《さわ》つてゐたのか、藤崎さんにむかつて、『狂言中はおしづかに願ひます。』と咎《とが》めるやうに云ひました。

　藤崎さんも逆らはずに、一旦はおとなしく黙つてしまつたのですが、少し経《た》つと又《また》夢中になつて『まづいな。まづいな。』と口のうちで繰返す。そのうちに幕がしまると、その亭主は藤崎さんの方へ向き直つて切口上《きりこうじよう》で訊《き》きました。

『あなたは先程から頻《しき》りに山崎屋をまづいの、下手だの、大根だのと仰《おつ》しやつておいでゞございましたが、どう云ふところがお気に召さないのでございませうか。』

　前にも申す通り、その当時の贔屓といふものは今日とはまた息込《いきご》みが違つてゐて、たとひその俳優に一面識が無くとも、自分が蔭《かげ》ながら贔屓にしている以上、それを悪く云ふ奴《やつ》等《ら》は自分のかたきも同様に心得てゐる時節ですから、この男も眼の色をかへて藤崎さんを詰問《きつもん》したわけです。かういふ相手は好加減《いいかげん》にあしらつて置けばいゝのですが、藤崎さんも年がわかい、おまけに芝居気ちがひと来てゐる。まだその上に、町人のくせに武士に向つて食つてかゝるとは怪《け》しからん奴だといふ肚《はら》もある。かた〲我慢が出来なかつたとみえて、これも向き直つて答弁をはじめました。むかしの芝居は幕間《まくあい》が長いから、こんな討論会にはおあつらへ向きです。

権十郎の藝がまづいか、拙《まず》くないか、いつまで云ひ合つてゐたところで、所詮《しょせん》は水かけ論に過ぎないのですが、両方が意地になつて云ひ募《つの》りました。ばか〲しいと云つてしまへばそれ迄《まで》ですが、この場合、両方ともに一生懸命です。相手の連《つれ》の男も加勢に出て、藤崎さんを云ひ籠《こ》めようとする。おかみさんや妹娘までが泣声を出して食つてかゝる。近所となりの土間にゐる人達もびつくりして眺めてゐる、なにしろ敵は大勢ですから、藤崎さんもなか〲の苦戦になりました。

ほかの二人づれの職人はさつきから黙《だま》つて聞いてゐましたが、両方の議論がいつまでも果《はて》しがないので、その一人が横合《よこあい》から口を出しました。

『もし、皆さん。もう好加減《いいかげん》にしたらどうです。いつまでも云い合つたところで、どうで決着は付きやあしませんや。第一、御近所の方達も御迷惑でせうから。』

藤崎さんは返事もしませんでしたが、一方の相手はさすがに町人だけに、のぼせ切つてゐるなかでも慌《あわ》てゝ挨拶しました。

『いや、どうも相済《あいす》みません。まつたく御近所迷惑で、申訳もございません。お聴きの通りのわけで、このお方があんまり判らないことを仰《おつ》しやるもんですから……。』

『うつちやつてお置《お》きなせえ。おまへさんが相手になるからいけねえ。』と、もう一人の職人が云ひました。『山崎屋がほんたうに下手か上手か、ぼんくらに判るものか。』

『さうさな。』と、前の一人が又云ひました。『あんまりからかつてゐると、仕舞には舞台へ飛びあがつて、太平次《たへいじ》にでも咬《くら》ひつくかも知れねえ、あぶねえ、あぶねえ、もうおよしなせえ。』

職人ふたりは藤崎さんを横眼に視《み》ながらせゝら笑ひました。

## 二

この職人たちも権十郎贔屓《びいき》とみえます。さつきから黙つて聴いてゐたのですが、藤崎さんが飽くまでも強情を張つて、意地にかゝつて権十郎をわるく云ふので、ふたりももう我慢が出来なくなつて、四人連の方の助太刀《すけだち》に出て来たらしい。口では仲裁するやうに云つてゐるが、その実は藤崎さんの方へ突つかゝつてゐる。殊《こと》に舞台へ飛びあがつて太平次にくらひ付くなどといふのは、例の肥後の侍の一件をあて付けたもので、藤崎さんを武家とみての悪口でせう。それを聴いて、藤崎さんもむつとしました。

いくら相手が町人や職人でも、一枡のうちで六人がみな敵《かたき》では藤崎さんも困ります。町人たちの方では味方が殖《ふ》えたので、いよ〳〵威勢がよくなりました。『まつたくでございますね。』と、亭主の男もせゝら笑ひました。『なにしろ芝居とお能とは違ひますからね。一年に一度ぐらゐ御覧になつたんぢやあ、ほんたうの藝は判《わか》りませんよ。』

『判らなければ判らないで、おとなしく見物していらつしやれば好《い》いんだけれど……。』と、若いおかみさんも厭《いや》に笑ひました。『これでもわたし達は肩揚《かたあげ》のおりないうちから、替《かわ》り目《め》ごとに欠《かか》さずに見物してゐるんですからね。』

かはる〴〵に藤崎さんを嘲弄《ちょうろう》するやうなことを云つて、しまひには何がなしに声をあげてどつと笑ひました。藤崎さんはいよ〳〵癪《しゃく》に障《さわ》つた。もうこの上はこんな奴等と問答無益、片つ端から花道へひきずり出して、柔術の腕前をみせて遣《や》らうかとも思つたのですが、どうして、どうして、そんなことは出来ない。侍が芝居見物にくる、単にそれだけならば兎《と》もかくも黙許されてゐますが、こゝで何かの事件をひき起したら大変、どんなお咎《とが》めを蒙《こうむ》るかも知れない。自分の家にも疵《きず》が付かないとは限らない。いくら残念でも場所が悪い。藤崎さんは胸をさすつて堪《こら》へてゐるより外《ほか》はありません。そこへ好塩梅《いいあんばい》に茶屋の若い衆が来てくれました。

若い衆もさつきから此《こ》のいきさつを知つてゐるので、いつまでも咬《か》み合《あ》はして置いて何かの間違ひが出来てはならないと思つたのでせう。藤崎さんを宥《なだ》めるやうに連れ出して、別の土間へ引越させることにしました。ほかの割込みのお客と入れかへたのです。藤崎さんもこんなところにゐるのは面白くないので、素直に承知して引越しましたが、今度の場所は今までよりも三四間《けん》あとのところで、喧嘩相手のふた組は眼のまへに見えます。その六人が時々にこつちを振返つて、なにか話しながら笑つてゐる。屹度《きつと》おれの悪口を云つてゐるに相違《そうい》ないと思ふと、藤崎さんはます〳〵不愉快を感じたのですが、根が芝居好きですから中途から帰るのも残り惜《おし》いので、まあ我慢して二番目の猿《さる》まはしまで見物してしまつたのです。

芝居を出たのは彼是《かれこ》れ五つ《いつ》（午後八時）過ぎで、贅沢な人は茶屋で夜食を食つて帰るものもありますが、大抵《たいてい》は浅草の広小路辺《ひろこうじへん》まで出て来て、そこらで何か食つて帰ることになつてゐる。御承知の奴《やっこ》うなぎ、あすこの鰻《うなぎ》めしが六百文《もん》、大《おお》どんぶりでなか〳〵立派でしたから、芝居がへりの人達はあすこに寄つて行くのが多い。藤崎さんもその奴うなぎの二階で大どんぶりを抱へ込んでゐると、少しおくれて這入つて来たのが喧嘩相手の四人で、職人は連《つれ》でないから途中で別れたのでせう、町人夫婦と妹娘と、もう一人の男とが繋《つな》がつて来たのです。二階は芝居帰りの客がこみ合つてゐるので、どちらの席も余程距《よほどはな》れてゐましたが、藤崎さんの方ではすぐに気がつきました。

けふの芝居は合法《がつぽう》ケ辻《つじ》と亀山と、かたき討《うち》の狂言を二膳《にぜんご》込みで見せられたせゐか、藤崎さんの頭にも『かたき討』といふ考へが余《よ》ほど強くしみ込んでゐたらしく、こゝで彼《か》の四人連《づれ》に再び出逢つたのは、自分の尋ねる仇《かたき》にめぐり逢つたやうにも思はれたのです。たんとも飲まないが、藤崎さんの膳のまへには徳利《とくり》が二本ならんでゐる。顔もぼうと紅《あか》くなつてゐました。

そのうちに、彼《か》の四人連もこつちを見つけたとみえて、のび上つて覗《のぞ》きながら又なにか囁《ささや》きはじめたやうです。さうして、時々に笑ひ声もきこえます。かへり討やら仇討やら、『怪《け》しからん奴等《やつら》だ。』と、藤崎さんは鰻《うなぎ》を食いながら考へてゐました。色々の殺伐《さつばつ》な舞台面《ぶたいめん》がその眼のさきに浮び出しました。

早々に飯《めし》を食つてしまつて、藤崎さんはこゝを出ました。かの四人連が下谷《したや》の池の端《はた》から来た客だといふことを芝居茶屋の若い衆から聞いてゐるので、藤崎さんは先廻りをして広徳寺前《こうとくじまえ》のあたりにうろ〳〵してゐると、この頃の天気癖《てんきぐせ》で細《こま》かい雨がぽつぽつ降《ふ》つて来ました。今と違つて、あの辺は寺町ですから夜はさびしい。藤崎さんはある寺の門の下に這入つて、雨宿りでもしてゐるやうにたゝずんでゐると時々に提灯《ちようちん》をつけた人が通ります。その光をたよりに、来る人の姿を一々あらためてみると、やがて三四人の笑ひ声がきこえました。それが彼の四人づれの声であることをすぐに覚《さと》つて、藤崎さんは手拭《てぬぐい》で顔をつゝみました。

人は四人、提灯は一つ、それがだん〳〵に近寄つてくるのを二三間《げん》やり過して置いて、藤崎さんはうしろから足早に附けて行つたかと思ふと、亭主らしい男はうしろ袈裟《げさ》に斬られて倒れました。わつと云つて逃げようとするおかみさんも、つゞいて其場に斬り倒されました。連《つれ》の男と妹娘は、人殺し人殺しと怒鳴りながら、跣足《はだし》になつて前とうしろとへ逃げて行く。どつちを追はうかと少しかんがへてゐるうちに、その騒ぎを聞きつけて、近所の数珠屋《じゆずや》が戸《と》をあけて、これも人殺し人殺しと怒鳴《どな》り立てる。ほかからも人のかけてくる跫音《あしおと》が聞える。藤崎さんも我身があやふいと思つたので、これも一目散《いちもくさん》に逃げてしまひました。

下谷《したや》から本郷《ほんごう》、本郷から小石川へ出て、水戸様《みとさま》の屋敷前、そこに松の木のある番所があつて、俗《ぞく》に磯馴《そな》れの番所といひます。その番所前も無事に通り越して、もう安心だと思ふと、藤崎さんは俄《にわか》にがつかりしたやうな心持になりました。だん〳〵に強くなつてくる雨に濡れながら、しづかに歩いてゐるうちに、後悔の念が胸先《むなさき》を衝《つ》きあげるやうに湧《わ》いて来ました。

『おれは馬鹿なことをした。』

当座の口論や一分《いちぶん》の意趣で刀傷《にんじよう》沙汰《ざた》に及ぶことはめづらしくない。しかし仮にも武士たるものが、歌舞伎役者の上手下手をあらそつて、町人の相手をふたりまでも手にかけるとは、まことに類の少い出来事で、いくら仇討の芝居を見たからと云つて、とんだ仇討をしてしまつたものです。藤崎さんも今となつては後悔のほかはありません。万一これが露《ろ》顕《けん》しては恥《はじ》の上塗《うわぬ》りであるから、いつそ今のうちに切腹しようかと思つたのですが、先《ま》ず兎《と》もかくも家へ帰つて、母にもそのわけを話して暇乞《いとまご》ひをした上で、しづかに最期《さいご》を遂《と》げても遅くはあるまいと思ひ直して、夜のふけるころに市ケ谷の屋敷へ帰つて来ました。

奉公人どもを先づ寝《ま》かしてしまつて、藤崎さんは今夜の一件をそつと話しますと、阿母《おつか》さんも一旦《いつたん》はおどろきましたが、はやまつて無暗《むやみ》に死んではならない。組頭《くみがしら》によくその事情を申立てゝ、生きるも死ぬもその指図を待つがよからうと云ふことになつて、その晩はそのまゝに寝てしまひました。夜があけてから藤崎さんは組頭の屋敷へ行つて、一切のことを正直に申立てると、組頭も顔をしかめて考へてゐました。

当人に腹を切らせてしまへばそれ迄のことですが、組頭としては成るべく組下《くみした》の者を殺したくないのが人情です。殊《こと》に事件が事件ですから、そんなことが表向きになると、当人ばかりか組頭の身の上にも何かの飛ばつちりが降りかゝつて来ないとも限りません。そこで組頭は藤崎さんに意見して、先づ当分は素知らぬ顔をして成行《なりゆき》を窺《うかが》つてゐろ。いよ〳〵詮議《せんぎ》が厳重になつて、お前のからだに火が付きさうになつたらば、おれが内証《ないしよう》で教へてやるから、その時に腹を切れ。かならず慌てゝはならないと、くれ〴〵も意見して帰しました。

母の意見、組頭の意見で、藤崎さんも先づ死ぬのを思ひとまつて、内心びく〳〵もので幾日《いくにち》を送つてゐました。斬られたのは下谷の紙屋の若夫婦で、娘はおかみさんの妹、連《つれ》の男は近所の下駄屋の亭主だつたさうです。斬られた夫婦は即死、ほかの二人は運よく逃れたので、町方でもこの二人について色々詮議をしましたが、何分《なにぶん》にも暗《くら》いのと、不意の出来事に度をうしなつてゐたのとで、何がなにやら一向わからないと云ふのです。それでも芝居の喧嘩の一件が町方の耳に這入つて、芝居茶屋の方を一応吟味したのですが、茶屋でも何かのかゝり合を恐れたとみえて、そのお武家は初めてのお客であるから何処《どこ》の人だか知らないと云ひ切つてしまつたので、まるで手がかりがありません。第一、その侍が果して斬つたのか、それとも此頃流行《はや》る辻斬《つじぎり》のたぐひか、それすら確かに見きはめは付かないので、紙屋の夫婦はたうとう殺され損と云ふ事になつてしまひました。

それを聞いて、藤崎さんも安心しました。組頭もほつとしたさうです。それに懲《こ》りて、藤崎さんは好きな芝居を一生見ないことに決めまして、組頭や阿母さんの前でも固く誓つたと云ふことです。それは初めにも申した通り、文久二年の出来事で、それから六年目が慶応四年、すなはち明治元年で、江戸城《えどじよう》あけ渡しから上野の彰義隊一件《しようぎたいいつけん》、江戸中《じゆう》は引つくり返るやうな騒ぎになりました。そのときに藤崎さんは彰義隊の一人となつて、上野に立籠《たてこも》りました。六年前に死ぬべき命を今日まで無事に生きながらへたのであるから、こゝで徳川家のために死なうといふ決心です。

官軍がなぜ彰義隊を打つちやつて置くのか。今に戦争がはじまるに相違ないと江戸中でも頻《しき》りにその噂をしてゐました。わたくしも下谷に住んでゐましたから、前々から荷作りをして、さあと云つたらすぐに立退《たちの》く用意をしてゐたくらゐです。そのうちに形勢がだん

〳〵切迫して来て、いよ〳〵明日か明後日には火蓋《ひぶた》が切られるだらうといふ五月十四日の午前《ひるまえ》から、藤崎さんはどこかへ出て行つて、日が暮れても帰つて来ません。

『あいつ気怯《きおく》れがして脱走《だつそう》したのかな。』

隊《たい》の方ではそんな噂をしてゐると、夜が更《ふ》けてから柵を乗り越して帰つて来ました。聞《き》いてみると、猿若町の芝居を見て来たといふのです。こんな騒ぎの最中でも、猿若町の市村座と守田座はやはり五月の芝居を興行してゐて、市村座は例の権十郎、家橘《かきつ》、田之助《たのすけ》、仲蔵《なかぞう》などといふ顔ぶれで、一番目は『八犬伝《はつけんでん》』中幕《なかまく》は田之助《たのすけ》が女形《おんながた》で『大晏寺堤《だいあんじづつみ》』の春《しゆん》藤次郎右衛門《どうじろえもん》をする。二番目は家橘《かきつ》——元の羽左衛門です——が『伊勢音頭《いせおんど》』の貢《みつぎ》をするといふので、なか〳〵評判は好かつたのですが、時節柄ですから何《ど》うも客足が付きませんでした。藤崎さんは上野に立籠つてゐながら、その噂を聴いてかんがへました。

『一生の見納めだ。好きな芝居をもう一度みて死なう。』

隊をぬけ出して市村座見物にゆくと、なるほど景気はよくない。併《しか》しこゝで案外であつたのは、あれほど嫌ひな河原崎権十郎が八犬伝の犬山道節《いぬやまどうせつ》をつとめて、藤崎さんを、ひどく感心させたことでした。しばらく見ないうちに、権十郎はめつきりと腕をあげてゐました。これほどの俳優《やくしや》を下手だの、大根だのと罵《ののし》つたのを、藤崎さんは今更恥しく思ひました。やつぱり紙屋の夫婦の眼は高い。権十郎は偉《えら》い。さう思ふにつけても藤崎さんはいよ〳〵自分の昔が悔まれて、舞台を見てゐるうちに自然と涙がこぼれたさうです。さうして、権十郎と紙屋の夫婦への申訳に、どうしても討死をしなければすまないと、覚悟の臍《ほぞ》をかためたさうです。

そのあくる日は官軍の総攻撃で、その戦ひのことは改めて申すまでもありません。藤崎さんは真先に進んで、一旦は薩州《さつしゆう》の兵を三橋《みはし》のあたりまで追ひまくりましたが、たうとう黒門口《くろもんぐち》で花々しく討死をしました。それが五月十五日、丁度彼《か》の紙屋の夫婦を斬つた日で、しかも七回忌の祥月命日《しようつきめいにち》にあたつてゐたと云ふのも不思議です。

もう一つ変《かわ》つてゐるのは、藤崎さんの死骸のふところには市村座の絵番附を入れてゐたと云ふことです。彰義隊の戦死者のふところに経文《きようもん》をまいてゐたのは沢山ありました。これは上野の寺内《じない》に立籠《たてこも》つてゐた為で、なるほど有りさうなことですが、芝居の番附を抱いてゐたのは藤崎さん一人でせう。番附の捨てどころがないので、何といふことなしに懐中《ふところ》へ捻《ね》ぢ込《こ》んで置いたのか、それとも最後まで芝居に未練があつたのか、いづれにしても江戸つ子らしい討死ですね。

河原崎権十郎は後《のち》に日本一の名優市川團十郎《いちかわだんじゆうろう》になりました。

# 春色梅ごよみ

## 一

思ひ出すと、そのころの大久保辺はひどく寂しかつた。躑躅《つつじ》のひと盛りを過ぎると、まるで火の消えたやうに鎮《しず》まり返つて、唯《ただ》やかましく聞えるのはそこらの田に啼《な》く蛙《かわず》の声ばかりであつた。往来《おうらい》のまん中《なか》にも大きな蛇が蜿《のた》くつてゐて、わたしは時々におどろかされたことを記憶してゐる。幾度もいふやうであるが、まつたくこゝらは著《いちじ》るしく変つた。

それでも幾分か昔のおもかげが残つてゐて、今でも比較的に広い庭園や空地を持つてゐる家では、一種の慰み半分に小さい野菜畑などを作つて素人《しろうと》園藝を楽しんでゐるのも少くない。わたしの家《うち》のあき地にも唐《とう》もろこしを栽《う》ゑてあつて、このごろはよほど伸《の》びた長い葉があさ風に青く乱れてゐるのも、又《ま》たおのづからなる野趣がないでもない。三浦老人の旧宅《きゆうたく》にも玉蜀黍《とうもろこし》が栽ゑてあつて、秋の初めにたづねてゆくと、老人はその出来のいゝのを幾分《いくぶん》か御自慢の気味《きみ》で、わたしを畑へ案内して見せたこともあつた。焼いて食はせてくれたこともあつた。家《うち》へのみやげにと云つて大きいのを七八本も抱へさせられて、少々有難《ありがた》迷惑に感じたこともあつた。

それも今では懐しい思ひ出の一つとなつた。わたしはこのごろ自分の庭のあき地を徘徊《はいかい》して、朝に夕にめつきりと伸びてゆく唐もろこしの青い姿を見るたびに、三浦老人その人のすがたや、その当時はまだ青二才であつた自分の若い姿などが見かへられて、今後更《さら》に二十余年を経過したならば、こゝらのありさまも又《また》どんなに変化するかなどと云ふことも考へさせられる。

これから紹介するのは、今から二十幾年前《いくねんぜん》の秋、その唐もろこしの御馳走になりながら、縁《えん》さきにアンペラの座蒲団をしいて、三浦老人とむかひ合つてゐたときに聴かされた昔話の一つである。その頃に比べると、こゝらの藪蚊《やぶか》はよほど減つた。それだけは土地繁昌のおかげである。

老人は語つた。

これはこゝから余り遠くないところのお話で、新宿の新屋敷——と云つても、あなた方にはお判《わか》りにならないかも知れませんが、つまり今日の千駄《せんだ》ケ谷《や》の一部を江戸時代には新屋敷と唱《とな》へてゐました。そこには大名の下屋敷もある、旗本の屋敷もある。ほかに御家人の屋敷も沢山ありましたが、なんと云つても場末《ばすえ》ですから随分さびしい。往来のところ〴〵に草原がある。竹藪がある。うら手の方《ほう》には田圃《たんぼ》がみえる、田川《たがわ》が流れてゐるといふ道具立《だて》ですから、大抵《たいてい》お察しください。その六軒町《ろっけんちょう》といふところに高松勘兵衛《たかまつかんべえ》といふ二百俵《ぴょう》取《ど》りの御家人《ごけにん》が住んでゐました。

いつぞやは御家人たちの内職のお話をしたことがありましたが、この人は槍《やり》をよく使ふので近所の武家の子供たちを弟子に取つてゐる。流儀《りゅうぎ》は木下流《きのしたりゅう》――木下淡路守利常《あわじのかみとしつね》といふ人が槍術《そうじゅつ》の一流《いちりゅう》をはじめたので、それを木下流といふのです。この人は内職でなく、もと〴〵武藝が好きで、慾を離れて弟子を取立てゝゐたのですから、人間は律儀《りちぎ》一方で武士気質《かたぎ》の強い人、御新造《ごしんぞ》はおみのさんと云つて夫婦のあひだに姉弟《きょうだい》の子どもがある。姉さんはお近《ちか》さんと云つて廿四《にじゅうし》、弟は勘次郎《かんじろう》と云つて十八歳、そのまん中にまだひとり女の子があつたのですが、それは早くに死んださうです。お父さんはまだ四十五六の勤め盛りですから、息子の部屋住みは当然でしたが、姉さんのお近さんはもう廿四にもなつてなぜ自分の家《うち》に居残つてゐるかと云ふと、これはこの春まで御奉公に出てゐたからです。

武家の娘でも奉公に出ます。勿論《もちろん》、町人の家《うち》に奉公することはありませんが、自分の上《うわ》役《やく》の屋敷に奉公するのは珍しくありません。御家人のむすめが旗本屋敷に奉公するなどは幾らもありました。一つは行儀《ぎょうぎ》見習ひの為《ため》で、高松のお近さんも十七の春から薙刀《なぎなた》の出来るのを云ひ立てに、本郷追分《ほんごうおいわけ》の三島信濃守《みしましなののかみ》といふ四千石《ごく》の旗本屋敷へ御奉公にあがりまして、お嬢さま附《づき》となつてゐました。旗本も四千石となると立派なもので、殆《ほとん》ど一種の大名のやうなものです。大名はどんなに小さくとも大名だけの格式を守つて行かなければならず、参覲交代《さんきんこうたい》もしなければなりませんから、内証《ないしよう》はなか〳〵苦《くるし》い。したがつて、一万石や二万石ぐらゐの木葉《こつぱ》大名よりも、四千石五千石の旗本の方がその生活は却《かえ》つて豊《ゆたか》なくらゐでした。

三島の屋敷も評判の物堅い家風でした。高松さんもそれを知つて自分の娘を奉公に出したのですが、まつたく奥も表《おもて》も行儀が正しく、武道の吟味《ぎんみ》が強い。お近さんはお嬢さまのお相手をして薙刀《なぎなた》の稽古《けいこ》を励《はげ》む。ほかの腰元たちも一緒になつて薙刀や竹刀撃《しないうち》の稽古をする。まるで鏡山《かがみやま》の芝居を観るやうです。奥さまは勿論《もちろん》ですが、殿さまも時々に奥へお入りになつて、女どもの試合を御覧になるのですから、女たちも一層熱心に稽古をする。女でさへも其通りですから、まして男でこの屋敷に奉公するほどのものは、足軽中間《あしがるちゆうげん》にいたるまで竹刀の持ち様は確かに心得てゐるといふわけで、まことに武張《ぶば》つた屋敷でした。『武家に奉公するものは武藝を怠つてはならぬ。まして今の時世であるから、なんどき何事《なにごと》が起らないとも限らぬ。男も女もその用心を忘れまいぞ。』

これが殿さまや奥さまの意見で、屋敷のもの一統《いつとう》へ常日頃《つねひごろ》から厳重に触《ふ》れ渡されてゐるのです。お近さんといふ娘は子供のときからお父《とつ》さんの仕付《しつけ》をうけてゐますから、かういふ屋敷にはおあつらへ向きで、主人の首尾もよく、自分も満足して、忠義一図《いちず》に幾年《いくねん》のあひだを勤め通して、薙刀や竹刀撃に娘ざかりの月日を送つてゐました。これはお近さんに限らず、御殿奉公《ごてんぼうこう》をする者はみなさうでしたらうが、取りわけてこの屋敷は武藝専門といふのですから、勤め向きも余計に骨が折れたらうと思はれます。併《しか》しどの奉公人もそれを承知で住み込んだものばかりですから、別に苦労とも思はなかつたのです。お近さんなどは宿下《やどさが》りで自分の家《うち》へ帰つたときに、それを自慢らしく両親に吹聴《ふいちよう》し、親たちも一緒になつて喜んでゐたくらゐでした。

それで済めば天下泰平、いや、些《ちつ》とぐらゐの騒動が起つても大丈夫であつたのですが、こゝに一つの事件が出来《しゆつたい》した。といふのは、この屋敷のお嬢さまが病気になつたのです。なにしろ殿さまも奥さまも前に云つたやうな気風の人たちですから、どうも今時のわかい者は気に入らない。したがつて、今日《こんにち》までに縁組の相談があつても、あんな柔弱《にゆうじやく》な奴《やつ》のところへは嫁《よめ》に遣《や》れないとか、あんな不心得《ふこころえ》の人間を婿《むこ》には出来ないとか、色々むづかしいことを云つて断つてしまふので、自然に縁遠い形になつて、お嬢さまは廿一《にじゆういち》になるまで親の手許《てもと》にゐて、相変らず薙刀や竹刀撃の稽古をつゞけてゐる。そのうちに何といふ病気か判らない、その頃の詞《ことば》で云ふとぶら〳〵病《やまい》といふのに罹《かか》つて、どうも気分がすぐれない。顔の色もよくない。どつと寝付くほどの大病《たいびよう》でもないが、なにしろ半病人のすがたで、薙刀のお稽古もこの頃は休み勝《がち》になりました。

『これは静かなところでゆるゆると御養生遊《あそ》ばすに限ります。』

医者もかう勧め、両親もさう思つて、お嬢さまはしばらく下屋敷《しもやしき》の方に出養生《でようじよう》といふことになりました。大きい旗本はみな下屋敷を持つてゐます。三島家の下屋敷は雑司ケ谷《ぞうしや》にありました。お近さんもお嬢さまのお供《とも》をして雑司ケ谷へゆくことになつたのは、安政《あんせい》四年の桜の咲く頃で、そこらの畑に菜の花が一面に咲いてゐるのをお嬢さまは珍しがつたといふことでした。

二

どこでも下屋敷は地所を沢山取つてゐますから庭も広い、空地も多い。庭には桜や山吹《やまぶき》が咲きみだれてゐる。天気のいゝ日にはお嬢さまも庭に出て、木の蔭《かげ》や池のまはりなどをそゞろ歩きして、すこしは気分も晴れやかになるだらうと思ひの外《ほか》、うらゝかな日に庭へ出て、あたゝかい春風に吹かれてゐると、却《かえ》つて頭が重くなると云つて、お嬢様はめつたに外へも出ない。たゞ垂れ籠《たこ》めて鬱陶《うつとう》しさうに春の日永《ひなが》を暮してゐる。殊《こと》に花時《はなどき》の癖《くせ》で、今年の春も雨が多い。そばに附いてゐる者までが自然に気が滅入《めい》つて、これもお嬢さま同様にぶら〳〵病《やまい》にでもなりさうになつて来ました。医者は三日目に一度づつ見まはりに来てくれるが、お嬢さまは何《ど》うもはつきりとしない。するとある日のことでした。けふも朝から絹糸のやうな春雨《はるさめ》が音も無しにしと〳〵と降つてゐる。お嬢さまは相変らず鬱陶しさうに黙つてゐる。お近さんをはじめ、そばに控へてゐる二三人の腰元もたゞぼんやりと黙つてゐました。

こんなときには琴を弾《ひ》くとか、歌でも作るとか、なにか相当の日ぐらしもある筈《はず》ですが、屋敷の家風が例の通りですから、そんな方のことは誰もみな不得手《ふえて》です。屋敷奉公のものは世間を知らないから世間話の種《たね》もすくない。勿論《もちろん》、こゝでは芝居の噂などが出さうもない。たゞ詰《つま》らなさうに睨《にら》み合《あ》つてゐるところへお仙《せん》といふ女中がお茶を運んで来ました。お仙は始終この下屋敷の方に詰めてゐるのでした。

『どうも毎日降りまして、さぞ御退屈でゐらせられませう。』

みんなも退屈し切つてゐるところなので、このお仙を相手にして色々の話をしてゐるうちに、なにかの切《き》つかけからお仙はそのころ流行《りゆうこう》の草双紙《くさぞうし》の話をはじめました。それは例の種員《たねかず》の「しらぬひ譚《ものがたり》」で、どの人も生《うま》れてから殆《ほとん》ど一度も草双紙などを手に取つたこともない人達なので、その面白さに我を忘れて、皆うつとりと聴き惚れてゐました。お嬢様もその草双紙の話がひどく御意《ぎよい》に入《い》つたとみえて、日が暮れてからも又その噂が出ました。

『仙《せん》をよんで、さつきの話のつゞきを聴いてはどうであらう。』

誰も故障《こしよう》をいふ者はなくて、お仙はお嬢さまの前へよび出されました。さうして、五《いつ》つ（午後八時）の時計の鳴る頃まで、青柳春之助《あおやぎはるのすけ》や鳥山秋作《とりやまあきさく》の話をしたのですが、それが病《や》み付《つ》きになつてしまつて、それからはお仙が毎日「しらぬひ譚《ものがたり》」のお話をする役目をうけたまはることになりました。お仙がどうしてこんな草双紙を読んでゐたかといふと、この女は三島家の知行所《ちぎようしよ》から出て来た者ではなくて、下谷《したや》の方《ほう》から――実はわたくしの家《うち》の近所のもので、この話もその女から聞いたのです。――奉公にあがつてゐる者ですから、家《うち》にゐたときに草双紙も読んでゐる。芝居もとき〴〵には覗《のぞ》いてゐる。さういふわけですから、例《れい》の「しらぬひ譚《ものがたり》」も知つてゐて、測《はか》らずもそれがお役に立つたのです。

一体お仙はどんな風にその話をしたのか知りませんが、なにしろ聴く人たちの方は薙刀や竹刀のほかには今までなんにも知らなかつた連中ばかりですから、初めて聴かされた草双紙の話が馬鹿に面白い。みんなは口をあいて聴いてゐるといふ始末。しかしお仙も「しらぬひ譚《ものがたり》」を暗記してゐるわけでもないのですから、話に曖昧《あいまい》なところも出て来る。聴いてゐる方では焦《じれ》つたくなる。それが嵩《こう》じて、たうとうその「しらぬひ譚《ものがたり》」の草双紙を借りて読まうといふことになつて、お仙がそのお使《つかい》を云ひ付かつて、牛込辺《うしごめへん》のある貸本屋を入れることになりました。

どこの大名でも旗本でも下屋敷の方は取締《とりしま》りがずつと緩《ゆる》やかで、下屋敷ではまあ何をしてもいゝと云ふことになつてゐました。殊《こと》にそれがお嬢さまの気保養《きほよう》にもなると云ふので、下屋敷をあづかつてゐる侍達もその貸本屋の出入りを大目に見てゐたらしいのです。くどくも云ふ通り、お嬢様をはじめ、お附《つき》の女たち一同は生れてから初めて草双紙などといふものを手に取つたので、先《ま》づ第一に絵が面白い、本文《ほんもん》も面白い。みんな夢中になつて草双紙の話ばかりしてゐる。貸本屋の方では好《い》いお得意が出来たと思つて、色々の草双紙を持ち込んでくる。それでもまあ「田舎源氏《いなかげんじ》」や何かのうちは好《よ》かつたのですが、だん〳〵進んで来て、人情本《にんじようぼん》などを持ち込むやうになる。先《ま》づ「娘節用《むすめせつよう》」が序開《じよびら》きで、それから「春色梅《しゆんしよくうめ》ごよみ」「春色辰巳園《しゆんしよくたつみのその》」などといふものが皆《み》んなの眼《め》に這入《はい》つて、お近さんまでが狂訓亭主人《きようくんていしゆじん》の名を識《し》るやうになると、若い女の多いこの下屋敷の奥には一種の春色《しゆんしよく》が漲《みなぎ》つて来ました。今迄は半病人であつたお嬢さまの顔色も次第に生々《いきいき》して、とき〴〵には笑ひ声もきこえる。このごろは貸本屋があまりに繁く出入りをするので、困つたものだと内々《ないない》は顔をしかめてゐる侍たちも、それがためにお嬢さまの御病気がだん〳〵によくなると云ふのですから、押切《おしき》つてそれを遮《さえぎ》るわけにも行かないで、まあ黙つて観てゐるのでした。

さうして、夏も過ぎ、秋も過ぎましたが、お嬢さまはまだ本郷の屋敷へ戻らうと云はない。お附の女中達も本郷へお使《つかい》に行つたときには、好加減《いいかげん》の嘘をこしらへて、お嬢さまの御病気はまだほんたうに御本復《ごほんぷく》にならないなどと云つてゐる。本郷へ帰れば殿様や奥様の監視の下《もと》に又《また》もや薙刀や竹刀をふり廻さなければならない。それよりも下屋敷に遊んでゐて、夏の日永《ひなが》、秋《あき》の夜永《よなが》に、狂訓亭主人の筆《ふで》の綾《あや》をたどつて、丹次郎《たんじろう》や米八《よねはち》の恋に泣いたり笑つたりしてゐる方が面白いといふわけで、武藝を忘れてはならぬといふ殿様や奥様の教訓よりも、狂訓亭の狂訓の方が皆《み》んなの身に沁《し》み渡《わた》つてしまつたのです。

そのなかでもその狂訓に強く感化されたのは、彼《か》のお近さんでした。どうしたものか、この人が最も熱心な狂訓亭崇拝者になり切つてしまつて、読んでゐるばかりでは堪能《たんのう》が出来なくなつたとみえて、わざわざ薄葉《うすよう》の紙を買つて来て、それを人情本所謂《いわゆる》小本《こほん》の型に切つて、原本をそのまゝ透《す》き写《うつ》しにすることになつたのです。お近さんは手筋《てすじ》が好《い》い、その器用と熱心とで根気よく丹念に一枚づつ写して行つて、幾日かゝつたのか知りませんが、兎《と》も角《かく》もその年の暮《くれ》までに梅暦《うめごよみ》四編十二冊、しかも口絵から挿絵まで残らず綺麗《きれい》に写しあげてしまつたさうです。今のお近さんの宝といふのは、御奉公に出るときにお父さんから譲《ゆず》られた二字國俊《にじくにとし》――おそらく真物《ほんもの》ではあるまいと思はれますが――の短刀と、「春色梅ごよみ」十二冊の写本とで、この二つは身にも換へがたいと云ふくらゐの大切なものでした。

『どうも困《こま》つたものだ。』と、下屋敷の侍達はいよ〳〵眉をひそめました。

いくら下屋敷だからと云つて、あまりにも猥《みだら》な不行儀なことが重なると、打つちやつて置くわけには行かない。殊《こと》に三島の屋敷は前にも申す通り、武道の吟味の強《つよ》い家風《かふう》ですから、そんなことが上屋敷《かみやしき》の方《ほう》へきこえると、こゝをあづかつてゐる者どもの越度《おちど》にもなるので、もう何とかしなければなるまいかと内々評定《ないないひようじよう》してゐるうちに、貸本屋の方では猥《みだら》ないよ〳〵増長して、このごろは春色何とかいふもの以上に春色を写してあるらしい書物をこつそりと持ち込んで来るのを発見したので、侍達ももう猶予《ゆうよ》してゐられなくなつて、貸本屋は出入りを差止められてしまひました。お仙もあやふく放逐《ほうちく》されさうになつたが、これはお嬢さまのお声がかりで僅《わず》かに助かりました。

貸本屋の出入りが止まるとなると、お近さんの写本がいよ〳〵大切なものになつて、お近さんは内証《ないしょ》でそれを読んで聞かせて皆《み》んなを楽ませてゐました。――野にすてた笠に用あり水仙花《すいせんか》、それならなくに水仙の、霜除《しもよ》けほどなる侘住居《わびずまい》――こんな文句は皆んなも暗記してしまふほどになりました。さうしてゐるうちに、こんなことが自然に上屋敷の方へ洩《も》れたのか、或《あるい》は侍たちも持て余して密告したのか、いづれにしてもお嬢様を下屋敷に置くのは宜《よろ》しくないといふので、病気全快を口実に本郷の方へ引き戻されることになりました。それは翌年の二月のことで、丁度《ちょうど》出代《でがわ》り時《どき》であるのでお近さんともう一人、お冬とかいふ女中がお暇《いとま》になりました。下屋敷の方ではお仙がたうとう放逐されてしまひました。

普通の女中とは違つて、お近さんはお嬢さまのお嫁入りまでは御奉公する筈《はず》で、場合によつてはそのお嫁入り先までお供するかも知れないくらゐであつたのに、それが突然にお暇になつた。表向《おもてむ》きにお人減《ひとべら》しといふのであるが、どうも彼《か》の貸本屋一件が祟《たた》りをなして、お近さんともう一人の女中がその主謀者と認められたらしいのです。それは彼《か》のお仙の放逐《ほうちく》をみても察《さっ》しられます。

いつの代《よ》でもさうでせうが、取分けてこの時代に主人が一旦暇《いったんいとま》をくれると云ひ出した以上、家来の方ではどうすることも出来ません。お近さんはおとなしくこの屋敷をさがるより外《ほか》はないので、自分の荷物を取りまとめて新屋敷の親許《おやもと》へ帰りました。その葛籠《つづら》の底《そこ》には彼《か》の「春色梅ごよみ」の写本が忍んでゐました。

三

お父《とつ》さんの高松さんは物堅い人物ですから、娘が突然に長《なが》の暇《いとま》を申渡《もうしわた》されたに就《つい》てすこしく不審をいだきまして一応はお近さんを詮議《せんぎ》しました。『どうも腑《ふ》に落ちないところがある、奉公中に何かの越度《おちど》でもあつたのではないか。』『そんなことは決してございません。』と、お近さんは堅く云ひ切りました。『時節柄、お人減《ひとべら》しと申すことで、それは奥様からもよくお話がござりました。』

まつたくこの時節柄であるから、諸屋敷で人減しをすることも無いとは云へない。殊に三島の屋敷のことであるから、武具馬具を調《ととの》へるために他《た》の物入りを倹約する、その結果が人減しとなる。そんなことも有りさうに思はれるので、高松さんも娘の詮議は先《ま》づそのくらゐにして置きました。阿母《おつか》さんも正直な人ですから、別にわが子を疑ふやうなこともなく、それで無事に済んでしまつたのですが、それから三月《みつき》四月《よつき》と過ぎるうちに、お父《とつ》さんの気に入らないやうなことが色々出来たのです。

高松さんの屋敷では槍《やり》を教へるので、毎日十四五人の弟子が通つてくる。そのなかで肩あげのある子供達が来たときには、お近さんはその稽古場《けいこば》を覗《のぞ》いても見ませんが、十八九から廿歳《はたち》ぐらゐの若い者が来ると、お近さんは出て行つて何かの世話を焼く。時には冗談などを云ふこともあるので、お父《とつ》さんは苦い顔をして叱《しか》りました。

『稽古場へ女などが出てくるには及ばない。』

それでも矢《や》はり出て来たり、覗きに来たりするので、その都度《つど》に高松さんは機嫌を悪くしました。ある時、久振《ひさしぶ》りで薙刀を使はせてみると、まるで手のうちは乱れてゐる。もと〳〵薙刀を云ひ立てに奉公に出たくらゐで、その後《ご》も幾年のあひだ、お嬢さまに附いて稽古を励んでゐたといふのに、これは又どうしたものだと高松さんも呆《あき》れてしまひました。それればかりでなく万事が浮《うわ》ついて、昔とはまるで別の人間のやうにみえるので、お父さんはいよ〳〵機嫌を悪くしました。

『どうも飛んだことをした。かうと知つたら奉公などに出すのではなかつた。』

高松さんは時々に顔をしかめて、御新造《ごしんぞ》に話すこともありました。そのうちに六月の末《すえ》になる。旧暦の六月末ですから、土用のうちで暑さも強い。師匠によると土用休みをするのもあるが、高松さんは休まない。けふも朝の稽古をしまつて、汗を拭きに裏手の井戸端へ出ました。場末の組屋敷ですから地面は広い。うらの方は畑になつて矢《や》はり玉蜀黍《とうもろこし》などが栽《う》ゑてある。その畑のなかに白地の単衣《ひとえもの》をきた女が忍ぶやうに立つてゐる。それがお近さんであることは、高松さんにはすぐに判《わか》つたのですが、向《む》うでは些《ちつ》とも気が注《つ》かないで、何か一心《いつしん》に読み耽《ふけ》つてゐるらしい。以前ならばそのまゝに見過してしまつたのでせうが、此頃はひどく信用を墜《おと》してゐるお近さんがわざ〳〵畑のなかへ出て、玉蜀黍《とうもろこし》のかげに隠れるやうにして何か読んでゐる。それがお父さんの注意をひいたので、高松さんは抜足《ぬきあし》をして窃《そつ》とそのうしろへ廻つて行きました。

日を避《よ》け、人目《ひとめ》をよけて、お近さんが玉蜀黍の畑のなかで一心に読んでゐたのは例の写本の一冊でした。こんなものが両親の眼に止まつては大変ですから、お近さんは自分の葛籠《つづら》の底ふかく秘めて置いて、人に見付からないやうなところへ持ち出して、そつと読んでゐる。そこを今朝は運悪くお父さんに見付けられたのです。

『これはなんだ。』

だしぬけにその本を取り上げられてしまつたので、お近さんはもう何《ど》うすることも出来《でき》ない。しかし「春色梅ごよみ」といふ外題《げだい》を見ただけでは、お父さんにもその内容は一向わからないのですから、お近さんも何とか頓智《とんち》をめぐらして、巧《うま》く誤魔《ごま》かしたいと思つたのですが、困つたことには本文ばかりでなく、男や女の挿絵が這入《はい》つてゐる。それをみただけでも大抵《たいてい》は想像が付く筈です。お近さんも返事に支《つか》へておどおどしてゐると、高松さんは娘の襟髪《えりがみ》をつかみました。

『怪《け》しからん奴《やつ》だ。こんなものを何《ど》うして持つてゐる。さあ、来い。』

内《うち》へ引摺《ひきず》つて来て、高松さんは厳重に吟味をはじめました。お近さんは強情に黙つてゐたが、それでお父《とつ》さんが免《ゆる》す筈《はず》がない。弟の勘次郎《かんじろう》を呼んで、姉の葛籠《つづら》をあらためて見ろといふ。もう斯《こ》うなつては運の尽きで、お近さんの秘密はみな暴露してしまひました。なにしろその写本があはせて十二冊もあるので、高松さんも一時は呆れるばかりでしたが、やがて両の拳《こぶし》を握りしめながら、むすめの顔を睨《にら》みつけました。

『いや、これで判《わか》つた。三島の屋敷から不意に暇《いとま》を出されたのも、かういふ不埒《ふらち》があるからだ。女の身として、まして武家の女の身として、かやうな猥《みだら》な書物を手にするなどとは、呆《あき》れ返《かえ》つた奴《やつ》だ。』

さん〴〵叱り付けた上で、高松さんは弟に云ひつけて、その写本全部を庭さきで焼き捨てさせました。お近さんが丹精《たんせい》した「春色梅ごよみ」十二冊は、炎天の下で白い灰になつてしまつたのです。お近さんは縁側《えんがわ》に手をついたまゝで黙《だま》つてゐましたが、それがみんな灰になつてゆくのを見たときには、涙をほろ〳〵とこぼしたさうです。それを横眼《よこめ》に睨《にら》んで、お父さんは又叱《またしか》りました。

『なにが悲しい。なにを泣く。たはけた奴め。』

阿母《おつか》さんはさすがに女で、なんだか娘がいぢらしいやうにも思はれて来たのですが、問題が問題ですから何とも取りなす術《すべ》もない。その場は先《ま》づそれで納《おさ》まつたのですが、高松さんは苦り切つてゐて、その日一日は殆《ほとん》ど誰とも口をきかない。お近さんは自分の部屋に這入《はい》つて泣いてゐる。今日《こんにち》の詞《ことば》で云へば、一家は暗い空気に包まれてゐるとでもいふ形で、その日も暮れてしまひました。

その夜なかの事です。昼間の一件でむしやくしやするのと、今夜は悪く蒸暑《むしあつ》いのとで、高松さんは夜のふけるまで眠られずにゐると、裏口の雨戸をこぢ明けるやうな音がきこえたので、もしや賊でも這入つたのかと、すぐに蚊帳《かや》をくゞつて出て、長押《なげし》にかけてある手《て》槍《やり》の鞘《さや》を払つて、台所の方へ出てみると、一つの黒い影が今や雨戸をあけて出ようとするところでした。生憎《あいにく》に今夜は暗《くら》い晩《ばん》でその姿もよくは判《わか》らないが、兎《と》もかくも台所の広い土間から表《おもて》へ出てゆく影だけは見えたので、高松さんはうしろから声をかけました。

『誰だ。』

相手はなんにも返事もしないで、土間に積《つ》んである薪《まき》の一つを把《と》つて、高松さんを目がけて叩《たた》き付けると、暗いので避《よ》け損《そん》じて、高松さんはその薪《まき》ざつぽうで左の腕を強く打たれました。名をきいても返事をしない、しかも手向《てむか》ひをする以上は、もう容赦《ようしゃ》はありません。高松さんは土間に飛び降りて追ひかけると、相手は素疾《すばや》く表へぬけて出る。なにしろ暗いので、もし取逃すといけないと思つたので、高松さんはその跫音《あしおと》をたよりに、持つてゐる槍《やり》を投げ付けると、さすがは多年の手練で、その投槍《なげやり》に手堪《てごた》へがあつたと思ふと、相手は悲鳴をあげて倒れました。

この騒ぎに家中《うちじゅう》の者が起きてみると、ひとりの女が投槍に縫《ぬ》はれて倒れてゐました。

背から胸を貫《つらぬ》かれたのですから、勿論《もちろん》即死です。それはお近さんで、着換《きが》へ二三枚を入れた風呂敷づつみを抱へてゐました。

お近さんは家出をして、どこへ行かうとしたのか、それは判りません。併《しか》しお仙の話によると、それより五六日ほど前に、お仙が大木戸《おおきど》の親類まで行つたとき、途中でお近さんに逢つたさうです。お近さんはひどく懐《なつか》しさうに話しかけて、わたしは再び奉公に出たいと思ふが、どこかに心当りはあるまいか。屋敷にはかぎらない、町家《ちょうか》でもいゝと云ふので、或《ある》ひは町家でもよければ心あたりを探してみようと答へて別れたことがあると云ひますから、或ひはお仙のところへでも頼つて行く積《つも》りであつたかも知れません。別に男があつたといふやうな噂はなかつたさうです。

お父さんに声をかけられた時、こつちの返事の仕様によつては真逆《まさか》に殺されもしなかつたでせうに、手向《てむか》ひをしたばつかりに飛んでもないことになつてしまひました。しかしお近さんの身になつたら、その薪ざつぽうを叩《たた》き付けたのが、せめてもの腹癒《はらい》せであつたかも知れません。

『これもわたしが種《たね》を蒔《ま》いたやうなものだ。』

お仙はあとで切《しき》りに悔んでゐました。三島のお嬢さまはその後どうしたか知りません。お近さんのお父さんは十五代将軍の上洛《じょうらく》のお供《とも》をして、明治元年の正月、彼《か》の伏見鳥羽《ふしみとば》の戦《たたか》ひで討死《うちじに》したと云ふことです。

# 旗本の師匠

## 一

あるときに三浦老人がこんな話をした。

『いつぞや「置《お》いてけ堀《ぼり》」や「梅暦《うめごよみ》」のお話をした時に、御家人《ごけにん》たちが色々の内職をするといひましたが、その節も申した通り、同じ内職でも刀《かたな》を磨《と》いだり、魚を釣つたりするのは、世間体《せけんてい》のいゝ方でした。それから、髪を結《ゆ》ふのもいゝことになつてゐました。陣中《じんちゆう》に髪結ひはゐないから、どうしてもお互ひに髪を結ひ合ふより外《ほか》はない。それですから、武士が他人の髪を結つても差支《さしつか》へないことになつてゐる。勿論《もちろん》、女や町人の頭をいぢるのはいけない。更《さら》に上等になると、剣術柔術の武藝や手習《てならい》学問を教へる。これも一種の内職のやうなものですが、かうなると立派な表藝《おもてげい》で、世間の評判も好《よ》し、上《かみ》のおぼえもめでたいのですから、一挙両得といふことにもなります。』

『やはり月謝《げつしや》を取るのですか。』と、わたしは訊《き》いた。

『所詮《しよせん》は内職ですから月謝を取りますよ。』と、老人は答へた。『小身《しようしん》の御家人たちは内職ですが、御家人も上等の部に属する人や、または旗本衆になると、大抵《たいてい》は無月謝です。旗本の屋敷で月謝を取つたのは無いやうです。武藝ならば道場が要《い》る。手習学問ならば、稽古場《けいこば》が要る。したがつて炭《すみ》や茶もいる。第一に畳《たたみ》が切れる。まだそのほかに、正月の稽古はじめには余興の福引などをやる。歌がるたの会をやる。初午《はつうま》には強飯《こわめし》を食《く》はせる、三月の節句には白酒《しろざけ》をのませる、五月には柏餅《かしわもち》を食はせる。手習《てならい》の師匠であれば、たなばた祭もする。煤《すす》はらひには甘酒をのませる、餅搗《もちつ》きには餅を食はせるといふのですから師匠は相当の物入りがあります。それで無月謝、せいぜいが盆正月の礼に半紙《はんし》か扇子《せんす》か砂糖袋を持つて来るぐらゐのことですから、慾得《よくとく》づくでは出来ない仕事です。ことに手習子《てならいこ》でも寄せるとなると、主人ばかりではない、女中や奥様までが手伝つて世話を焼かなければならないやうにもなる。毎日随分うるさいことです。』

『さういふのは道楽なんでせうか。』

『道楽もありませうし、人に教へてやりたいといふ奇特《きどく》の心掛《こころが》けの人もありませうし、上《かみ》のお覚《おぼ》えをめでたくして自分の出世の蔓《つる》にしようと考へてゐる人もありませうし、それは其人《そのひと》によつて違つてゐるのですから、一概《いちがい》にどうと云ふわけにも行きますまい。又そのなかには、自分の屋敷を道場や稽古場にしてゐると云ふのを口実に、知行所《ちぎようしよ》から余分のものを取立てるのもある。むかしの人間は正直ですから、おれの殿様《とのさま》は剣術や手習を教へて、大勢の世話をしていらつしやるのだから、定《さだ》めてお物入《ものい》りも多からうと、知行所の者《もの》共《ども》も大抵のことは我慢して納めるやうにもなる。かういふのは、弟子から月謝を取らないで、知行所の方から月謝を取るやうなわけですが、それでも知行所の者は不服を云はない。江戸のお屋敷では何十人の弟子を取つていらつしやるさうだなどと、却《かえ》つて自慢をしてゐる位《くらい》で、これだけでも今とむかしとは人気《にんき》が違《ちが》ひますよ。いや、その無月謝《むげつしゃ》のお師匠様《ししょうさま》について、こんなお話があります。』

赤坂一ツ木《あかさかひとつぎ》に市川幾之進《いちかわいくのしん》といふ旗本がありました。大身《たいしん》といふのではありませんが、二百五十石《こく》ほどの家柄で、持明院流《じみょういんりゅう》の字をよく書くところから、前に云つたやうに手蹟指南《しゅせきしなん》をすることになりました。この人はまことに心がけの宜《よろ》しい方《かた》で、それを出世の蔓《つる》にしようなどといふ野心があるでも無し、蔵前取《くらまえど》りで知行所を持たないのですから、それを口実に余分のものを取立てるといふ的《あて》があるでも無し、つまりは自分の好きで、自分の身銭《みぜに》を切つて大勢の弟子の面倒をみてゐると云ふわけでした。

市川さんはその頃四十前後、奥さんはお絹《きぬ》さんと云つて三十五六。似たもの夫婦といふ譬《たとえ》の通り、この奥さんも親切に弟子たちの世話を焼くので、まことに評判がよろしい。お照《てる》さんといふ今年十六の娘があつて、これも女中と一緒になつて稽古場の手伝ひをしてゐました。市川さんの屋敷はあまり広くないので、十六畳《じよう》ほどのところを稽古場にしてゐる。勿論《もちろん》、それを本業にしてゐる町の師匠とは違ひますから弟子はそんなに多くない。町の師匠ですと、多いのは二百人ぐらゐ、少くも六七十人の弟子を取つてゐますが、市川さんなどの屋敷へ通つてくるのは大抵《たいてい》二三十人ぐらゐでした。

そこで鳥渡《ちよつと》お断《ことわ》り申して置きますが、かういふ師匠の指南をうけに来るものは、かならず武家の子どもに限つたことはありません。町人職人の子どもでも弟子に取るのが習《ならい》でした。師匠が旗本であらうが、御家人であらうが、弟子師匠の関係はまた格別で、そのあひだに武家と町人との差別はない。已《すで》に手蹟《しゆせき》を指南するといふ以上は、大工や魚屋の子どもが稽古に来ても、旗本の殿様がよろこんで教へたものです。それですから、かういふ屋敷の稽古になると、武家の息子や娘も来る、町人や職人の子供も来るといふわけで、師匠によつては武家と町人との席を区別するところもあり、又は無差別に坐らせるところもありましたが、男の子と女の子とは必ず別々に坐らせることになつてゐました。市川さんの屋敷では武家も町人も無差別で、なんでも入門の順で天神机《てんじんづくえ》を列《なら》べさせることになつてゐたさうです。

一体《いつたい》、町家《ちようか》の子どもは町の師匠に通ふのが普通ですが、下町と違つて山の手には町の師匠が少《すくな》いといふ事情もあり、たとひその師匠があつても、御屋敷へ稽古に通はせる方が行儀がよくなると云つて、わざわざ武家の指南所へ通はせる親達もある。痩《や》せても枯《か》れても旗本の殿様や奥様が涎《よだ》れくりの世話を焼いてくれて、しかもそれが無月謝といふのだから有難いわけです。その代りに仕付方《しつけかた》はすこし厳しい。なにしろ御師匠さまは刀をさしてゐるのだから怖《こわ》い。それがまた当人の為にもなると、喜んでゐる親もあるのでした。市川さんのところにも町の子どもが七八人通つてゐましたが、市川さんも奥さんも真直《まつすぐ》な気性の人でしたから、武家の子供も町家の子供もおなじやうに教へます。そのあひだに些《ちつ》とも分け隔《へだ》てがない、それですから、町家の親達はいよ〳〵喜んでゐました。

それだけならば、至極結構《しごくけつこう》なわけで、別にお話の種になるやうな事件も起らない筈《はず》ですが、嘉永《かえい》二年の六月十五日、この日は赤坂の総鎮守《そうちんじゆ》氷川《ひかわ》神社《じんじや》の祭礼《さいれい》だといふので、市川さんの屋敷では強飯《こわめし》をたいて、なにかの煮染《にし》めものを取添《とりそ》へて、手習子たちに食べさせました。けふは御稽古は休みです。土地のお祭りですから、どこの家《うち》でも強飯ぐらゐは拵《こしら》へるのですが、子供たちはお師匠さまのお屋敷で強飯の御馳走になつて、それから勝手に遊びに出る。それが年々の例になつてゐるので、今年もいつもの通りにあつまつて来る。奥さんやお嬢さんや女中が手伝つて、めい〳〵の前に強飯とお煮染めをならべる。いくら行儀がいゝと云つても、子供たちのことではあり、殊《こと》にけふはお祭りだといふのですから、大勢がわあ〳〵騒ぎ立てる。それでも不断《ふだん》の日とは違ふから、誰も叱らない。子供たちは好《い》い気になつて騒ぐ。そのうちに、今井健次郎《いまいけんじろう》といふ今年十二になる男の児《こ》が三河屋綱吉《みかわやつなきち》といふ同い年の児《こ》の強飯のなかへ自分の箸《はし》を突つ込んだ。それが喧嘩《けんか》のはじまりで、ふたりがたうとう組討《くみうち》になると、健次郎の方にも四五人、綱吉の方にも三四人の加勢が出て、畳の上でどたばたといふ大騒ぎが始まりました。

健次郎はこの近所に屋敷を持つてゐる百石取りの小さい旗本の忰《せがれ》で、綱吉は三河屋といふ米屋の忰です。師匠はふだんから分け隔てのないやうに教へてゐても、屋敷の子と町家の子とのあひだには自然に隔てがある。さあ喧嘩といふことになると、武家の子は武家方《がた》、町家の子は町家方、たがひに党を組んでいがみ合ふやうになります。けふも健次郎の方には武家の子どもが加勢する。綱吉の方には町家の子どもが味方するといふわけで、奥さんや女中が制してもなか〳〵鎮《しず》まらない。そのうちに健次郎をはじめ、武家の子供たちが木《ぼく》刀《とう》をぬきました。子供ですから木刀をさしてゐる。それを抜いて振りまはさうとするのを見て、師匠の市川さんももう捨て置かれなくなりました。

『これ、鎮まれ、鎮まれ、騒ぐな。』

いつもならば叱られて素直に鎮まるのですが、けふはお祭で気が昂《た》つてゐるのか、どつちもなか〳〵鎮まらない。市川さんは壁にかけてあるたんぽ槍《やり》を把《と》つて、木刀をふりまはしてゐる二三人を突きました。突かれた者はばた〳〵倒れる。これで先《ま》づ喧嘩の方は鎮まりました。突かれた者は泣顔をしてゐるのを、奥さんがなだめて帰してやる。町家の組も叱られて帰る。どつちにも係り合はなかつた者は、おとなしいと褒められて帰る。壁にかけてあるたんぽ槍は単に嚇《おど》しの為だと思つてゐたら、今日はほんたうに突かれたので、子供たちも内々《ないない》驚いてゐました。

　その日はそれで済みましたが、あくる朝、黒鍬《くろくわ》の組屋敷にゐる大塚孫八《おおつかまごはち》といふ侍がたづねて来て、御主人にお目にかゝりたいと云ひ込みました。黒鍬組は円通寺《えんつうじ》の坂下にありまして、御家人のなかでも小身者《しょうしんもの》が多かつたのです。市川さんは兎《と》もかくも二百五十石の旗本、まるで格式が違ひます。殊《こと》に大塚の忰《せがれ》孫次郎はやはりこゝの屋敷へ稽古に通つてゐるのですから、大塚は一層丁寧に挨拶しました。さて一通りの挨拶が済んで、それから大塚はこんなことを云ひ出しました。

『せがれ孫次郎めは親どもの仕付方《しつけかた》が行きとゞきませぬので、御覧の通りの不行儀者、さだめてお目《め》にあまることも数々であらうと存じまして、甚《はなは》だ赤面の次第でござります。』

　それを序開《じょびら》きに、彼《かれ》はきのふの一条《いちじょう》について師匠に詰問《きつもん》をはじめたのです。前にもいふ通り、身分違いの上に相手が師匠ですから、大塚は決して角立つたことは云ひません。飽《あく》までも穏かに口をきいてゐるのですが、その口上の趣意は正しく詰問で、今井の子息健次郎どのが三河屋のせがれ綱吉と喧嘩をはじめ、武家の子供、町家の子供がそれに加勢して挑《いど》み合つた折柄《おりから》に、師匠の其許《そこもと》はたんぽ槍を繰り出して、武家の子ども二三人を突き倒された。本人の健次郎どのは云ふに及ばず。手前のせがれ孫次郎もその槍先にかゝつたのである。それがために孫次郎は脾腹《ひばら》を強く突かれて、昨夜から大熱《だいねつ》を発して苦んでゐる、勿論、一旦お世話をねがひましたる以上、不行儀者の御折檻《ごせっかん》は如何《いか》やうになされても、かならずお恨《うら》みとは存じないのであるが、喧嘩両成敗《けんかりようせいばい》といふ掟《おきて》にはづれて、その砌《みぎ》りに町家の子どもには何の御折檻も加へられず、武家の子供ばかりに厳重の御仕置《おしおき》をなされたのは如何《いか》なる思召《おぼしめし》でござらうか。弟子の仕付方はそれで宜《よろ》しいのでござらうか。念のためにそれを伺《うかが》ひたいと云ふのでした。

市川さんは黙つて聴いてゐました。

## 二

質《たち》のわるい弟子どもを師匠が折檻《せつかん》するのはめづらしくはない。町の師匠でも弓の折れや竹切《たけぎ》れで引つぱたくのは幾《いく》らもあります。かみなり師匠のあだ名を取つてゐるやうな怖い先生になると、自分の机のそばに薪《まき》ざつぽうを置いてゐるのさへある。まして、武家の師匠がたんぽ槍でお見舞《みま》ひ申《もう》すぐらゐのことは、その当時としては別に問題にはなりません。大塚もそれを兎《と》やかう云《い》ふのではないが、なぜ町家の子供をかばつて、武家の子どもばかりを折檻したかと詰問したいのです。どこの親もわが子は可愛い。現に自分のせがれは病人になるほどの酷《ひど》い目《め》に逢《あ》つてゐるのに、相手の方はみな無事に帰されたといふ。それはいかにも片手落ちの捌《さば》きではないかといふ不満が胸一ぱいに漲《みなぎ》つてゐるのです。もう一つにはなんと云つても相手は町人の子どもと武士の子どもが喧嘩をした場合に、武家の師匠が町人の贔屓をして、武士の子供を手ひどく折檻するのは其意《そのい》を得ないといふ肚《はら》もあります。かたがたして大塚は早朝からその掛合《かけあ》ひに来たのでした。

　相手に云ふだけのことを云はせて置いて、それから市川さんはその当時の事情をよく説明して聞かせました。自分は師匠として、決してどちらの贔屓をするのでもないが、この喧嘩は今井健次郎がわるい。他人の強飯のなかに自分の箸を突つ込むなどは、あまりに行儀の悪いことである。子供同士であるから喧嘩は已《や》むを得《え》ないとしても、稽古場でむやみに木刀をぬくなどはいよ〳〵悪い。お手前はなんと心得てわが子に木刀をさゝせて置くか知らぬが、子供であるから木刀をさしてゐるので、大人の真剣もおなじことである。わたしの稽古場では木刀をぬくことを固く戒《いまし》めてある。それを知りつゝ妄《みだ》りに木刀をふりました以上、その罪は武家の子供等にあるから、わたしは彼等に折檻を加へたので、決して町人の子どもの贔屓をしたのではない。その辺は思ひ違ひのないやうにして貰《もら》ひたいと云ひました。

『御趣意《ごしゅい》よく相判《あいわか》りました。』と、大塚も一応はかしらを下げました。『町人の子どもは仕合せ、なんにも身に着けて居りませぬのでなあ。』

　かれは忌《いや》な笑ひをみせました。大塚に云はせると、所詮《しょせん》は子ども同士の喧嘩で、武家の子どもは木刀をさしてゐたから抜いたのである。町家の子供はなんにも持つてゐないから空手《からて》で闘《たたか》つたのである。町家の子供とても何かの武器を持つてゐれば、やはりそれを振りまはしたに相違ない。木刀をぬいたのは勿論《もちろん》わるいが、それらの事情をかんがへたら、特に一方のみを厳しく折檻するのは酷《こく》である。かう思ふと、かれの不満は依然《いぜん》として消えないのです。

もう一つには、こゝへ稽古にくる武家の子どもは、武士と云つても貧乏旗本や小身の御家人の子弟が多い。町家の子どもの親達は、彼《か》の三河屋をはじめとして皆相当《みなそうとう》の店持《みせもち》ですから、名こそ町人であるがその内証《ないしょう》は裕福です。したがつて、その親たちが平生《へいぜい》から色々の附届《つけとど》けをするので師匠もかれらの贔屓をするのであらうといふ、一種の僻《ひが》みも幾分かまじつてゐるのです。それやこれやで、大塚は市川さんの説明を素直に受け入れることが出来ない。仕舞《しまい》にはだん〳〵に忌味《いやみ》を云ひ出して、当世は武士より町人の方が幅《はば》のきく世の中であるから、せい〳〵町人の御機嫌《ごきげん》を取る方がよからうと云ふやうなことを仄《ほの》めかしたので、市川さんは立腹しました。

くどくも云ふやうですが、黒鍬《くろくわ》といふのは御家人のうちでも身分の低い方で、人柄もあまりよくないのが随分ありました。大塚などもその一人で、表面はどこまでも下手《したで》に出てゐながら、真綿《まわた》で針を包んだやうにちくりちくりと遣《や》りますから、正直な市川さんはすつかり怒つてしまつたのです。

『わたしの云ふことが判《わか》つたならば、それで好《よ》し。判らなければ、以後は子供をこゝへ遣《よこ》すな。もう帰れ、帰れ。』

かうなれば喧嘩ですが、大塚も利口ですからこゝでは喧嘩をしません。一旦《いったん》はおとなしく引揚《ひきあ》げましたが、その足で近所の今井の屋敷へ出向きました。今井のせがれは喧嘩の発《ほっ》頭人《とうにん》ですから、第一番にたんぽ槍のお見舞をうけたのですが、家へ帰つてそんなことを云ふと叱られると思つて、これは黙つてゐましたから、親たちも知らない。そこへ大塚が来てきのふの一件を報告して、手前のせがれはそれが為に寝付いてしまつたが、御当家の御子息に御別条はござらぬかといふ。今井は初めてそれを知つて、せがれの健次郎を詮議すると、当人も隠し切れないで白状に及びましたが、幸《さいわ》ひにこれには別条はなかつた。しかし大塚の話をきいて、今井も顔の色を悪くしました。

今井の屋敷の主人は佐久馬《さくま》と云つて、今年は四十前後の分別盛《ぶんべつざか》り、人間も曲つた人ではありませんでしたが、今日《こんにち》の詞《ことば》でいへば階級思想の強い人で、武士は食はねど高楊枝《たかようじ》、貧乏旗本と軽《かろ》しめられても武士の家といふことを非常の誇りとしてゐる人物。したがつて平生《へいぜい》から町人どもを眼下《がんか》に見下《みくだ》してゐる。その息子が町人の子と喧嘩をして、師匠が町人の方の贔屓をして、わが子にたんぽ槍の仕置を加へたと云ふことを知ると、どうも面白くない。おまけに大塚が色々の尾鰭《おひれ》をつけて、そばから煽《あお》るやうなことを云ひましたから、今井はいよ〳〵面白くない。しかし流石《さすが》に大塚とは違ひますから、子どもの喧嘩に親が出て自分がむやみに市川さんの屋敷へ掛合ひにゆくやうなことはしませんでした。

『幾之進殿《いくのしんどの》の仕付方《しつけかた》、いさゝか残念に存ずる廉《かど》がないでもござらぬが、一旦《いったん》その世話をたのんだ以上、兎《と》やかく申しても致方《いたしかた》があるまい。』

今井は穏かに斯《こ》う云つて大塚を帰しました。しかし忰《せがれ》の健次郎をよび付けて、けふから市川の屋敷へは稽古にゆくなと云ひ渡しました。大塚のせがれは病中であるから、無論行きません。これで武家の弟子がふたり減つたわけです。今井を煽動しても余《あま》り手堪《てごた》へがないので、大塚は更《さら》に自分の組内《くみうち》をかけまはつて、市川の屋敷では町家の子供ばかりを大切にして、武家の子どもを疎略にするのは怪《け》しからぬと触れてあるいたので、黒鍬の組内の子供達はひとりも通つて来なくなりました。今井は流石に触れて歩くやうなことはしませんが、何かのついでには其話をして、市川の仕付方はどうも面白くないと云ふやうな不満を洩《もら》すので、それが自然に伝はつて、武家の子供はだん〳〵に減るばかり、二月《ふたつき》三月《みつき》の後《のち》には、市川さんと特別に懇意《こんい》にしてゐる屋敷の子が二三人通つて来るだけで、その他の弟子はみな町家の子になつてしまひました。なんと云つても武家の師匠ですから、武家の子どもがストライキを遣《や》つて、町家の子供ばかりが通つて来るのでは少し困ります。それでも市川さんは無頓着《むとんじやく》に稽古をつゞけてゐました。

一《ひと》ツ木辺《ぎへん》は近年あんなに繁華になりましたが、昔は随分さびしいところで、竹藪などが沢山《たくさん》ありました。現に大田蜀山人《おおたしよくさんじん》の書いたものをみると、一ツ木の藪から大蛇《だいじや》があらはれて、三《みつ》つになる子供を呑《の》んだと云ふことがあります。子供を呑んだのは嘘かほんたうか知りませんけれども、兎も角もそんな大蛇も出さうなところでした。その年の秋のひるすぎ、市川さんの屋敷から遠くないところの路《みち》ばたに、四五人の子供が手習草紙《てならいぞうし》をぶら下《さ》げながら草花などをむしつてゐました。それはみな町家の弟子で、帰りに道草を食つてゐてはならぬ、かならず真直《まつすぐ》に家《うち》に帰れ、と師匠から云ひ渡されてゐるのですが、やはり子供ですから然《そ》うは行きません。殊《こと》にけふは天気がいゝので、稽古の帰りに遊んでゐる。そのなかには三河屋の綱吉もゐました。ほかにもこの間の喧嘩仲間が二人ほどまじつてゐました。

この子供たちが余念もなしに遊んでゐると、竹藪の奥から五六人の子供が出て来ました。どれもみな手拭《てぬぐい》で顔をつゝんで、その上に剣術の面をつけてゐるので、人相《にんそう》は鳥渡《ちよつと》わからない。それが木刀や竹刀を持つて飛び出して来て、町家の子供達をめちゃめちゃになぐり付けました。そのなかで、三河屋の綱吉は第一に目指されて、殆《ほとん》ど、正気をうしなふほどに打《う》ち据《す》ゑられてしまひました。

子供達はおどろいて泣きながら逃げまはる。それでも素疾《すばし》つこいのが師匠の屋敷へ逃げて帰つて、そのことを訴へたので、居あはせた中間《ちゆうげん》ふたりと若党《わかとう》とがすぐに其場《そのば》へ駈《か》けつけると、乱暴者はもう逃げてゆくところでした。そのなかに餓鬼大将《がきだいしよう》らしい十六七の少年が一人まじつてゐる。そのうしろ姿が彼《か》の大塚孫次郎の兄の孫太郎《まごたろう》らしく思はれたが、これは真先《まつさき》に逃げてしまつたので、確かなことは判りませんでした。

かういふわけで、相手はみな取逃してしまつたので、撲《なぐ》られた方の子供たちを介抱して屋敷へ一旦連れて帰ると、三河屋の綱吉が一番ひどい怪我をして顔一面に腫《は》れあがつてゐる。次は伊丹屋《いたみや》といふ酒屋の忰《せがれ》で、これも半死半生になつてゐる。その他は幸ひに差したることでもないのでそれ〴〵に手当をして送り帰しましたが、三河屋と伊丹屋からは釣台《つりだい》をよこして子供を引取つてゆくといふ始末。どちらの親たちも工面《くめん》が好《い》いので、出来るだけの手当をしたのですが、やはり運が無いとみえて、三河屋の忰はそれから二日目の朝、伊丹屋のせがれは三日目の晩に、いづれも息を引取つてしまひました。

さあ、さうなると事が面倒《めんどう》です。いくら子供だからと云つて人間ふたりの命騒《いのちさわ》ぎですから、中々《なかなか》むづかしい詮議になつたのですが、なにを云ふにも相手をみな取逃したので、確かな証拠がない。前々からの事情をかんがへると、その下手人《げしゆにん》も大抵、判つてゐるのですが、無証拠《むしようこ》では何《ど》うにも仕様《しよう》がない。且《かつ》は町人の悲しさに、三河屋も伊丹屋も結局泣き寝入りになつてしまつたのは可哀《かわい》さうでした。

それから惹《ひ》いて、市川さんも手習の指南をやめなければならない事になりました。市川さんは支配頭《しはいがしら》のところへ呼び出されて、お手前の手蹟指南は今後見合はせるやうにとの諭達《ゆたつ》を受けました。理窟を云つても仕様がないので、市川さんはその通りにしました。

それで済んだのかと思つてゐると、市川さんはやがて又、小普請入《こぶしんい》りを申付《もうしつ》けられました。これも手蹟指南の問題にかゝり合《あい》があるのか無いのか判りませんが、なにしろお気の毒のことでした。いつの代《よ》にもこんなのはあるのでせうね。

# 刺青の話

## 一

そのころの新聞に、東京の徴兵《ちようへい》検査に出た壮丁《そうてい》のうちに全身に見ごとな刺青《ほりもの》をしてゐる者があつたといふ記事が掲げられたことがある。それが話題となつて、三浦老人は語つた。

『今どきの若い人にはめづらしいことですね。昔だつて無暗《むやみ》に刺青をしたものではありませんが、それでも今とは違ひますから、銭湯《せんとう》にでも行けば屹《きつ》と一人や二人は背中に墨《すみ》や朱《しゆ》を入《い》れたのが泳いでゐたものです。中には年の行かない小僧などをつかまへて、大供《おおども》が面白半分に彫《ほ》るのがある。素人《しろうと》に彫られては堪《たま》らない、小僧はひいひい云つて泣く。実に乱暴なことをしたものです。刺青をしてゐるのは仕事師と籠屋《かごや》、船頭《せんどう》、職人、遊び人ですが、職人も堅気《かたぎ》な人間は刺青などをしません。刺青のある職人は出入りをさせないなどと云ふ家《うち》もありますから、好《い》い職人にならうと思ふものは迂闊《うかつ》に刺青《ほりもの》などは出来ないわけです。武家の中間《ちゆうげん》などにも刺青をしてゐるものがありました。堅気の商人《あきんど》のせがれでありながら、若いときの無分別に刺青をしてしまつて、あとで悔んでゐるのもある。いや、それについて可笑《おかし》いお話があります。なんでも浅草辺のことださうですが、祭礼のときに何か一《ひと》趣向《しゆこう》しようといふので、町内の若い者たちが評議の末《すえ》に、三十人ほどが背中をならべて一匹の大蛇を彫ることになつたのです。三十人が鱗《うろこ》のお揃《そろ》ひを着てゐて、それが肌ぬぎになつてずらりと背中を列《なら》べると、一匹の大蛇の刺青になるといふ趣向、まつたく奇抜《きばつ》には相違ないので、祭礼の当日には見物人をあつと云はせたのですが、さあ其後《そのあと》が困つた。三十人が一度に列《なら》んでゐれば一匹の形になるが、ひとり一人に離れてしまふと何《ど》うにもならない。それでも蛇のあたまを彫つた者はまあ可《い》いのですが、そのほかの者はみんな胴ばかりだから困る。背中のまん中を蛇の胴が横ぎつてゐるだけでは絵にも形にもならない。と云つて、一旦《いつたん》彫つてしまつたものは仕方がない。図柄によつては何とか彫り足して誤魔《ごま》かすことも出来ますが、大蛇の胴ではどうも困ると洒《し》落《や》れたいくらゐで、これらは一生の失策でせう。併《しか》しこんな可笑いお話ばかりではない、刺青の為には又こんな哀れなお話もあります。わたくしは江戸時代に源七《げんしち》といふ刺青師《ほりものし》を識《し》つてゐまして、それから聴《き》いたお話ですが……。その源七といふのは見あげるやうな大坊主で、冬になると河豚《ふぐ》をさげて歩いてゐるといふ、いかにも江戸つ子らしい、面白い男でしたよ。』

老人が源七から聴いたといふ哀話《あいわ》は大体かういふ筋であつた。

あれはたしか文久《ぶんきゆう》……元年か二年頃のこと、おぼえてゐます。申すまでもなく、電車も自動車もない江戸市中《しちゆう》で、唯一の交通機関といふのは例の駕籠屋《かごや》で、大伝馬町《おおでんまちよう》の赤岩《あかいわ》、芝口《しばぐち》の初音屋《はつねや》、浅草の伊勢屋《いせや》と江戸勘《えどかん》、吉原《よしわら》の平松《ひらまつ》などと云ふのが其中《そのなか》で幅《はば》を利《き》かしたもんでした。多分その初音屋の暖簾下《のれんした》か出店《でみせ》かなんかだらうと思ひますが、芝神明《しばしんめい》の近所に初島《はつしま》といふ駕籠屋がありました。なか〳〵繁昌する店で、いつも十五六人の若い者が転《ころ》がつてゐて、親父《おやじ》は清蔵《せいぞう》、むすこは清吉《せいきち》と云ひました。清吉は今年十九で、色の白い、細《ほそ》面《おもて》の粋《いき》な男で、かういふ商売の息子《むすこ》にはおあつらへ向きに出来上つてゐたんですが、唯《ただ》一《ひと》つの瑕《きず》といふのは身体《からだ》に刺青《ほりもの》のないことでした。なぜといふのに、この男は子供のときから身体が弱くつて、絶《た》えず医者と薬の御厄介《ごやつかい》になつてゐたので、両親も所詮《しよせん》こゝの家《うち》の商売は出来まいと諦《あきら》めて、子供の時から方々へ奉公に出した。が、どうも斯《こ》ういふ道楽稼《か》業《ぎよう》の家《うち》に育つたものには、堅気の奉公は出来にくいものと見えて、どこへ行つても辛抱がつゞかず、十四五の時から家へ帰つて清元《きよもと》のお稽古《けいこ》かなんかして、唯《ただ》ぶら〳〵遊んでゐるうちに、蛙《かえる》の子は蛙で、やつぱり親の商売を受け嗣《つ》ぐやうなことになつてしまつた。年は若《わか》し、男は好《よ》し、稼業が稼業だから相当に金まはりは好《よ》し、先《ま》づ申分《もうしぶん》のない江戸つ子なんですが、裸稼業《はだかかぎよう》には無《な》くてならぬ刺青が出来ない。刺青をすれば死ぬと、医者から固く誡《いまし》められてゐるのです。

前にも申す通り、この時代の職人や仕事師には、どうしても喧嘩と刺青との縁は離れない。とりわけて裸稼業の駕籠屋の背中に刺青がないと云ふのは、亀の子に甲羅《こうら》が無いのと同じやうなもので、先《ま》づ通用にはならぬと云つても好《い》いくらゐです。いくら大きい店の息子株《むすこかぶ》でも、駕籠屋は駕籠屋で、いざと云ふときには、お客に背中を見せなければならない。裸稼業の者に取つては、刺青は一種の衣服《きもの》で、刺青のない身体をお客の前に持出すのは、普通の人が衣服を着ないで人の前に出るやうなものです。まあ、それほどで無いとしても、刺青のない駕籠屋と、掛声《かけごえ》の悪い駕籠屋といふものは、甚《はなは》だ幅《はば》の利《き》かないものに数へられてゐる。清吉は好《い》い男で、若い江戸つ子でしたが、可哀《かわい》さうに刺青がないから、どうも肩身が狭い。掛声なんぞは練習次第でどうにでもなるが、刺青の方はさうは行かない。体質の弱い人間が生身《なまみ》に墨《すみ》や朱《しゅ》を注《さ》すと、生命《いのち》にかゝはると昔《むかし》からきまつてゐるんだから、どうにも仕様がない。

背中一面の刺青をみて、威勢が好《い》いとか粋《いき》だとかいふ人は、その威勢の好い男や粋な大哥《あにい》になるまでの苦《くる》しみを十分に察してやらなければなりません。同じく生身をいぢめるのでも、灸《きゅう》を据《す》ゑるのとは少し訳が違ひます。第一に非常に金がかゝる、時間がかゝる。銭《ぜに》の二百や三百持つて行つたつて、物の一寸《いっすん》と彫つてくれるものではありません。又、どんなに金を積《つ》んだからと云つて、一度に八寸《はっすん》も一尺《いっしゃく》も彫れる訳のものではありません。そんな乱暴なことをすれば、忽《たちま》ち大熱《だいねつ》を発して死んでしまふと伝へられてゐるのです。要するに少しづゝ根気よく彫つて行くのが法《ほう》で、いくら焦《あせ》つても急いでも、半月《はんつき》や一月《ひとつき》で倶利迦羅紋々《りからもんもん》の立派な阿哥《おあにい》さんが無造作に出来上るといふわけにも行かないのです。

刺青師《ほりものし》は無数の細い針を束ねた一種の簓《ささら》のやうなものを用ひて、しづかに叮嚀《ていねい》に人の肉を突き刺して、これに墨や朱をだん〳〵に注《さ》して行くのですが、朱を注すのは非常の痛みで、大抵《たいてい》の強情《ごうじよう》我慢《がまん》の荒くれ男でも、朱入りの刺青を仕上げるまでには、鬼の眼から涙を幾たびか零《こぼ》すと云ひます。しかも大抵の人は中途で屹《きつ》と多少の熱が出て、飯《めし》も食《く》へないやうな半病人になる。こんな苦みを幾月か辛抱し通して、こゝに初めて一人前の江戸つ子になるのですから、どうして中々のことではありません。

こんなわけだから、生きた身体《からだ》に刺青などと云ふことは、とても虚弱な人間のできる藝ではない。清吉も近来はよほど丈夫になつたと人も云ひ、自分もさう信じてゐるのですが、土台の体格が孱弱《かよわ》く出来てゐるのですから、迚《とて》も刺青などといふ荒行《あらぎよう》の出来る身体ではない。勿論《もちろん》、方々《ほうぼう》の医者にも診《み》て貰《もら》つたが、どこでも申合《もうしあ》はしたやうに、お前のからだには決して刺青なぞをしてはならぬ、そんな乱暴なことをすると命がないぞと、脅かすやうに誡《いまし》められるのですが、当人はどうも思ひ切れないので、方々の刺青師にも相談してみたが、これも一応は清吉の身体をあらためて、お前さんはいけねえとかぶりを振《ふ》るのです。医者にも誡められ、刺青師にも断《ことわ》られたのだから、もう仕様《しよう》がない。あたら江戸つ子も日《ひ》蔭《かげ》の花のやうに、明るい世界へは出られない身の上、これが寧《いつ》そしがない半端人足《はんぱにんそく》だつたら、どうも仕方がないと諦《あきら》めてしまふかも知れないが、なまじひ相当の家《うち》に生《うま》れて、立派な大哥株《あにさんかぶ》で世間が渡られる身体だけになほ〳〵辛《つら》いわけです。

店に転がつてゐる大勢の若い者は、みんなその背中を墨や朱で綺麗に彩色してゐる。ある者は雲に龍《りゆう》を彫つてゐる。ある者は巌《いわ》に虎を彫つてゐる、ある者は義経《よしつね》を背負《しよ》つてゐる。ある者は弁慶《べんけい》を背負《しよ》つてゐる。ある者は天狗《てんぐ》を描《えが》いてゐる。ある者は美人を描いてゐる、かういふのが沢山《たくさん》ごろ〳〵してゐるなかで、大哥《あにい》と呼ばれる清吉ひとりが、生《うま》れたまゝの生白《なまじろ》い肌を晒《さら》してゐると云ふのは、幅《はば》の利《き》かないことおびたゞしい。若い者だから無理はありません、清吉はひとに内証《ないしよ》で涙を拭《ふ》いてゐることもあつたさうです。

この初島《はつしま》の近処《きんじよ》に梅の井とかいふ料理茶屋があつて、これも可《か》なりに繁昌してゐたさうですが、そこの娘にお金《きん》ちやんといふ美《い》い女がゐました。清吉とは一つ違ひの十八で……。と云つてしまへば、大抵《たいてい》まあお話は判《わか》つてゐるでせう。まあ、なにしろそんなことで、お金清吉《きんせいきち》といふ相合傘《あいあいがさ》が出来たと思つてください。両方の親達も薄々《うすうす》承知で、まあ、出来たものならばゆく〳〵は一緒にしてやらう位《ぐらい》に思つてゐたのです。芝居でするやうに、こゝで敵役《かたきやく》の悪侍《わるざむらい》なんぞが邪魔に這入《はい》らないんですから、お話が些《ちつ》と面白くないやうですが、どうも仕方がありません。ところが、こゝに一つの捫着《もんちやく》が起《おこ》つた。と云ふのはなんでも、或日《あるひ》のこと、その梅の井の門口《かどぐち》で酔つ払ひが二三人で喧嘩を始めたところへ、丁度《ちようど》に彼《か》の清吉が通りあはせて、見てもゐられないから留男《とめおとこ》に這入ると、相手は酔つてゐるので何かぐづ〳〵云つたので、清吉も癪《しやく》に障《さわ》つて肌をぬいだ。すると、相手はせゝら笑つて、『へん、刺青もねえ癖《くせ》に、乙《おつ》う大哥《あにい》ぶつて肌をぬぐな。』とか、なんとか云つたさうです。それを聞くと清吉は赫《かつ》となつて、まるで気ちがひのやうになつて、穿《は》いてゐる下駄を把《と》つて相手を滅茶々々《めちやめちや》になぐり付けたので、相手も少し気を呑まれたのでせう、おまけに酔つてゐるから迚《とて》もかなはない。這々《ほうぼう》の体《てい》で起《お》きつ転《ころ》びつ逃げてしまつたので、まあその場は納《おさ》まりましたが梅の井の家内《かない》の者も門《かど》に出て、初めからそれを見てゐたのですが、その時に家《うち》の女房、即《すなわ》ちお金《きん》のおふくろがなんの気なしに『あゝ、清《せい》さんも好《い》い若い者だが、ほんたうに刺青のないのが瑕《きず》だねえ。』と、かう云つた。それがお金の耳にちらりと這入ると、これもなんだか赫《かつ》として、自分の可愛《かわい》い男に刺青のないと云ふことが、恥《はず》かしいやうな、口惜《くやし》いやうな、云ふに云はれない辛《つら》さを感じたのです。

二

勿論《もちろん》、清吉が堅気《かたぎ》の人でしたら、刺青《ほりもの》のないと云ふことも別に問題にもならず、お金《きん》もなんとも思はなかつたのでせうが、相手が駕籠屋の息子だけにどうも困りました。お金のおふくろも固《もと》より悪気《わるぎ》で云つたわけではない、ゆく〳〵は自分の娘の婿《むこ》にならうといふ人を嘲弄《ちようろう》するやうな料簡《りようけん》で云つたのではない。なんの気も無しに口が滑《すべ》つただけのことで、それはお金もよく知つてゐたのですが、それでもなんだか口惜《くや》しいやうな、きまりが悪いやうな、自分の男と自分とが同時に嘲弄されたやうに感じられたのです。それもおとなしい娘ならば、胸に思つただけのことで済んだのかも知れませんが、お金は頗《すこぶ》る勝気《かちき》の女で、赫《かつ》となるとすぐ門口《かどぐち》へかけ出して、幾《いく》らかおふくろに面当《つらあ》ての気味もあつたのでせう。『清《せい》ちやん、なぜお前さんは刺青をしないんだねえ。』と、今や肌を入れようとする男の背中を、平手《ひらて》でぴしやりと叩《たた》いたのです。

事件は唯《ただ》それだけのことで、惚《ほ》れてゐる女に背中を叩かれたと云ふだけのことですが、何《ど》うもそれだけのことでは済まなくなつた。前にも云ふ通り、梅の井の家内《かない》の者も大勢そこに出てゐる。喧嘩を見る往来《おうらい》の人もあつまつてゐる。その大勢が見てゐるまん中で、自分の惚れてゐる女に『刺青がない。』と云はれたのは、胸に焼鉄《やきがね》と云はうか、眼のなかに錐《きり》と云はうか、兎《と》にかく清吉にとつては急所を突かれたやうな痛みを感じました。

お金のおふくろは清吉やお金を嘲弄するつもりで云つたのではなかつたが、お金の耳にはそれが一種の嘲弄のやうにきこえる。お金も亦《また》、清吉を侮辱するつもりでは無かつたのですが、清吉の身にはそれが嘲弄のやうに感じられる。つまりは感情のゆき違ひと云つたやうなわけで、左《さ》らでも逆上《のぼ》せてゐる清吉はいよ〳〵赫《かつ》となりました。さうなると、男は気が早い。物をも云はずにお金の島田をひつ摑《つか》んで往来へ横《よこ》つ倒《たお》しに捻《ね》ぢ倒すと、あいにくに水が撒《ま》いてあつたので、お金は可哀《かわい》さうに帯も着物も泥まぶれになる。それでも、利《き》かない気の女だから倒れながら怒鳴《どな》りました。

『清ちやん、あたしをどうするんだえ。腹が立つなら寧《いつ》そ男らしく殺しておくれ。』

清吉はもう逆上《のぼ》せ切つてゐたと見えて、勿論《もちろん》、ほんたうに殺す気でもなかつたのでせうが、うぬつと云ひながら又《また》ぞろ自分の下駄を把《と》つたので、梅の井の人達もおどろいて飛び出して、右左《みぎひだり》から清吉を抱き縮《すく》めてしまつたが、かうなると又おふくろが承知しない。

『清ちやん。なんだつて家《うち》の娘をこんなひどい目に逢はせたんだえ。刺青が無いから無いと云つたのがどうしたんだ。お前さんはなんと思つてゐるか知らないが、これはあたしの大事の娘なんだよ。指でも差すと承知しないから……。巫山戯《ふざけ》た真似《まね》をおしでないよ。』

お金と清吉との関係を万々承知《ばんばんしようち》ではあるけれども、自分の見る前で可愛《かわい》い娘をこんな目に逢はされては、母の身として堪忍《かんにん》ができない。こつちも江戸つ子で、料理茶屋のおかみさんです。腹立ちまぎれに頭から罵倒《こきおろ》すやうに怒鳴り付けたから、いよ〳〵事件は面倒になつて来ました。清吉も黙つてはゐられない。

『えゝ、撲《なぐ》らうが殺さうが俺の勝手だ。この阿魔《あま》はおれの女房だ。』

『洒落《しやれ》たことをお云ひでない。おまへさんは誰を媒妁人《なこうど》に頼んで、いつの幾日《いつか》に家《うち》のお金を女房に貰《もら》つたんだ。神明様《しんめいさま》の手洗ひ水で顔でも洗つておいでよ。ほんたうに馬鹿馬鹿しい。』

おふくろは畳《たた》みかけて罵倒《こきおろ》したのです。いくら口惜《くやし》がつても清吉は年が若い、口のさきの勝負では迚《とて》もこのおふくろには敵《かな》はないのは知れてゐる。それでも負けない気になつて二言《ふたこと》三言《みこと》云ひ合つてゐるうちに、周囲《まわり》にはいよ〳〵人立ちがして来たので、おふくろの方《ほう》でも焦《じ》れつたくなつて来た。

『お前さんのやうな唐人《とうじん》を相手にしちやあゐられない。なにしろ、お金はあたしの娘なんだからね。当人同士どんな約束があるか知らないが、お金を貰ひたけりやあその背中へ立派に刺青をしておいでよ。』

おふくろは勝鬨《かちどき》のやうな笑ひ声を残して、奥へずん〳〵這入つてしまふと、お金はなんにも云はずにつゞいて行つてしまつた。取残された清吉は身顫《みぶる》ひするほどに口惜がりました。

『うぬ、今に見ろ。』

その足ですぐに駈け込んだのが源七老爺《げんしちじい》さんの家《うち》でした。老爺さんはその頃宇田川横町《うだがわよこちょう》に住んでゐて、近所の人ですからお互ひに顔は知つてゐたのです。

おなじ悪口でも、いつそ馬鹿とか白痴《たわけ》とか云はれたのならば、清吉も左《さ》ほどには感じなかつたかも知れないのですが、ふだんから自分も苦《く》に患《や》んでゐる自分の弱味を真正面《まとも》から突かれたので、その悪口が一層手ひどくわが身に堪《こた》へたのでせう。源七にむかつて、なんでも可《い》いから是非《ぜひ》刺青《ほりもの》をしてくれと頼んだのですが、老爺さんも素直に諾《うん》とは云はなかつたさうです。

『お前さんはからだが弱いので、刺青をしないと云ふことも予《かね》て聞いてゐる。まあ、止《よ》した方《ほう》が可《い》いでせうよ。』

　こんな一通りの意見は、逆上《のぼ》せ切つてゐる清吉の耳に這入《はい》らう筈《はず》がありません。邪《じゃ》が非《ひ》でも刺青をしてくれ、それでなければ男の一分《いちぶん》が立たない。死んでも構《かま》はないから彫《ほ》つてくれと、斯《こ》う云ふのです。源七も仕方がないから、まあ兎《と》も角《かく》も念のためにその身体《からだ》をあらためて見ると、なるほど不可《いけ》ない。こんな孱弱《かよわ》いからだに朱や墨を注《さ》すのは、毒を注すやうなものだと思つたが、当人は死んでも構はないと駄々を捏《こ》ねてゐるのですから、この上にもうなんとも云ひやうがない。それでも商売人は馴れてゐるから、先《ま》づこんなことを云ひました。

『それほどお望みなら彫つてあげても可《い》いが、けふはお前さんが酔つてゐるやうだからおよしなさい。』

　清吉は酔つてゐないと云ひました。今朝から一杯も酒を飲んだことはないと云つたのですが、源七はその背中の肉を撫《な》でてみて、少しかんがへました。

『いえ、酒の気《け》があります。酒を飲まないにしても、味醂《みりん》の這入つたものを何か喫《た》べたでせう。少しでも酒の気があつては、彫れませんよ。』

　酒と違つて、味醂は普通の煮物にも使ふものですから、果《はた》して食つたか食はないか、自分にもはつきりとは判らない。これには清吉も些《ちつ》と困つた。

『味醂の気《け》があつても不可《いけ》ませんか。』

『不可《いけ》ません。すこしでも酔つてゐるやうな気《け》があると、墨はみんな散《ち》つてしまひます。』

刺青師《ほりものし》が無分別の若者を扱ふには、いつも此《こ》の手を用ひるのださうです。この論法で、けふも不可《いけ》ない、あしたも不可《いけ》ないと云つて、二度も三度も追ひ返すと、しまひには相手も飽きて、来なくなる。それでも強情に押掛《おしか》けて来る奴には、先《ま》づ筋彫《すじぼ》りをすると云つて、人物や花鳥《かちよう》の輪廓《りんかく》を太い線で描《か》く。その場合にはわざと太い針を用ひて、精々《せいぜい》痛むやうに、ちくりちくりと肉を刺すから堪《たま》らない。大抵のものは泣いてしまひます。縦令《よしん》ば歯を食ひ縛《しば》つて堪《こら》へても、身体の方が承知しないで、きつと熱が出る、五六日は苦しむ。これで大抵のものは降参してしまふのです。源七もこの流儀で、味醂の気があるを口実にして、一旦《いつたん》は先《ま》づ体《てい》よく清吉を追ひ返したのですが、なか〱この位《くらい》のことで諦《あきら》めるのではない。あくる日もその明《あく》る日も毎日々々根《こん》よく押掛けて来るので、源七老爺《じい》さんも仕舞《しまい》には根負けをしてしまつて、それほど執心ならば兎《と》もかくも彫つてみませうといふ事になりました。

そこで源七は先《ま》づ筋彫《すじぼ》りにかゝつた。一体なにを彫るのかと云つて雛形《ひながた》の手本をみせると、清吉は『嵯峨《さが》や御室《おむろ》』の光國《みつくに》と瀧夜叉《たきやしや》を彫つてくれと云ふ註文《ちゆうもん》を出しました。おなじ刺青でも二人立《ににんだち》と来ては大仕事で、殊《こと》に瀧夜叉は傾城《けいせい》の姿ですから、手数《てすう》がなか〱かゝる。無論、手間賃は幾らでもいゝと云ふのですが、この男の瘠《や》せた生白《なまじろ》い背中に、それほど手の込んだ二人立が乗る訳《わけ》のものではないので、もう些《ちつ》と軽いものをと色々に勧めたのですが、清吉はどうしても肯《き》かない。是非とも『嵯峨や御室』を頼むと強情を張るので、源七はまた弱らせられました。併《しか》しあとで考へると、たれにも一応理窟のあることで、彼《か》のお金《きん》は一昨年《おととし》のお祭に踊屋台《おどりやたい》に出た。それが右の『嵯峨や御室』で、お金は瀧夜叉を勤《つと》めて大層評判が好《よ》かつたのださうです。さう云ふ因縁《いんねん》があるので、清吉は自分の背中にも是非その瀧夜叉を彫つて貰ひたいと望んだわけでした。

源七もいよ〳〵根負けがして、まあなんでも可《い》い、当人の註文通りに瀧夜叉でも光國でも彫ることにして、例の筋彫りで懲《こ》りさしてしまはうと云ふ料簡《りようけん》で、先《ま》づ下絵に取りかゝりました。それから例の太い針でちくりちくりと突つ付きはじめたが、清吉は眼を瞑《つぶ》つて、歯を食ひしばつて、ぢつと我慢をしてゐる。痛むかと訊いても、痛くないと答へる。それでも元来無理な仕事をするのですから、強情や我慢ばかりで押通《おしとお》せる訳《わけ》のものではありません。半月も立たないうちに幾度もひどい熱が出て、清吉は殆《ほとん》ど半病人のやうになつてしまつたが、それでも根《こん》よく通《かよ》つて来ました。

当人の親たちも大変心配して、そんな無理をすると身体に障るだらうと、たび〳〵意見をしたのですが、清吉はどうしても肯《き》かない。例の通り、死んでもかまはないと強情を張り通《どお》してゐるのだから、周囲《まわり》の者も手を着けることが出来ない。親たちも店の者もたゞ心配しながら日を送つてゐるうちに、清吉はだん〳〵に弱つて来ました。顔の色は真蒼《まつさお》になつて、今年十九の若い者が杖《つえ》をついて歩くやうになつた。それでも毎日かゝさず通つて来るので、源七はその強情におどろくと云ふよりも、なんだか可哀《かわい》さうになつて来ました。この上につゞけて彫つてゐれば、どうしても死ぬよりほかはない。最初からもう一月《ひとつき》の余《よ》になるが、瀧夜叉の全身の筋彫りがやう〳〵出来上つたぐらゐのもので、これから光國の筋彫りを済まして、更《さら》に本当の色ざしを終《おわ》るまでには、幾日かゝるか判《わか》つたものではない。清吉がその総仕上げまで生きてゐられないことは知れきつてゐるので、なんとかしてこゝらで思ひ切らしたいものだと源七も色々に考へてゐると、なんでも冬のなかばで、霙《みぞれ》まじりの寒い雨が降る日だつたさうです。清吉はもう歩く元気もない、殊《こと》に雨が降つてゐるせゐでもありませう、自分の家《うち》の駕籠《かご》に乗せられて源七の家《うち》へ来ました。なんぼなんでも最《も》う見てはゐられないので、半分死んでゐるやうな清吉にむかつて、わたしは医者ではないから、ひとの身体《からだ》のことはよく判らないが、多年の商売の経験で大抵の推量は付く。おまへさんがこの上無理に刺青をすれば、どうしても死ぬに決まつてゐるが、それでも構はずに遣《や》る気か、どうだと云つて、噛《か》んで含めるやうに意見をすると、当人ももう大抵覚悟をしてゐたとみえて今度はあまり強情を張りませんでした。

この時に清吉は初めて彼《か》のお金《きん》の一条《いちじょう》をうちあけて、自分はどうしてもこの身体に刺青をして、梅の井の奴等に見せてやらうと思つたのだが、それももう出来さうもない。瀧夜叉も光國も出来上らないうちに死んでしまふらしい。ついては『嵯峨や御室』の方《ほう》は中止して、左の腕に位牌《ゐはい》、右の腕に石塔《せきとう》を彫つて貰ひたいと、やつれた顔に涙をこぼして頼んださうです。源七老爺《じい》さんも『その時にはわたしも泣かされましたよ』とわたしに話しました。

どうで死ぬと覚悟をしてゐる人の頼みだから、源七も否《いや》とは云はなかつた。その後も清吉は駕籠で通《かよ》つて来るので、源七も一生懸命の腕をふるつて、位牌と石塔とを彫りました。それがやうやく出来あがると、清吉は大変によろこんで、あつく礼を云つて帰つたが、それから二日ほど経《た》つて死んでしまひました。初島《はつしま》の家《うち》から報《しら》せてやると、梅の井のお金《きん》もおふくろも駈《か》けつけて来ましたが、今更泣いても謝《あやま》つても追つ付くわけのものではありません。菩提寺《ぼだいじ》の和尚様《おしようさま》は筆を執《と》つて、仏《ほとけ》の左右の腕に彫られてゐる位牌と石塔とに戒名《かいみよう》をかいて遣《や》つたといふことです。

# 雷見舞

## 一

六月の末《すゑ》であつた。

梅雨《つゆ》の晴間をみて、二月《ふたつき》ぶりで大久保をたづねると、途中から空の色がまた怪《あや》しくなつて、わたしが向《むか》つてゆく甲州《こうしゆう》の方角から意地わるくごろ〳〵云ふ音がきこえ出した。どうしようかと少し躊躇《ちゆうちよ》したが、大したこともあるまいと多寡《たか》をくゝつて、そのまゝに踏《ふ》み出すと、大久保の停車場《ていしやじよう》についた頃から夕立めいた大粒の雨がざつとふり出して、甲州の雷《らい》はもう東京へ乗込んだらしく、わたしの頭のうへで鳴りはじめた。

傘は用意して来たが、この大雨を衝《つ》いて出るほどの勇気もないので、わたしは停車場の構内《こうない》でしばらく雨やどりをすることにした。そのころの構内は狭いので、わたしと同じやうな雨やどりが押合《おしあ》つてゐるばかりか、往来《おうらい》の人たちまでが屋根の下へどや〳〵と駈け込んで来たので、ぬれた傘と湿《ぬ》れた袖とが摺《す》れ合ふように混雑していた。わたしの額《ひたい》には汗がにじんで来た。

わたしのそばには老女が立つていた。老女はもう六十を越えてゐるらしいが、あたまには小さい丸髷《まるまげ》をのせて、身なりも貧しくない、色のすぐれて白い、上品な婦人であつた。かれはわたしと肩をこすり合ふやうにして立つてゐるので、なにとも無しに一種の挨拶をした。

『どうも悪いお天気でございますね。』

『さうです。急にふり出して困ります。』と、わたしも云つた。

『けふ一日《いちにち》はどうにか持つだろうと思つていましたのに……。』

こんなことを云つているうちにも、雷《らい》はかなりに強く鳴つて通つた。その一つは近所へ落ちたらしかつた。老女は白い顔を真蒼《まつさお》にそめ換《か》へて、殆《ほとん》どわたしのからだへ倒れかゝるように倚《よ》りかゝつて眼をとぢていた。雷の嫌いな女、それはめづらしくもないので、わたしはたゞ気の毒に思つたばかりであつた。実はわたし自身もあまり雷は好きでないので、いゝ加減に通り過ぎてくれゝばいゝと内心ひそかに祈つてゐると、雨は幸ひに三十分を過ぎないうちに小降《こぶ》りになつて、雷の音もだん〳〵に東の空へ遠ざかつたので、気の早い人達はそろ〳〵動きはじめた。わたしもやがて空を見ながら歩き出すと、老女もつゞいて出て来た。かれも小さい洋傘《こうもり》を持つてゐた。

構外《こうがい》へ出ると、雲の剝《は》げた隙間《すきま》から青い空の色がところ〴〵に洩《も》れて、路《みち》ばたの草の露も明るく光つてゐた。わたしも他の人達とあとや先になつて、雨あがりの路をたどつてゆくと、一台の人車《くるま》がわたしたちを乗り越して通り過ぎた。雨ももう止んで、その車には幌《ほろ》がおろしてなかつたので、車上の人が彼《か》の老女であることはすぐに判つた。老女はわたしに黙礼して通つた。

三浦老人の家《うち》は往来筋にあたつてゐないので、その横町へまがる時には、もう私と一緒にあるいてゐる人はなかつた。往来が少《すくな》いだけに、横町は殊《こと》に路《みち》が悪かつた。そのぬかるみを注意して飛び渡りながら、ふと向うをみると、丁度《ちようど》彼《か》の家《いえ》の門前から一台の空車《からぐるま》が引返《ひつかえ》して来るところであつた。客はもう門をくゞつてしまつたので、そのうしろ姿もみえなかつたが、車夫の顔には見おぼえがあつた。かれは彼《か》の老女をのせて来た者に相違なかつた。

あの女も三浦老人の家《うち》へ来たのか。

わたしは鳥渡《ちよつと》不思議なやうにも感じた。停車場で一緒に雨やどりをして、たとひ一言《ひとこと》でも挨拶した女が、やはり同じ家をたづねてゆく人であらうとは思はなかつた。勿論《もちろん》そんな偶然はあり勝《がち》のことではあらうが、この場合、かれと我とのあひだに何か一種の糸が繋《つな》がつてゞもゐるやうに思はれないこともなかつた。かれはどういふ人であらうかと、私はあるきながら想像した。かれは老人の親戚であらうか、知人の細君《さいくん》か未亡人であらうか。それとも――老人がむかしの恋人ではあるまいか――斯《こ》うかんがへて来たときに、わたしは思はず微笑して自分の空想を嘲《あざけ》つた。

いづれにしても、来客のあるところへ押掛《おしか》けてゆくのは良くない。いつそ引返《ひつかえ》さうかとも思つたが、雨にふり籠《こ》められ、雷におびやかされ、ぬかるみを辿《たど》つてこゝまで来たことを考へると、このまゝ空《むな》しく帰る気にもなれなかつたので、わたしは邪魔をするのを承知の上で、思ひ切つてそのあとから門をくぐることにした。雨もやみ、傘を持つてゐるにも拘《かかわ》らず、停車場《ていしやじよう》から僅《わず》かの路《みち》を人車《くるま》に乗つてくるやうでは、かの老女もあまり生活に困らない人であらうなどと、わたしは又想像した。

門を這入つて案内を求めると、おなじみの老婢《ばあや》が出て来た。いつもは笑つて私を迎へる彼女《かれ》が、けふは少し迷惑さうな顔をして、その返事に躊躇《ちゆうちよ》してゐるやうにもみえるので、わたしは今更に後悔して、やはり門前から引返せばよかつたと思つたが、もう何《ど》うすることも出来ないので、奥へ取次ぎにゆく彼女のうしろ姿を気の毒のやうな心持で見送つてゐると、やがて彼女は再び出て来て、いつもの通りにわたしを案内した。

『御用のお客様ぢやないのでせうか。お邪魔のやうならば又うかゞひますが……。』と、わたしは遅蒔《おそまき》ながら云つた。

『いゝえ、よろしいさうでございます。どうぞ。』と、老婢は先に立つて行つた。

いつもの座敷には、あるじの老人と客の老女とが向ひ合つてゐた。老女はわたしの顔をみて、これも一種の不思議を感じたやうに挨拶した。停車場で出逢つた話をきいて、三浦老人も笑ひ出した。

『はゝあ、それは不思議な御縁でしたね。むかしから雨宿りなぞといふものは色々の縁をひくものですよ。人情本《にんじようぼん》なんぞにもよくそんな筋があるぢやありませんか。』

『それでもこんなお婆《ばあ》さんではねえ。』

老女は声をあげて笑つた。年にも似合はない華やかな声がわたしの注意をひいた。

『先刻《さつき》はまことに失礼をいたしました。』と、女はかさねて云つた。『わたくしはかみなり様が大嫌ひで、ごろ〳〵と云ふとすぐに顔の色が変りますくらゐで、若いときには夏の来るのが苦になりました。それに、当節とちがひまして、昔はかみなり様が随分はげしく鳴りましたから、まつたく半病人で暮《くら》す日がたび〳〵ございました。』

『ほんたうにお前さんの雷嫌《らいぎら》ひは格別だ。』と、三浦老人も笑つた。『なにしろ、それがために侍ひとりを玉無《たまな》しにしたんだからね。』

『あゝ、もうその話は止《よ》しませうよ。』と、女は顔をしかめて手を振つた。

『まあ、いゝさ。』と、老人はやはり笑つてゐた。『こちらはさういふ話が大変にお好きで、麹町《こうじまち》からわざ〳〵この大久保まで、時代遅れのぢいさんの昔話を聴きにおいでなさるのだ。おまへさんも罪ほろぼしに一つ話してお聞かせ申したら何《ど》うだね。』

『是非聴かして頂《いただ》きたいものですね。』と、わたしも云つた。この老女の口から何かのむかし話を聞き出すといふことが、一層わたしの興味を惹《ひ》いたからであつた。

『だつて、あなた。別に面白いお話でもなんでも無いんですから。』と、女は迷惑さうに顔をしかめながら笑つてゐた。

『どうしても聴かして下さるわけには行かないでせうか。』と、私も笑ひながら催促した。

『困りましたね。まつたく詰《つ》まらないお話なんですから。』

『詰まらなくてもようござんすから。』

『だつて、いけませんよ。ねえ、三浦さん。』と、かれは救ひを求めるやうに老人の顔をみた。

『さう押合つてゐては果てしがない。』と、老人は笑ひながら仲裁顔《ちゆうさいがお》に云《い》つた。『ぢやあ、一旦《いつたん》云ひ出したのが私の不祥《ふしよう》で、今更何《ど》うにも仕様がないから、わたしが代理で例のおしやべりをすることにしませうよ。おまへさんも係《かか》り合《あ》だから、おとなしくこゝに坐つてゐて、わたしの話の間違つてゐるところがあつたら、一々《いちいち》そばから直してください。逃げてはいけませんよ。』

いよ〳〵迷惑さうな顔をしてゐる女をそこに坐らせて置いて、老人はいつもの滑《なめ》らかな調子で話しはじめた。

二

どこかに迷惑がる人がゐますから、店の名だけは堪忍してやりますが、場所は吉原《よしわら》で、花魁《おいらん》の名は諸越《もろこし》とおぼえてゐて下さい。安政《あんせい》の末年《まつねん》のことで、その諸越のところへ奥州《おうしゆう》のある大名――と云つても、例の仙台様ではありません。もつと江戸に近いところの大名が通つてゐたのです。仙台や尾張や、それから高尾《たかお》をうけ出した榊原《さかきばら》などは、むかしから有名になつてゐますが、まだその外《ほか》にも廓通《くるわがよ》ひをした大小名《だいしようみよう》は沢山《たくさん》あります。しかも遠い昔ばかりでなく、文化《ぶんか》、文政《ぶんせい》から天保《てんぽう》以後になつても、廓へ入込《いりこ》んだ殿様は幾らもありましたから、敢《あえ》てめづらしいことでもないのですが、その諸越といふ女がおそろしく雷《らい》を嫌つたといふことがお話の種になるのです。そのつもりでお聴きください。

その大名は吹けば飛ぶやうな木葉《こつぱ》大名でなく、立派に大名の資格を具《そな》へてゐる家柄の殿様でしたが、それがしきりに諸越のところへ通《かよ》つてゆく。勿論《もちろん》、大名のお忍びですから、頻《しき》りにと云つたところで、月に二三度ぐらゐのことでしたが、それでも殿様は大執心《だいしゆうしん》で、相方《あいかた》の女に取つても、その店に取つても、大変にいゝお客様であつたのです。

諸越が雷《らい》を嫌ふと云ふことは、殿様もよく知つてゐる。そこで、雷が鳴ると、その屋敷から諸越のところへ御見舞の使者が来ることになつてゐました。随分ばか〳〵しいやうなお話で、今日《こんにち》の人たちは嘘のやうに思ふかも知れませんが、これは擬《まが》ひなしの実録です。勿論小さい雷ならば構《かま》はないでせうが、少し強い雷が鳴り出すと、屋敷の侍が早駕籠《はやかご》に乗つてよし原《わら》へ駈けつけて、お見舞の菓子折か何かをうや〳〵しく花魁に献上するといふわけです。いかに主命《しゆめい》でも、兎《と》もかくも一人の武士が花魁のところへ雷見舞《らいみまい》にゆくと云ふのですから、重々《じゆうじゆう》難儀の役廻りで、相当の年配のものは御免を蒙《こうむ》つて引き下りますから、この役目はいつも若侍がうけたまはることになつてゐました。

ところで、その年の夏は先《ま》づ無事に済んでゐたのですが、どういふ陽気の加減か、その年は十月の末《すえ》に颶風《はやて》のやうな風がふき出して、石ころのやうな大きい雹《ひよう》が雨まじりに降る。それと一緒にひどい雷《らい》が一時《いつとき》あまりも鳴りひゞいたので、江戸中《じゆう》の者もびつくりしました。この屋敷でもおどろきました。もう大丈夫と油断してゐると、この大雷《たいらい》が不意に鳴り出したのです。殊《こと》に時ならぬ雷といふのですから、猶《なお》さらお見舞を怠つてはならぬと、殿さまの御指図を待つまでもなく、屋敷からは倉田大次郎《くらただいじろう》といふ若侍を走らせて、諸越花魁の御機嫌を伺《うかが》はせることにしました。

大次郎はすぐに支度をして、さすがに裃《かみしも》は着ませんけれども、紋付《もんつき》の羽織袴《はおりはかま》といふこしらへで、干菓子《ひがし》の大きい折をさゝげて、駕籠をよし原へ飛ばせました。大次郎は今年廿二《にじゆうに》で、ふだんから殿さまのお供をして吉原へゆく者ですから、廓内《くるわうち》の勝手はよく心得てゐます。たゞ困つたことには、この人も雷嫌ひで、稲妻がぴかりと光ると、あわてゝ眼をつぶるといふ質《たち》ですから、雷見舞のお使《つかい》にはいつも相役《あいやく》の村上といふ男をたのんでゐたのですが、けふは生憎《あいにく》にその村上が下屋敷の方へ行つて、屋敷に居あはせない。今日《こんにち》とちがひますから、電話をかけて急に呼び戻すといふわけには行かないので、よんどころなく自分が引受けて出ることになりました。大次郎も侍ですから、雷が怖いと云つて役目を辞退することは出来ません。風が吹く、雨がふる、雹《ひょう》が降る、雷が鳴る、実にさん〴〵な天気の真最中に、大次郎は駕籠でのり出しました。本人に取つては、羅生門《らしょうもん》に向ふ渡辺《わたなべの》綱《つな》よりも大役でした。

屋敷を出たのは、夕七《ゆうなな》つ（午後四時）少し前で、雨風《あめかぜ》はまだやまない。とき〴〵に大きい稲妻が飛んで、大地もゆれるやうな雷がなりはためく。駕籠のなかにゐる大次郎ももう生きてゐる心地もないくらゐで、眼をふさぎ、耳をふさいで、おそらく口のうちでお念仏でも唱《とな》へてゐたことでせう。本人の雷ぎらひと云ふことは、屋敷でも大抵知つてゐたでせうが、場所が場所だけに無暗《むやみ》の者を遣《や》るわけにも行かなかつたのかも知れません。いづれにしても、雷ぎらひの人間を雷見舞に遣らうといふのですから、壁《いざり》を火事見舞に遣るやうなもので、どうも無理な話です。その無理からこゝに一つの事件が出来《しゅったい》したのは、まことによんどころないことでした。

浅草へかゝつて、馬道《うまみち》の中ほどまで来ると、雷は又ひとしきり強くなつて、なんでも近所へ一二ケ所も落ちたらしい。雹はやんだが、雨風が烈《はげ》しいので、駕籠屋《かごや》も思ふやうに駈けられない。駕籠のなかでは大次郎がふるへ声を出して、早く遣れ、早くやれと急《せ》きたてます。いくら急かれても、駕籠屋もいそぐわけには行かない。そのうちに大きい稲妻が又ひかる。大次郎はもう堪らなくなつて、一生懸命に怒鳴りました。

『どこでもいゝから、そこらの家《うち》へ着けてくれ。』

どこでもと云つても、まさかに米屋や質屋へかつぎ込むわけにも行かないので、駕籠屋はそこらを見まはすと、五六軒さきに小料理屋の行燈《あんどう》がみえる。駕籠屋は兎《と》もかくもその門口《かどぐち》へおろすと、大次郎は待ちかねたやうに転《ころ》げ出して、その二階へ駈けあがりました。駕籠に乗つた侍が飛び込んで来たのですから、そこの家でも疎略《そりやく》にはあつかひません。女中共もすぐに出て来て、お世辞たらたらで御註文をうけたまはらうとしても、客は真蒼《まつさお》になつて座敷のまん中に俯伏《うつぶ》してゐて、しばらくは何《なん》にも云ひません。急病人かと思つて一旦はおどろいたが、雷が怖いので逃げ込んで来たといふことが判つて、家でも気をきかして時候はづれの蚊帳《かや》を吊つてくれる。線香を焚《た》いてくれる。これで大次郎もすこし人ごこちが付きました。そのうちに雷の方もすこし収まつて来たので、大次郎もいよ〳〵ほつとしてゐると、わかい女中が酒や肴《さかな》を運んで来ました。なにを誂《あつら》へたのか、誂へないのか、大次郎も夢中でよくも覚えてゐませんが、かういふ家の二階へあがつた以上、そのまゝに帰られないくらゐのことは心得てゐますから、大次郎は別になんにも云はないで、その酒や肴を蚊帳のなかへ運ばせました。

『あなた、虫おさへに一口召上れよ。』

女中も蚊帳のなかへ這入つて来ました。大次郎も飲める口ですし、まつたく虫おさへの一杯飲むのもいゝと思つたので、その女の酌で飲みはじめました。吉原の酒の味も知つてゐる人ですから、まんざらの野暮《やぼ》ではありません。その女にも祝儀を遣《や》つて、冗談の一つ二つも云つてゐるうちに、雨風もだん〳〵に鎮《しず》まつて雷の音も遠くなりましたから、大次郎はいよ〳〵元気がよくなりました。相手も鳥渡《ちよつと》諂《ふ》めるやうな御面相《ごめんそう》の女で、頻《しき》りにちやほやと御世辞をいふ。それに釣り込まれて飲んでゐるうちに、大次郎もよほど酔《えい》がまはつて来ました。しかし生酔本性違《なまえいほんしようたが》はずで、雷見舞の役目のことが胸にありますから、大次郎もあまり落ちついて御神輿《おみこし》を据《す》ゑてゐるわけには行きません。好い加減に切りあげて帰らうとすると、女はなんとか彼《か》とか云つて頻《しき》りにひき止めました。

三

大次郎は悪い家《うち》へ這入つたので、こゝの家の表看板は料理屋ですが内実は淫売屋《じごくや》でした。江戸時代に夜鷹《よたか》は黙許されてゐましたが、淫売《じごく》はやかましい。とき〴〵お手が這入つて処分をうけるのですが、やはり今日とおなじことで狩り尽《つく》せるものではありません。大次郎は無論にそんな家《うち》とは知らないで、夢中で飛び込んだのです。駕籠屋もおそらく知らないで普通の小料理屋と思つて担《かつ》ぎ込んだのでせうが、家には首の白いのが四五人も屯《たむろ》してゐて、盛《さかん》に風紀をみだしている。そこへ身綺麗な若い侍が飛び込んで来たので、向うでは好《い》い鳥ござんなれと手ぐすね引いて持ちかけると云ふわけです。大次郎はふり切つて帰らうとする。女は無理にひきとめる。それがだん〳〵露骨になつて来たので、大次郎も気がついて、あゝ飛んだところへ引つかゝつたと思つたが、今更どうすることも出来ない。あやまるやうにして勘定をすませて、さて帰らうとすると自分の大小《だいしょう》がみえない。

『これ、おれの大小をどうした。』

『存じませんよ。』と、女は澄《すま》してゐました。

『存じないことはない。探してくれ。』

『でも、存じませんもの。あなた、お屋敷へお忘れになつたのぢやありませんか。』

『馬鹿をいへ。侍が丸腰で屋敷を出られるか。たしかに何処《どこ》かにあるに相違ない。早く出してくれ。』

女は年こそ若いが、なか〳〵人を食つた奴で、こつちが焦《じ》れるほどいよ〳〵落ちつき払つて、平気にかまへてゐるのです。小面《こづら》が憎いと思ふけれど、こゝで喧嘩も出来ない。淫売屋《じごくや》といふなかにも、こゝの家《うち》はよほど風《ふう》のわるい家で、大次郎の足どめに大小を隠してしまつたらしい。いよ〳〵憎い奴だとは思ふものゝ、こゝへ飛び込んで来たときは半分夢中であつたのだ、いつ何《ど》うして大小を取りあげられたのか些《ちつ》とも覚えがない。かうなると水かけ論で、いつまで押問答をしてゐても果てしが付かないことになるので、大次郎も困りました。

勿論《もちろん》、たしかに隠してあるに相違ないのですから、表向きにすれば取返す方法がないことはない。町内の自身番《じしんばん》へ行つて、その次第をとゞけて出れば、こゝの家の者どもは詮議をうけなければならない。武士が大小をさゝずに来たなどといふのは、常識から考へても有りさうもないことですから、こゝの家で隠したと云ふ疑ひはすぐにかゝる。まして隠し売女《ばいじよ》を置いてゐるといふことまでが露顕《ろけん》しては大変ですから、こゝで大次郎が『自身番へゆく』と一言いへば、相手も兜《かぶと》をぬいで降参するかも知れないのですが、残念ながらそれが出来ない。表向きにすれば、第一に屋敷の名も出る。ひいては雷見舞の一件も露顕しないとも限らないので、大次郎はひどく困りました。相手の方でも真逆《まさか》に雷見舞などとは気がつきませんでしたらうが、たとひどつちが悪いにもせよ、侍が大小を取られたの、隠されたのと云つて、表向きに騒ぎ立てるのは身の恥ですから、よもや自身番などへ持出しはしまいと多寡《たか》をくゝつて、どこまでも平気であしらつてゐる。こんな奴等に出逢つてはかなひません。

かうなつたら仕方がないから、金でも遣《や》つて大小を出して貰ふか、それとも相手の云ふことを肯《き》いて遊んでゆくか、二つに一つより外《ほか》はないのですが、可哀《かわい》さうに大次郎はあまり沢山の金を持つてゐない上に、こゝで祝儀を遣つたり、法外に高い勘定を取られたりしたので、紙入れにはもう幾らも残つてゐないのです。ほかの品ならば、打つちやつた積《つも》りで諦《あきら》めて帰りますが、武士の大小、それを捨てゝ丸腰では表へ出られません。大次郎も困り果てゝ、嚇《おど》したり賺《すか》したりして色々にたのみましたが、相手は飽《あく》までもシラを切つてゐるのです。年のわかい大次郎はだん〳〵に焦《じ》れ込んで来ました。

『では、どうしても返してくれないか。』

『でも、無いものを無理ぢやありませんか。』

『無理でもいゝから返しくれ。』

『まあ、ゆつくりしていらつしやいよ。そのうちには又どつからか出て来ないとも限りませんから。』

『それ、みろ。おまへが隠したのぢやないか。』

『だつて、あなたがあんまり強情だからさ。あなたがわたしの云ふことを肯《き》いてくれなければ、わたしの方でもあなたの云ふことを肯きませんよ。そこが、それ、魚心《うおごころ》に水心《みずごころ》とか云ふんぢやありませんか。』

『だから、また出直してくる。けふは堪忍してくれ。もう七つを過ぎてゐる。おれは急いで行かなければならない。』

『七つ過ぎには行かねばならぬ――へん、きまり文句ですね。』

大次郎はいよ〳〵焦れて来ました。

『これ、どうしても返さないか。』

『返しません。あなたが云ふことを肯かなければ……。』

云ひかけて、女はきやつと云つて倒れました。そこにあつた徳利《とくり》で眉間《みけん》をぶち割られたのです。大次郎は徳利を持つたまゝで突つ立ちました。

『さあ、どこに隠してある。案内しろ。』

女の悲鳴をきいて、下から亭主や料理番や、ほかに三四人の男どもが駈けあがつて来ました。どうでこんな家《うち》ですから、亭主はごろつきのやうな奴で、丁度仲間の木葉《こつぱ》ごろがあつまつて奥で手なぐさみをしてゐるところでしたから、すぐにどや〳〵と駈けつけて来たのです。来てみると、この始末ですから承知しません。大事の玉《たま》を疵物《きずもの》にされては、侍でもなんでも容赦は出来ない。取つ捉まへて自身番へ突き出せと、腕まくりをして摑《つか》みかゝる。それを突き倒して次の間へ飛び出すと、そこには夜具でも入れてあるらしい押入れがある。もしやと思つて明けてみると。果《はた》して自分の大小が夜具のあひだに押込んでありました。手早くひき摺《ず》り出して腰にさすと、又うしろから摑《つか》み付く奴がある。なにしろ多勢に無勢ですし、こつちも少し逆上《のぼ》せてゐますから、もうなんの考へもありません。大次郎は摑みつく奴を力まかせに蹴放《けはな》して、また寄つて来ようとするところを抜撃《ぬきう》ちに斬りました。

『わあ、人殺しだ。』

騒ぎまはる奴等をつゞいて二三人斬り倒して、大次郎は二階からかけ降りました。びっくりしてゐる駕籠屋にむかつて、大次郎は叱るやうに云ひました。

『いそいで吉原へやれ。』

駕籠屋も夢中でかつぎ出しました。

『実に飛んだことになつたものですよ。』と、三浦老人はため息をついた。『大次郎といふ人はその足で吉原へ飛んで行つて、諸越花魁《もろこしおいらん》に逢つて、式《かた》のごとくに雷見舞の口上をのべて帰りました。帰つただけならばいゝのですが、屋敷へ帰つてから切腹したさうです。相手が相手ですから、あるひは殺《ころ》し得《どく》で済んだかも知れなかつたのですが、兎《と》も角《かく》もそれだけの騒ぎを仕出来《しでか》したので、世間の手前、屋敷でも捨てゝ置かれなかつたのか。それともお使《つかい》に出た途中で、こんなことを仕出来しては申訳がないといふので、当人が自分から切腹したのか。それとも表向きになつては雷見舞の秘密が露顕するといふので、当人に因果をふくめて自滅させたのか。そこらの事情はよく判りませんが、いづれにしても一人の侍がよし原へ雷見舞にやられて、結局痛い腹を切るやうになつたのは事実です。料理屋の方でも二人は即死、ほかの怪我人は助かつたさうです。』

『まつたく飛んだことになつたものでした。』と、わたしも溜息をついた。『その後《ご》もその大名はよし原へ通つてゐたのですか。』

『いや、それに懲《こ》りたとみえて、その後は一切足蹈み無しで、諸越花魁も大事のお客をとり逃してしまつたわけです。』

云ひながら老人は老女の顔を横眼にみた。わたしも思はず彼女《かれ》の顔をみた。三人の眼が一度に出逢ふと、老女はあわて丶俯向《うつむ》いてしまつた。しばしの沈黙の後に、老人は庭をみながら云つた。

『さつきの雷で梅雨《つゆ》もあけたと見えますね。』

庭には明るい日が一面にかゞやいてゐた。

# 下屋敷

## 一

その次に三浦老人をたづねると、又もや一人の老女が来あはせてゐた。但《ただ》し彼女《かれ》はこの間の「雷見舞《らいみまい》」の女主人公とは全く別人で、若いときには老人と同町内に住んでゐた人だと云ふことであつた。

老人はかれを私に紹介して、この御婦人も色々の面白い話を知つてゐるから、ちつと話して貰《もら》へと云《い》ふので、わたしはいつもの癖《くせ》で、是非なにか聴かしてくださいと幾たびか催《さい》促《そく》すると、この老女もやはり迷惑さうに辞退してゐたが、たうとう私に責め落されて、丁寧な口調でしづかに語り出した。

はい。年を取りますと、近いことはすぐに忘れてしまつて、遠いことだけは能《よ》く覚えてゐるとか申しますけれど、矢《や》はりさうも参りません。わたくし共《ども》のやうに年を取りますと、近いことも遠いこともみんな一緒に忘れてしまひます。なにしろもう六十になりますんですもの、そろ〳〵耄碌《もうろく》しましても致方《いたしかた》がございません。唯《ただ》そのなかで、今でもはつきり覚えて居りまして、雨のふる寂しい晩などに其時のことを考へ出しますとなんだかぞつとするやうなことが唯《た》つた一つございます。はい、それを話せと仰《おつ》しやるんですか。なんだか忌《いや》なお話ですけれども、まあ、わたくしの懺悔《ざんげ》ながらに、これからぽつ〳〵お話し申しませうか。

それは安政《あんせい》五年――午年《うまどし》のことでございます。わたくしは丁度《ちようど》十八で、小石川巣鴨町《こいしかわすがもまち》の大久保式部少輔様《おおくぼしきぶしようさま》のお屋敷《やしき》に御奉公《ごほうこう》に上《あが》つてをりました。お高《たか》は二千三百石《こく》と申すのですから、御旗本《おはたもと》のなかでも歴々の御大身《ごたいしん》でございました。今のお若い方々はよく御存じでございますまいが、千石以上のお屋敷となりますと、それはそれは御富貴《ごふうき》なもので、御家来にも用人《ようにん》、給人《きゆうにん》、中小姓《ちゆうごしよう》、若党《わかとう》、中間《ちゆうげん》のたぐひが幾人も居ります。女の奉公人にも奥勤《おくづと》めもあれば、表勤《おもてづと》めもあり、お台所勤《だいどころづと》めもあつて、それも大勢居りました。わたくしは十六の春から奥勤めにあがりまして、あしかけ三年のあひだ先《ま》づ粗相《そそう》も無しに勤め通して居りました。

安政午年――御承知の通り、大《おお》コロリの流行《はや》つた怖ろしい年でございました。併《しか》しそれは重《おも》に下町《したまち》のことで、山の手の方には割合に病人も少なうございましたから、お屋敷勤めのわたくし共は唯《ただ》その怖ろしい噂を聞きますだけで、そんなに怯《おび》へるほどのこともございませんでした。勿論《もちろん》、八月の朔日《ついたち》から九月の末《すえ》までに、江戸中で二万八千人も死んだとか云ふのでございますから、その噂だけでも実に大変で、さすがの江戸も一時は火の消えたやうに寂しくなりました。さう云ふわけでございますから、その十一月には例年の通り猿《さる》若町《わかまち》の三芝居に役者の入替《いれかわ》りはありましたが、顔見世《かおみせ》狂言《きようげん》は見合せになりました。これから申上げますのは、その役者のお話でございます。

一体《いったい》わたくしのお屋敷では、殿様を別として、どなたもお芝居がお好きでございました。殿様は御養子で今年丁度三十でいらつしやるやうに承《うけたま》はつて居《お》りました。奥様は七つ違《ちが》ひの二十三で、御縁組になつてから既《も》う六年になるさうですが、まだ御子様は一人もございませんでした。御先代の奥様は芳桂院様《ほうけいいんさま》と仰《おお》せられまして、目黒の御下屋敷《おしもやしき》の方《ほう》に御隠居なすつていらつしやいましたが、このお方が歌舞伎を大層お好きでございまして、殊《こと》に御隠居遊ばしてからは世間に御遠慮も少ないので、三芝居を替《かわ》り目毎《めごと》にかならず御見物なさると云ふほどの御贔屓《ごひいき》でございました。そのお血をお引きなつたのかも知れません。奥様もやはりお芝居がお好きで、いつも芳桂院様のお供で御見物にお出掛けなさいました。殿様は苦々しいことに思召《おぼしめ》してゐたに相違《そうい》ありませんが、なにぶんにも家柄の低い家《うち》から御養子にいらつしやつたと云ふ怯味《ひけみ》があるので、まあ大抵のことは黙つて大目に見ていらしつたやうでございます。それでも、芳桂院様は一度こんなことを仰《おお》せられたことがございました。

『わたしの生きてゐる中《うち》はよろしいが、わたしの亡《な》い後《のち》には女どもの芝居見物は一切《いつさい》止《や》めさせたい。』

鳥渡《ちよつと》うけたまはりますと、なんだか手前勝手のお詞《ことば》のやうにも聞えます。自分の生きてゐるうちは芝居を見ても差支《さしつか》へないが、自分の死んだあとには誰も芝居を見てはならぬ——それほどに見て悪いものならば、御自分が先《ま》づお見合《みあわ》せになつたら好《よ》さゝうなものだと、誰もまあ云ひたくなります。まして芝居見物のお供を楽《たのし》みにしてゐる女中達ですもの、誰だつてそれをありがたく聞くものはありません。わたくしにしても、恐れながら御隠居様が手前勝手《てまえがつて》の仰せのやうに考へて居《お》りましたのは、全《まつた》くわたくしどもの考へが至らなかつたのでございます。

芳桂院様は四月の末におなくなり遊ばして、目黒の方はしばらく空屋敷《あきやしき》になつて居りましたが、その八月の末頃から奥様が一時お引移《ひきうつ》りといふことになりました。それは例のコロリがだん〳〵に本郷小石川《ほんごうこいしかわ》の方《ほう》へも拡がつてまゐりましたので、今日で申せば転地といふやうな訳《わけ》で、御下屋敷《おしもやしき》の方《ほう》へお逃げになつたのでございます。その当時、目黒の辺はまるで片田舎のやうでございましたから、流石《さすが》のおそろしい流行病《はやりやまい》もそこまでは追掛《おつか》けて来なかつたのでございます。奥様にはお気に入りの女中が二人附いてまゐりました。それはお朝《あさ》といふ今年廿歳《はたち》の女と、わたくしとの二人で、さびしい御下屋敷へ参るのはなんだか島流しにでも逢つたやうな心持《こころもち》も致《いた》しましたが、御上屋敷《おかみやしき》よりも御下屋敷の方が御奉公もずつと気楽でございます。万事が窮屈でありません。もう一つには、例のコロリの噂を聞かないだけでも心持がようございます。かたがたして、わたくし共も別に厭《いや》だとも思はないで、奥様のお供をしてまゐりました。御下屋敷には以前からお留守居をしてゐる稲瀬十兵衛《いなせじゆうべえ》といふ老人のお侍夫婦のほかに、お竹《たけ》とお清《きよ》といふ二人の女中が居りました。そこへわたくし共がお供をして参つたのですから、御下屋敷の女中は四人になつたわけで、急に賑《にぎや》かになりました。

併《しか》しそのお竹とお清とは、どちらも御知行所から御奉公に出ましたもので、江戸へ出るとすぐに御下屋敷の方へ廻されたのですから、まあ山出《やまだ》しも同様で江戸の事情などはなんにも知らないやうでした。大勢の女中の中からわたくしども二人がお供に選ばれましたのは、前にも申上げた通り、奥様のお気に入りで、いつも芝居のお供をしてゐたからでございませう。目黒へまゐつてからも、奥様はわたくし共をお召しなすつて、毎日芝居のお話をなすつていらつしやいました。わたくし共も喜んで役者の噂などをいたして居りました。

わたしの亡い後《のち》は――と、芳桂院様が仰《おつ》しやつても矢《や》はりさうはまゐりません。芳桂院様がおなくなりになつた後でも、奥様はたび〳〵お忍びで猿若町へお越しになりました。わたくし共もそれを楽しみに御奉公致して居るやうなわけでございました。目黒へまゐりましてから、一月《ひとつき》ばかりは何事もございませんでしたが、忘れも致しません。九月の廿《にじゆう》一日《いち》の夕方でございました。わたくしがお風呂を頂《いただ》いて、身化粧《みじまい》をして、奥へまゐりますと、奥様は御縁《ごえん》の端《はな》に出て、虫の声でも聞いていらつしやるかのやうに、ぢつと首をかしげていらつしやいました。なにしろ、あの辺のことでございますし、御下屋敷の方は御手入れも自然怠《おこた》り勝《がち》になつて居りますので、お庭には秋草《あきぐさ》が沢山にしげつてゐて、芒《すすき》の白い花がゆふ闇のなかに仄《ほの》かに揺れてゐたのが、今でもわたくしの眼に残つてをります。『朝《あさ》はどうしてゐます。』『町《まち》や。』と、奥様はわたくしの名をお呼びになりました。

『わたくしと入れ替つて、お風呂を頂いて居ります。』

奥様はだまつて首肯《うなず》いていらつしやいましたが、やがて低い声で、かう仰しやいました。

『町や、お前は浅草に知合の者が多からう。踊《おどり》の師匠も識《し》つてゐますね。』

『はい、存じて居ります。』

わたくしは花川戸《はなかわど》の坂東小翫《ばんどうこがん》といふ踊《おどり》の師匠に七年ほども通ひまして、それを云ひ立てに御奉公にあがつたくらゐでございますから、勿論《もちろん》その師匠をよく存じて居ります。師匠はもう四十二三の女で、弟子も相当にございました。その弟子のうちに市川照之助《いちかわてるのすけ》といふ若い役者のあることを、わたくしから奥様にお話し申上げたこともございました。奥様は今夜それを不意に仰《おお》せ出されまして、お前はその照之助を識《し》つてゐるかと云ふお訊《たず》ねでございましたが、実のところ、わたくしはその照之助をよく識らないのでございます。いえ、舞台の上ではたび〳〵見て居りますけれども、わたくしが師匠をさがる少し前から稽古に来た人ですし、男と女ですから沁々《しみじみ》と口を聞いたこともありませんし、唯《ただ》おたがひに顔をみれは挨拶するくらゐのことで、同じ師匠の格子《こうし》をくゞりながらも、ほんの他人行儀に附き合つてゐたのですから、先方ではもう忘れてゐるかも知れないくらゐです。で、わたくしは其通りのことを申上げますと、奥様は黙つて少し考へていらつしやいましたが、又かう仰しやいました。

『お前はよく識らないでも、その師匠は照之助をよく識つてゐませうね。』

『それは勿論《もちろん》のことでございます。』

奥様はわたくしを頤《あご》でお招きになりまして、御自分のそばへ近く呼んで、その照之助に一度逢ふことは出来まいかといふ御相談がありました。わたくしも一時《いちじ》は返事に困つて、なんと申上げてよいか判りませんでしたが、唯今とは違ひまして、その時分の人間は主命《しゆめい》といふことを大変に重いものに考へて居りましたのと、わたくしもまだ年が若《わか》し、根が浅《あさ》薄《はか》な生れ附きでございますのとで、たうとう其《その》役目を引受けてしまつたのでございます。約《つま》りわたくしから師匠の小翫にたのんで、師匠から照之助に話して貰つて、照之助をこの御下屋敷へ呼ばうと云ふのでございます。

照之助といふのは、そのころ廿一二《にじゆういちに》の女形《おやま》で、二町目《にちようめ》――市村座でございます――に出て居りましたが、年の若いのと家柄が無いせいでございませう。余り目立つた役も付きませんで、いつもお腰元か茶屋娘ぐらゐが関の山でしたが、この盆芝居《ぼんしばい》の時にどうしてか、おなじお腰元でも少し性根のある役が付きまして、その美しい舞台顔がわたくしどもの眼に初めてはつきりと映《うつ》りました。奥様も可愛らしい役者だと褒《ほ》めておいでになりました。今になつて考へますと、この御下屋敷へ御引移りになりましたのも、コロリの為ばかりではなかつたのかも知れません。全《まつた》くその照之助と申しますのは、少し下膨《しもぶく》れの、眼つきの美しい、まるでほんたうの女かと思はれるやうな可愛らしい男でございました。

奥様は手文庫から二十両の金を出して、わたくしにお渡しになりました。これは照之助に遣《や》るのではない、その橋渡しをしてくれる師匠に遣るのだと云ふことでございました。そこへお朝が風呂から帰つてまゐりましたので、お話はそのまゝになりました。

わたくしはその明る日、すぐに浅草の花川戸へまゐりまして、むかしの師匠の家をたづねました。さうして、ゆうべの話しを窃《そつ》といたしますと、小翫も一旦は首をかしげてゐました。それは相手が武家の奥方であるのと、もう一つには、わたくしの年がまだ若いので何をいふのかと疑つてゐるので、すぐにはなんとも挨拶をしないらしく見えましたから、わたくしは袱紗《ふくさ》につゝんだ金包みを出して師匠の眼の前に置きました。二十両――その時分には実に大金でございます。師匠もそれをみて安心したのでせう。いえ、安心といふよりも、その大金をみて急に慾心が起つたのでせう。わたくしの云ふことを信用して、それから真面目に相談相手になつてくれました。

『照之助さんもこれから売出さうと云ふところで、懐《ふところ》がなか〳〵苦しいんですからね。

そこを奥様によくお話しくださいʼ』

　どうせ金の要るのは判り切つてゐることですから、わたくしも承知して別れました。今おもへば実に大胆ですが、そのときには使者の役目を立派につとめ負《おお》せたといふ手柄自慢が胸一杯になつて、わたくしは勇ましいやうな心持で目黒へ帰りました。帰つて奥様に申上げると、奥様も大層およろこびで、その御褒美《ごほうび》に縮緬《ちりめん》のお小袖《こそで》を下《くだ》されました。『朝《あさ》に申しても宜《よろ》しうございますか。』と、わたくしは奥様にうかゞひました。ほかの女中は兎《と》もあれ、お朝には得心させて置かないと、照之助を引き込むのに都合が悪いと思つたからでございます。奥様もそれを御承知で、朝にだけは話してもよいと仰しやいました。お朝も奥様の前へ呼ばれまして、幾らかのお金を頂戴しました。

二

　それから五日ほど経つて、わたくしが花川戸《はなかわど》へ様子を訊《き》きにまゐりますと、師匠はもう照之助に吹き込んで置いてくれたさうで、いつでも御都合のよい時にお屋敷へうかゞひますと云ふ返事でございました。では、あしたの晩に来てくれといふ約束をいたしまして、わたくしは今日も威勢よく帰つて来ました。すぐに奥様にそのお話をして、それから自分の部屋へ退《さが》つてお朝にも窃《そつ》と耳打ちを致しますと、お朝はなぜだか忌《いや》な顔をしてゐました。

その明《あく》る日——わたくしは朝からなんだかそは〳〵して気が落着きませんでした。奥様は勿論ですが、自分も髪をゆひ直したり、着物を着かへたり、よそ行《ゆ》きの帯を締めたりして一生懸命にお化粧《つくり》をして、日の暮れるのを待つてゐました。お朝はけふも厭な顔をしてゐました。

『わたしはなんだか頭痛がしてなりません。もしやコロリにでもなつたんぢや無いかしら。』

『まさか。』と、わたくしは笑ひました。『今夜は照之助が来るんぢやありませんか。おまへさんも早く髪でも結ひ直してお置きなさいよ。照之助はおまへさんの御贔屓役者ぢやありませんか。』

お朝は黙つてゐました。お朝も盆芝居から照之助を大変に褒めてゐることを知つてゐますから、わたくしも笑ひながら斯《こ》う云つたのですが、お朝は莞爾《にこり》ともしませんでした。お朝はどちらかと云へば大柄の小ぶとりに肥《ふと》つた女で、色も白し、眼鼻立もまんざら悪くないのですが、疱瘡《ほうそう》のあとが顔中に薄く残つて、俗に薄《うす》いもといふ顔でした。とりわけて眉のあたりにその痕《あと》が多く残つてゐるので、眉毛は薄い方でした。ほんたうのあばた面《づら》さへ沢山にある時代ですから、薄いもぐらゐはなんでもありません。誰も別に不思議には思つてゐませんでしたが、当人はひどくそれを気にしてゐるらしく、時々に鏡を見つめて悲しさうに嘆息《ためいき》をついてゐることがあるので、わたくしもなんだか可哀さうに思つたことも度々《たびたび》ありました。お朝は今日も、その鏡を見つめたときと同じやうな悲しい顔をして、いつまでも黙つてゐました。

『おまへさん。今夜は照之助が来るんですよ。』と、わたくしは少しはしやいだ調子で、お朝の肩を一つ叩きました。なんといふ蓮葉《はすは》なことでございませう。今考へると冷汗《ひやあせ》が出ます。

『奥様のところへ来るんぢやありませんか。』と、お朝は口のうちで云ひました。

『そりやあたりまへさ。可《い》いぢやありませんか。』と。わたくしは又笑ひました。わたくしは朝から無暗《むやみ》に笑ひたくつて仕様がないので、お朝をその相手にしようと思つて、さつきから色々に誘《さそ》ひかけるのですが、お朝はどうしても口唇《くちびる》を解《ほぐ》しませんでした。わたくしが笑へば笑ふほど、お朝の顔はだん〳〵に陰《くも》つて来て、碌々《ろくろく》に返事もしませんでした。

『今夜は四《よ》つ（午後十時）を相図に、照之助はお庭の木戸口へ忍んで来るから、木戸をあけてすぐに奥へ連れて行くんですよ。よござんすか。』と、わたくしは低い声で話しました。

『わたしは気分が悪くつていけないから、今夜の御用は勤められないかも知れません。お前さん、何分《なにぶん》たのみます。』と、お朝は元気のない声で云ひました。

気分が悪いと云ふのですからどうも仕方がありません。わたくしもよんどころなしに黙つてしまひました。秋の日は短いと云ひますけれども、けふの一日はなかなか暮れませんので、わたくしは起《た》つたり居《い》たりして、日のくれるのを待つてゐました。どうも自分の部屋にぢつと落着いてゐられないので、わたくしはお庭口から裏手の方へふら〳〵出て行きますと、うら手の井戸のそばにお朝がぼんやりと立つてゐました。時刻はもう七つ（午後四時）下りでしたらう。薄いゆふ日が丁度お朝のうしろに立つてゐる大きい柳の痩せた枝を照らして、うす白く枯れかゝつたその葉の影がいよ〳〵白く寂しくみえました。そこらの空地には色のさめた葉鶏頭《はげいとう》が将棋倒しに幾株も倒れてゐて、こほろぎが弱い声で鳴いてゐました。お朝は深い井戸を覗《のぞ》いてゐるらしうございましたが、その澄んだ井戸の水には秋の雲が白く映ることをわたくし共は知つてゐます。お朝も屹《きつ》とその雲の姿をながめてゐるのであらうと推量しましたので、別に嚇《おど》かして遣《や》らうといふ積《つも》りでもありませんでしたが、わたくしはなんといふ気もなしに抜足《ぬきあし》をして、そつと井戸の方へ忍んで行きますと、お朝は気がついて振向きました。薄いもの白い顔が洗はれたやうに夕日に光つてゐるのは、今まで泣いてゐたらしく思はれたので、わたくしもびつくりしました。まさかに身を投げる積りでもありますまい。第一になぜ泣いてゐるのか、その理窟が呑み込めませんでした。お朝はわたくしの顔をみると、すぐに眼をそむけて、黙つて内へ這入つてしまひました。わたくしは少し呆気《あつけ》に取られて、そのうしろ姿を見送つてゐました。

どうにか斯《こ》うにか長い日が暮れて、わたくしはほつとしました。併《しか》しこれから大切な役目があるのですから、どうしてなか〳〵油断はなりませんでした。わたくしはお風呂へ這《は》入《い》つて、いつもよりも白粉《おしろい》を濃く塗りました。だん〳〵暗《くら》くなるに連《つ》れて、わたくしは自然に息が喘《はず》んで、なんだか顔が熱《ほて》つて来ました。照之助が来る――それが無暗《むやみ》に嬉しいのですが、なぜ嬉しいのか判りませんでした。自分のところへお婿《むこ》が来る――その時には丁度こんな心持ではないかと思はれました。お朝はいよ〳〵気分が悪くなつたと云つて、夕方からたうとう夜具をかぶつてしまひました。ほかの女中――お竹とお清とは、前にも申した通りの山出しですから心配はありませんが、ただ不安心なのは留守居の侍の稲瀬十兵衛夫婦でございます。女房の方は病身で、その上に至極《しごく》おとなしい人間ですから、あまり気を置くこともないのですが、夫の方は――これも正直一方で、眼先の働く人間ではありませんが、それでも一人前の侍ですから、うつかり気を許すわけには行きません。わたくしは唯《ただ》それを心配してゐますと、その十兵衛は宵からどこへか出て行つてしまひました。女房の話によると、なにか親類に不幸が出来たとかいふのです。なんといふ都合の好《い》いことでせう。わたくしは手をあはせて遠くから浅草の観音様を拝みました。そのことを奥様に申上げますと、奥様も黙つて笑つておいでになりました。奥様はどんなお心持であつたか知《し》りませんけれども、わたくしは襟許《えりもと》がぞく〳〵して、生《うま》れてから今夜ぐらゐ嬉しいことはないやうに思はれました。

そのうちに約束の刻限がまゐりました。生憎《あいにく》に宵《よい》から陰《くも》つて、今にも泣き出しさうな暗い空模様になりましたが、たとひ雨が降つても照之助は来るに相違ありませんから、天気のことなどは余り深く考へてもゐませんでした。不動様の四《よ》つの鐘のきこえるのを相図に、わたくしは窃《そつ》とお庭に出て、木戸の口に立番《たちばん》をしてゐますと、旧暦の九月ももう末《すえ》ですから、夜はなか〳〵冷えて来て、広いお庭の闇のなかで竹藪が時々にがさ〳〵と鳴る音が寒さうにきこえます。お屋敷の屋根の上まで低く掩《おお》ひかゝつた暗い大空に、五位鷺《ごいさぎ》の鳴いて通るのが物すごく聞えます。これがふだんならば、臆病なわたくしには迚《とて》も辛抱は出来さうにもないのでございますが今夜はいつもと違つて気が一ぱいに張りつめてゐます。幽霊の冷たい手で一度ぐらゐ顔を撫《な》でられても驚くのではありません。わたくしは息をつめて、その人の来るのを今か今かと待設《まちもう》けてゐました。

振返つてみますと、奥様の御居間の方には行燈《あんどう》の灯《ひ》がすこし黄《きいろ》く光つてゐました。その行燈の下で奥様はなにか草双紙でも御覧になつてゐる筈ですが、どんなお心持でその草双紙を読んでいらつしやるか、わたくしにも大抵思ひやりが出来ます。それにつけても、照之助が早く来てくれゝば可《い》いと、わたくしも顔を長くして耳を引立《ひった》てゝゐますと、どこやらで犬の吠える声が時々にきこえますが、人の跫音《あしおと》らしいものは聞えません。勿論、日が暮れてからは滅多に往来のある所ではございませんから。

そのうちに、低い跫音——ほんたうに遠い世界の響きを聞くやうな、低い草履《ぞうり》の音が微《かす》かに聞えました。わたくしははつと思ふと、からだが急に赫《かつ》と熱《ほて》つてまゐりました。些《ちつ》とも油断しないで耳を立てゝゐますと、案の通りその跫音は木戸の外へひたひたと寄つて来ましたので、さつきから待兼《まちか》ねてゐたわたくしは、すぐに木戸をあけて暗いなかを透《すか》して視《み》ますと、そこには人が立つてゐるやうでございました。

『照之助さんでございますか。』

わたくしは低い声で訊きました。

『左様《さよう》でございます。』

外でも声を忍ばせて云ひました。

『どうぞこちらへ。』

照之助は黙つて窃《そつ》と這入つて来ましたので、わたくしは探りながらその手を把《と》つて、お居間の方へ案内してまゐりました。照之助もなんだか顫《ふる》へてゐるやうでしたが、わたくしは全く顫へまして、胸の動悸《どうき》がおそろしいほどに高くなつてまゐりました。五位鷺がまた鳴いて通りました。

奥様はわたくしに琴を弾《ひ》けと仰しやいました。それは十兵衛の女房や、ほかの女中二人に油断させる為でございます。わたくしはあとの方に引き退つて、紫縮緬《むらさきちりめん》の羽織の襟《えり》から抜け出したやうな照之助の白い頸筋《くびすじ》を横目にみながら、おとなしく琴をひいて居りましたが、なんだか手の先がふるへて、琴爪《ことづめ》が糸に付きませんでした。奥様は照之助と差向ひで、芝居のお話などをしていらつしやいました。

唯《ただ》それだけのことでございます。全くそれだけのことでございました。それが物の半時《はんとき》とは経《た》ちません中《うち》に、大変なことが出来《しゆつたい》いたしました。いつの間にどうして忍んで来たのか知りませんが、彼《か》の稲瀬十兵衛が真先に立つて、ほかに四人の侍や若党がこのお居間へつかつかと踏《ふ》み込《こ》んでまゐりました。それはみんな御上屋敷の人達でございます。わたくしは眼が眩《くら》むほどに驚きまして、思はず畳に手をついてしまひますと、侍達は無言で照之助の両手を押さへました。もうどうする事も出来ません。わたくしは窃《そつ》と眼をあげてうかゞひますと、奥様は真蒼《まつさお》な顔をして、口唇《くちびる》をしつかり結んで、たゞ黙つて坐つておいでになりました。照之助の顔色はもう土のやうになつて、身動きも出来ないやうに竦《すく》んでゐますのを、侍達はやはり無言で引立てゝ行きました。出てゆく時に、照之助は救ひを求めるやうな悲しい眼をして、奥様とわたくしの方を一度見かへりましたが、わたくし共にも今更どうすることも出来ないので、唯だまつて見送つてゐますと、侍たちは照之助を引立てゝ、縁伝《えんづた》ひにお庭口へ降りて、横手の方へ連れて行くやうでございました。わたくしは不安心で堪りませんから、そつと起《た》ち上《あが》つてお庭へ降りました。照之助がどうなるのかその行末が見とゞけたいので、跫音をぬすんで怖々《こわごわ》にそのあとをつけて行きますと、なにしろ外は真暗なので、侍達もわたくしには気が注《つ》かないらしうございました。

御座敷の横手には古い土蔵《どぞう》が二棟《ふたむね》つゞいて居ります。照之助はその二番目の土蔵の前へ連れてゆかれますと、土蔵の中にはさつきから待受けてゐる人があるとみえて、手燭《てしよく》の灯が小さくぼんやりと点《とも》つてゐました。わたくしも奥様の御用で二三度この土蔵のなかへ這入つたことがございますが、御屋敷の土蔵だけに普通の町家のよりもずつと大きく出来て居りまして、昼間でも暗い冷たい厭《いや》なところでございます。中には大きい蛇が棲んでゐるとか云つて、お竹やお清に嚇《おど》されたこともありましたが、その暗い隅にはまつたく蛇でも棲んでゐさうに思はれました。照之助はその土蔵のなかへ引き摺《ず》り込まれたので、わたくしは少し不思議に思ひました。

もしこの河原者《かわらもの》を成敗《せいばい》するならば、裏手の空地へでも連れ出しさうなものです。なぜこの土蔵の中までわざ〳〵連込んだのかと見てゐますと、侍のひとりが奥にある大きい長《なが》持《もち》の蓋をあけました。その長持はわたくしも知つて居ります。全体が溜塗《ためぬ》りのやうになつてゐて、角々《かどかど》には厚い金物が頑丈に打付けてございます。わたくしも正面から平気でのぞく訳にはまゐりません。壁虎《やもり》のやうに扉のかげに小さく隠れて、そつと隙見《すきみ》を致してゐるのですから、暗い土蔵の中はよく見えません。唯《た》つた一つの手燭の灯が大勢の袖にゆれて、時々に見えたり隠れたりしてゐるかと思ふうちに、その長持の蓋《ふた》を下《おろ》す音が高くきこえました。つゞいて錠を下すらしい金物の音ががち〳〵と響きました。そのおそろしい音がわたくしの胸に一々強くひゞいて、わたくしはもう息も出ないやうになりました。そのうちに侍達は自分の仕事を済ませて、奥からだん〳〵に出て来るやうですから、わたくしは顫《ふる》へる足を引き摺つて早々に逃げて帰りました。さうして、もとの御居間の縁さきから這ひ上つて、怖々《こわごわ》に内を覗いてみますと、燈火《あかり》は瞬《また》きもしないで静かに御座敷を照してゐるばかりで、そこに奥様のお姿は見えませんでした。あとで聞きますと、奥様は彼の十兵衛が御案内して、御門の外に待つてゐる御駕籠に乗せられて、すぐに御上屋敷の方へ送り帰されたのださうでございます。

照之助は長持に押込まれて、土蔵の奥に封《ふう》じ籠《こ》められてしまひました。奥様は上屋敷へ送られてしまひました。その次にはわたくしの番でございます。どうなることかとその晩はおち〳〵眠られませんでした。その怖ろしい一夜があけますと、又こゝに一つの事件が出来《しゅったい》してゐました。お朝が裏手の井戸に身を投げて死んでゐるのでございます。いつどうして死んだのか判りません。ひよつとすると、照之助のことが露顕したのは、お朝が十兵衛に密告したのではないかとも思はれますが、証拠のないことですから、なんとも申されません。

わたくしはなんの御咎《おとが》めも無しに翌日《よくじつ》長《なが》のお暇《いとま》になつて、早々に親許へ退《さが》りましたが、照之助はどうなりましたか、それは判りません。生きたまゝで長持に封じ籠められて、それぎり世に出ることが出来ないとすれば、あまりに酷《むご》たらしいお仕置です。わたくしが奥様のお使さへ勤めなければ、こんなことも出来しなかつたのでございませう。ほんたうに飛んでもない罪を作つたと一生悔《くや》んでをります。それ以来、芝居といふものがなんだか怖ろしくなりまして、わたくしはもう猿若町へ一度も足を蹈み込んだことはございませんでした。師匠の小翫の話によりますと、照之助の美しい顔はそれぎり舞台に見えないと申します。

それから三年ほどの後に、わたくしは不動様へ御参詣に行きましたので、そのついでに御下屋敷の近所まで窃《そつ》と行つてみますと、御屋敷は以前よりも荒れまさつてゐるやうでしたが、二棟の土蔵はむかしのまゝに大きく突つ立つて、古い瓦《かわら》の上に鴉《からす》が寒さうに啼《な》いてゐました。その土蔵の長持の底には、美しい歌舞伎役者が白い骨《こつ》になつて横《よこた》はつてゐるかと思ふと、わたくしは身の毛がよだつて逃げ出しました。

こゝまで話して、老女はひと息つくと、三浦老人に代《かわ》つて註《ちゆう》を入れてくれた。

『いつぞや梅暦《うめごよみ》のお話をしたことがあるでせう。筋は違ふが、これもまあ同じやうないゝきさつでむかしの大名や旗本の下屋敷には色々の秘密がありましたよ。』

# 矢がすり

## 一

ある時に、三浦老人は又こんな話をして聴かせた、それは近ごろ矢場《やば》といふものがすつかり廃《すた》れて、それが銘酒屋《めいしゆや》や新聞縦覧所《しんぶんじゆうらんじよ》に変つてしまつたといふ噂が出たときのことである。明治以後でも矢場は各所に残つてゐて、いはゆる左り引《ひだりび》きの姐《ねえ》さん達が白粉《おしろい》の匂ひを売物にしてゐたのであるが、日清《につしん》以後からだん〳〵に衰《おとろ》へて、このごろでは殆《ほとん》どその跡《あと》を絶つたなどといふ話も出た。その末に、老人はかう云《い》つた。

矢場女《やばおんな》と一口に云ひますけれど、江戸のむかしは、矢場女や水茶屋の女にもなか〳〵えらいのがありまして、何処《どこ》の誰といへば世間にその名を知られてゐるのが随分あつたものです。これは慶応《けいおう》の初年のことですが、そのころ芝《しば》の神明《しんめい》の境内《けいだい》にお金《きん》といふ名代《なだい》の矢場女がありました。店の名を忘れましたが、当人は矢《や》がすりといふ綽名《あだな》をつけられて、容貌《きりよう》のいゝのと、腕があるのとで近所は勿論《もちろん》、浅草あたりの矢場遊びの客までも吸ひよせるといふ人気はすさまじいものでした。

　この女がなぜ矢飛白《やがすり》といふ綽名をつけられたかと云ふと、すぐれて容貌がよく、こんな稼業にはめづらしい上品な女なのですが、玉に疵《きず》といふのは全《まつた》くこのことでせう。右の頬に薄いかすり疵のあとがあるのです。当人の話では、射垜《あずち》の下へ矢を拾ひに行つたときに、悪戯《いたずら》か粗相《そそう》か、客の射出《いだ》した矢がうしろから飛んで来て、なにごころなく振向いたお金の頬をかすつたのでこんな疵《きず》になつたと云ふのでした。矢とり女の尻を射るのは時々に遣《や》る悪戯ですが、顔を射るのはひどい。たとひ小さい擦《かす》り疵《きず》にしても、あの美しい顔に疵をつけるとはとんだ罪を作つたものだと、贔屓連《ひいきれん》はしきりに同情する。それがまた人気の一つになつて、誰が云ひ出したともなく、矢がすりといふ綽名をつけられるやうになつたのです。

　そのうちに、当人が自分でかんがへ出したのか、それとも誰かゞ智慧《ちえ》をつけたのか、お金《きん》は矢飛白《やがすり》の着物を年中着てゐることになりました。つまりは顔の矢がすりを着物の矢飛白に附会《こじつけ》てしまつたわけで、矢飛白の着物をきてゐるから矢飛白お金といふのだらうと、早呑込《はやのみこ》みをする人もだん〳〵多くなつて、顔の矢がすりか、着物の矢飛白か、あだ名の由来もはつきりとは判らなくなつてしまひました。いづれにしても、矢がすりお金といへば神明《しんめい》第一の売《うれ》つ子《こ》で、この店はいつも大繁昌《おおはんじよう》、楊弓《ようきゆう》の音の絶える間がないくらゐでした。

さうなると又《また》おせつかいに此女《このおんな》の身許《みもと》を穿索《せんさく》するものがある。お金のおやじはこゝらの矢場や水茶屋へ菓子を売りにくる安兵衛《やすべえ》といふ男でそのひとり娘。さういふ因縁《いんねん》から自分も肩あげの取れない時分から矢取女になつたのださうで、おやぢは二三年前に世を去つて、今ではおふくろだけが残つてゐる。お金は今年廿歳《はたち》だと云つてゐるがほんたうは、一つ二つぐらゐも越してゐるだらうといふ評判。いや、年の方は一つや二つ違つたところで、差したる問題でもないのですが、一体このお金に亭主があるか無いか、勿論《もちろん》、表向きの亭主は無いにきまつてゐるが、いはゆる内縁の亭主とか、色男とか旦那とかいふやうなものがあるか無いか、それを念入りに探索する人もあつたのですが、どうも確かなことは判らない。ところが、この慶応元年の正月頃から一人のわかい侍がこの矢場へ時々に遊びに来ました。

侍も次三男《じさんなん》の道楽者などは矢場や水茶屋這入《はい》りをするのはめづらしくない。唯《ただ》それだけでは別に問題にもならないのですが、その侍はまだ十八九で、人品《じんぴん》も好《い》い、男振《おとこぶ》りもすぐれて好《い》い。さうして、彼《か》のお金となんだか仲好く話してゐるといふのですから、これは何《ど》うしても見逃されません。朋輩《ほうばい》の女もすぐに眼をつける。出入りの客や地廻《じまわ》り連《れん》も黙つてはゐない。あいつは何うも奇《お》怪《か》しいといふ噂がたちまちに拡まつてしまひました。

『あのお客はどこのお屋敷さんだえ。』と朋輩が岡焼《おかやき》半分に訊いても、お金は平気でゐました。

『どこの人だか知るものかね。』

かう云つて澄ましてゐるのですが、どうも一通りの客ではないらしいといふ鑑定で、お金はあの若い侍と訳があるに相違ないと決められてしまつて『あん畜生《ちくしやう》、うまく遣《や》つてゐやがる。』とか、『あの野郎、なま若え癖《わけ》に、太《ふて》え奴《やつ》だ。』とか、地まはり連のうちには随分憤慨してゐるのもありましたが、なにしろ相手は侍ですから無暗《むやみ》に喧嘩を吹つかけるわけにも行かないので、横眼で睨《にら》んで店さきを通りながら何か当てこすりの鼻唄でも歌つて行くぐらゐのことでした。そのうちにお金が神明から姿を消してしまつたので、近所の騒ぎはまた大きくなりました。主人の家《うち》でもおどろいて、取りあへず片門前《かたもんぜん》に住んでゐるおふくろの所へ聞きあはせに遣ると、おふくろも知らないで、唯おどろいてゐるばかりです。

『お金の奴め、たうとうあの侍と駈落《かけおち》をきめやあがつた。』

近所ではその噂で持切つてゐました。なにしろ神明で評判者の矢飛白《やがすり》が不意に消えてなくなつたのですから、やれ駈落だの心中《しんじゆう》だのと、それからそれへと尾鰭《おひれ》をつけて色々のことを云ひふらす者もあります。とりわけて心配したのは矢場の主人《あるじ》で、呼び物のお金がゐなくなつては早速に商売に障《さわ》るので、心あたりをそれ〴〵に詮議しましたが何《ど》うも判らない。勿論その若侍もそれぎり姿をみせない。それから考へると、どうしてもその若侍がお金をさそひ出したものと思はれるのも無理はありません。

それから一月《ひとつき》あまりも過ぎて、三月はじめの暖《あたた》かい晩のことです。彼《か》の若侍がふらりと遣つて来て、神明の境内《けいだい》をひやかして歩いて、お金の矢場の前に立つたのを、地廻り連が見つけたので承知しません。殊《こと》にそのなかには二三人のごろつきもまじつてゐたから、猶《なお》たまりません。

『ひとの店の女を連れ出せば拐引《かどわかし》だ。二本指《にほんざし》でも何でも容赦が出来るものか。』こんなことを云つて嗾《けし》かけるから、いよ〳〵騒ぎは大きくなります。大勢は侍を取り囲んで、お金の店のなかへ引摺り込みました。侍はおとなしい人でしたが、町人の手籠《てご》め同様に逢つては、これも黙つてはゐません。

『これ、貴様《きさま》たちは何をするのだ。』

『なにをするものか。さあ、こゝの店の矢がすりを何処《どこ》へ隠した。正直にいへ。』

『矢飛白をかくした……。それはどういふわけだ。』

『え、、白《しら》ばつくれるな。正直に云はねえと、侍でも料簡《りょうけん》しねえぞ。早く云へ、白状しろ。』

『白状しろとは何だ。武士にむかつて無礼なことを申すな。』

『なにが無礼だ。かどわかし野郎め。ぐづ〳〵してゐると袋叩きにして自身番へ引渡すぞ。』

相手が若いので、幾らか馬鹿にする気味もある。その上に大勢をたのんで頻《しき》りにわや

〳〵騒ぎ立てるので、若い侍はだん〳〵に顔の色をかへました。店のおかみさんも見かねたやうに出て来ました。

『まあ、どなたもお静かにねがひます。店のさきで騒がれては手前共が迷惑いたします。』

口ではこんなことを云つてゐますが、その実は自分がごろつき共を頼んでこの若侍をひき摺り込ませたのですから、騒ぎの鎮《しず》まる筈《はず》はありません。大勢は若侍を取り囲んで、矢飛白のありかを云へ、お金のゆくへを白状しろと責めるのです。そのうちに弥次馬がだん〳〵にあつまつて来て、こゝの店さきは黒山のやうな人立《ひとだち》になりました。

『あいつが矢飛白をかどわかしたのださうだ。見かけによらねえ侍ぢやあねえか。』

『おとなしさうな面《つら》をしてゐて、呆《あき》れたものだ。』

色々の噂が耳に這入るから、侍ももう堪らなくなりました。身分が身分、場所が場所ですから、初めはぢつと我慢してゐたのですが、なにを云ふにも年が若いから、斯《こ》うなると幾《いく》らか逆上《のぼせ》ても来ます。侍は眼を据えて、自分のまはりを取りまいてゐる奴等を睨みつけました。

『場所柄と存じて堪忍してゐれば、重々無礼な奴。もう貴様たちと論《ろん》は無益《むえき》だ。道をひらいて通せ、通せ。』

持つてゐる扇で眼さきの二三人を押退《おしの》けて、そのまゝ店口《みせぐち》から出《で》て行《ゆ》かうとすると、押退けられた一人がその扇をつかみました。侍はふり払はうとする。そのうちに誰かうしろから侍の袖をつかむ奴があるから、侍は又それを振払はうとする。そのなかに悪い奴があつて、侍の刀を鞘《さや》ぐるめに抜き取らうとする。侍もいよ〳〵堪忍の緒を切つて、持つてゐる扇をその一人にたゝき付けたかと思ふと、いきなりに刀をひきぬいて振りまはした。

『それ抜いたぞ。』

抜いたらば早く逃げればいゝのですが、大勢の中にはごろつきもゐる。喧嘩好きの奴もゐるので、相手が刀をぬいたと見てその腕をおさへ付けようとする者がある。下駄をぬいで撲《なぐ》らうとする者がある。ひどい奴はどこからか水を持つて来て、侍の顔へぶつかけるのがある。かうなると、若い侍は一生懸命です。もう何の容赦も遠慮もなしに、抜いた刀をむやみに振りまはして、手あたり次第に斬りまくる。たちまちに四五人はそこに斬り倒されたので、流石《さすが》の大勢もぱつと開く。その隙をみて侍は足早にそこを駈け抜けてしまひました。

『人殺しだ、人殺しだ。』

たゞ口々に騒ぎ立てるばかりで、もうその後を追ふ者もない。侍のすがたが見えなくなつてから、騒ぎはいよ〳〵大きくなりました。なにしろ即死が三人手負《ておい》が五人で、手負のなかにもよほど手重いのが二人ほどあるといふのですから大変です。勿論、式《かた》の通りに届け出て検視をうけたのですが、その下手人《げしゆにん》は誰だか判らない。場所が場所ですから、神明の八人斬といふので、忽《たちま》ち江戸中の大評判になりました。

## 二

お金《きん》のおふくろのお幸《こう》といふのが今度の事件について先《ま》づお調べを受けました。神明《しんめい》の境内《けいだい》で起つた事件ですから、寺社奉行の係です。彼《か》の若侍がお金を連れ出したといふ疑ひから、こんな騒動が持ちあがつたのですから、どうしてもお金とその侍との関係を詮議する必要がある。さうすれば自然にお金のゆくへも判り、侍の身許もわかるに相違ないといふので、お金のおふくろは片門前《かたもんぜん》の裏借家《うらじやくや》から家主《いえぬし》同道で呼び出されました。

お金の主人から問ひ合せがあつた時には、お幸はなんにも知らないやうなことを云つてゐました。今度の呼び出しを受けても、最初はやはり曖昧《あいまい》のことを云つてゐたのですが、だん〳〵に吟味が重なつて来ると、もう隠してもゐられないので、たうとう正直に申立てました。お金は桜井衛守《さくらいえもり》といふ三百五十石取《こくど》りの旗本のむすめで、彼《か》の矢がすりには斯《こ》ういふ因縁があるのでした。

桜井衛守といふのは本所《ほんじよ》の石原《いしはら》に屋敷を持つてゐて、弓の名人と云はれた人でした。奥さまはお睦《むつ》と云つて夫婦のあひだにお金《きん》と庄之助《しようのすけ》といふ子供がありました。衛守といふ人も立派な男振り、お睦も評判の美人、まことに一対《いつつい》の夫婦と羨《うらや》まれてゐたのですが、どういふ魔がさしたものか、その奥様が用人神原伝右衛門《ようにんかんばらでんえもん》のせがれ伝蔵《でんぞう》と不義を働いてゐることが主人の耳にも薄々這入つたらしいので、ふたりも落ちついてはゐられません。伝蔵の身よりの者が奥州白河《おうしゆうしらかわ》にあるので一先《ひとま》づそこへ身を隠すつもりで、内々で駈落の支度をしてゐました。その時、伝蔵は廿歳《はたち》、奥さまのお睦は廿三《にじゆうさん》で、むすめのお金は年弱の三つ、弟の庄之助はこの春生れたばかりの赤ん坊であつたさうです。

年下の家来と駈落をするほどの奥様でも、ふだんから姉娘のお金をひどく可愛《かわい》がつてゐたので、この子だけは一緒に連れて行きたいといふ。これには伝蔵もすこし困つたでせうが、なにしろ主人で年上の女のいふことですから、結局承知してお金だけを連れ出すことになりました。十二月の十三日、けふは煤《すす》はきで屋敷中の者も疲れて眠つている。その隙をみて逃げ出さうといふ手筈で、男と女は手まはりの品を風呂敷づつみにして、お金の手をひいて夜なかに裏門からぬけ出しました。年弱の三つといふ女の児《こ》を歩かせてゆくわけには行きませんから、表へ出るとお睦はお金を背中に負《おぶ》ひました。伝蔵は荷物を背負《しよ》ひました。大川《おおかわ》づたひに綾瀬《あやせ》の上《かみ》へまはつて、千住《せんじゆ》から奥州街道《おうしゆうかいどう》へ出るつもりで、男も女も顔をつゝんで石原《いしはら》から大川端《おおかわばた》へ差しかゝると、生憎《あいにく》に今夜は月があかるいので、駈落をするには都合のわるい晩でした。おまけに筑波《つくば》おろしが真向《まとも》に吹きつけて来る。ふたりは一生懸命にいそいでゆくと、うしろで犬の吠える声がきこえる。人の跫音《あしおと》もきこえました。

脛《すね》に疵《きず》持つふたりは若《も》しや追手かと胸を冷したが、なにぶんにも月が明るいので何《ど》うすることも出来ない。むやみに急いで多田《ただ》の薬師《やくし》の前まで来ると、うしろから弦《つる》の音が高くきこえて、伝蔵は背中から胸へ射徹《いとお》されたから堪りません。そのまゝばつたり倒れました。お睦はおどろいて介抱しようとするところへ、二の矢が飛んで来てその襟首《えりくび》から喉《のど》を射ぬいたので、これも二言《にごん》と云はずに倒れてしまひました。

不義者ふたりを射留《いと》めたのは、主人の桜井衛守です。かねて二人の様子がをかしいと眼をつけてゐたので、弓矢を持つてすぐに追ひかけて来て、手練《しゅれん》の矢先で難なく二人を成敗してしまつたのです。伝蔵もお睦も急所を射られて、ひと矢で往生したのですが、おふくろに負《おぶ》はれてゐたお金だけは助かりました。しかしお睦の襟首に射込《いこ》んだ矢がお金の右の頬をかすつたので、矢疵《やきず》のあとが残りました。お金が真直《まっすぐ》に負《おぶ》はれてゐたら、おふくろと一緒に射徹《いとお》されてしまつたかも知れなかつたのですが、子供のことですから半分眠つてゐて、首を少しく一方へかしげてゐた為に、かすり疵だけで済んだのでした。

不義者を成敗したのですから、桜井さんには勿論《もちろん》なんの咎《とが》めもありません。用人の神原伝右衛門はわが子の罪をひき受けて切腹しました。これでこの一件も落着したのですが、さてそのお金といふ娘の始末です。わが子ではあるが、不義の母が連れ出した娘であると思ふと、桜井さんはどうも可愛くない。殊《こと》にその頬に残つてゐる矢疵を見るたびに忌《いや》な心持をさせられるので、思ひ切つて屋敷から出してしまふことにしました。表面は里子《さとご》に出すといふことにして、その実は音信不通《おんしんふつう》の約束で、出入りの植木屋の萬吉《まんきち》といふものに遣《や》つたのですが、その萬吉も女房のお幸《こう》も気だての善《い》い者で、すべての事情を承知の上でお金を引き取つて、うみの娘のやうに育てゝゐるうちに、亭主の萬吉が早く死んだので、お幸はお金を連子にして神明の安兵衛のところへ再縁しました。安兵衛は神明の矢場や水茶屋へ菓子を売りにゆくので、その縁でお金も矢場へ出るやうになつた。それは前にも申上げた通りです。

お幸は亭主運のない女で、前の亭主にも早く死別れ、二度目の亭主の安兵衛にも死別れて、今では娘のお金ひとりを頼りにしてゐましたが、昔の約束を固く守つて、彼《か》の矢疵の因縁はお金にも話したことはありません。子供のときに吹矢《ふきや》で射られたなどと好加減《いいかげん》のことを云ひ聞かせて置いたので、お金も自分の素性を夢にも知らなかつたのです。そのうちに今年の春になつて、突然彼《か》の若侍がたづねて来ました。若侍はお金の弟の庄之助で、その当時はまだ当歳《とうさい》の赤児《あかご》でしたが、だん／＼生長するにつれて、母のことや姉のことを知りましたが、植木屋の萬吉はもう此世《このよ》を去り、その女房はどこへか再縁してしまつたといふので、姉のありかを尋ねる手がかりも無かつたのです。この庄之助といふ人は姉弟《きようだい》思ひで、子供のときに別れた姉さんに一度逢ひたいと祈つてゐると、今年十九の春になつて、神明の矢場に矢がすりお金といふ女があることを、不図《ふと》聞き出しました。

頻に矢疵があると云ひ、その名前といひ、年頃といひ、もしやと思つて窃《そつ》と見にゆくと、どうもそれらしく思はれたが、迂闊《うかつ》にそんなことを云ひ出すわけには行かないので、たゞ一通りの遊びのやうに見せかけて、幾たびか神明通ひをした上で、だん／＼にお金とも馴染《なじみ》になつて、その実家は片門前にあることや、おふくろの名はお幸といふことなどを確かめたので、ある日片門前の家へたづねて行つて、おふくろのお幸に逢ひました。お幸も最初はあやぶんでゐたのですが、庄之助の方から自分の屋敷の名をあかし、併《あわ》せて一切の秘密をうち明けたので、お幸もはじめて安心して、これも正直に何も彼《か》も打ちあけることになりました。お金は初めて自分の素性を知つて驚いたわけです。そこで庄之助は姉にむかつて云ひました。

『お父さまは近ごろ御病身で、昨年の夏から御隠居のお届けをなされまして、若年《じやくねん》ながら手前が家督を相続してをります。つきましてはひとりのお姉様《あねえさま》を唯今《ただいま》のやうなお姿にして置くことはなりませぬ。表向きに屋敷へお連れ申すことは出来ませずとも、どこぞに相当の所帯をお持ちなされて、義理の母御と御不自由なくお暮しなさるゝやうに、手前が屹《きつ》とお賄《まかな》ひ申します。』

さうなればまことに有難い話で、お幸に勿論異存のあらう筈はありませんでしたが、お金はすこし返事に困りました。矢場女をやめて、弟の仕送りで気楽に暮して行かれるのは結構《けつこう》ですが、お金には内証《ないしよ》の男がある。上手に逢曳《あいびき》をしてゐるので今まで誰にも覚《さと》られなかつたのですが、お金には新内松《しんないまつ》といふ悪い男が附いてゐるのです。以前は新内《しんない》の流しを遣つてゐて、今の商売は巾着切《きんちやくき》り、そこで綽名《あだな》を新内松といふ苦味走《にがみばし》つた大哥《あに》さんに、お金はすつかり打込んでゐる。新内松と矢飛白《やがすり》おきん、その頃ならば羽左衛門《うざえもん》に田之助《たのすけ》とでも云ひさうな役廻りですが、この方には大した芝居もなくて済んでゐたところへ、十九年ぶりで弟の庄之助が突然にたづねて来て、自分の姉として世話をして遣《や》らうといふ。お金に取つては有難迷惑です。

たとひ本所の屋敷へ引取られないでも、今の商売をやめて弟の世話になるのは、いかにも窮屈であり、又自分の男のかゝり合ひから、どんなことで弟に迷惑をかけないとも限らない。さりとて新内松と手を切つて、堅気に暮すなどといふ心は微塵《みじん》もないので、お金はなんとかして庄之助の相談を断りたいと思つたが、まさかに巾着切りを男に持つてゐますと正直に云ふことも出来ない。よんどころなく好加減《いいかげん》の挨拶をして其場は別れたのですが、もとより矢場の稼《かせ》ぎを止《や》めるでもなく、その後も相変らず神明の店に通つてゐると、庄之助はその後たび〳〵尋ねて来て、早く神明の方をやめてくれと催促する。おふくろのお幸も傍《そば》から勧《すす》める。お金ももう断り切れなくなつて、男と相談の上で一旦どこへか姿を隠してしまつたのです。

そんなことゝは知らないで、庄之助は又もや片門前の家《うち》へたづねてゆくと、姉はこの間から家出して行方が知れないといふことをお幸から聞かされて、庄之助もおどろきました。新内松のことはお幸も薄々知つてゐたのですが、そんなことを庄之助にうつかり云つてい、か悪いかと遠慮してゐたので、何がどうしたのか庄之助には些《ちつ》とも判りません。それでも神明へ行つて訊いてみたら、なにかの手がかりもあらうかと、何気《なにげ》ない風《ふう》でお金の店へ出かけてゆくと、いきなり地廻りやごろつきどもに取りまかれて前に云つたやうな大騒動を仕出来《しでか》したのです。桜井庄之助といふ若い侍は姉思ひから飛んだことになつて気の毒でした。

すべての事情が斯《こ》うわかつてみると、庄之助の八人斬にも大いに同情すべき点があります。斬られた相手は皆ごろつきや地廻りで、事の実否《じつぴ》もよく糺《ただ》さず、武士に対して狼藉《ろうぜき》を働いたのですから、云はゞ自業自得の斬られ損といふことになつてしまひました。殊《こと》に幕末で、徳川幕府の方でも旗本の侍は一人でも大切にしてゐる時節でしたから、庄之助にはなんの咎《とが》めも無くて済みました。稼《かせ》ぎ人《にん》に逃げられたお幸は、桜井の屋敷から内々の扶助をうけてゐたとか云《い》ひます。

新内松は品川の橋向《はしむこ》うで御用になりました。お金はその時まで一緒にゐたらしいのですが、そのゆくへは判りませんでした。それから一年ほど経つてから、神奈川の貸座敷に手《て》取《と》りの女がゐて、その右の頰にかすり疵のあとがあると云ふ噂でしたが、それが彼《か》の矢がすりであるか無いか、確かなことは知つた者もありませんでした。くどくも申す通り、新内松に矢がすりお金――この方に一向面白いお芝居がないので、まことに物足らないやうですが、実録は大抵こんなものかも知れませんね。

# 附　録

短篇二篇

# 黄八丈の小袖

## 上

『あの、お菊。ちよいとこゝへ来ておくれ。』

今年十八で、眉の可愛い、眼の細い下女のお菊は、白子屋《しろこや》の奥へ呼ばれた。主人《あるじ》の庄三郎は不在《るす》で、そこには女房のお常《つね》と下女のお久《ひさ》とが坐つてゐた。お久はお菊よりも七歳《ななつ》の年上で、この店に十年も長年《ちようねん》してゐる小賢《こざか》しげな女であつた。

どんな相談をかけられたか知らないが、半晌《はんとき》ほどの後《のち》にこゝを出て来たお菊の顔色は水のやうになつてゐた。お菊は武州《ぶしゆう》越ケ谷《こしがや》の在《ざい》から去年の春こゝへ奉公に来て、今年の二月の出代《でがわ》りにも長年して、女房のお常にも娘のお熊にも可愛がられてゐた。時々に芝居やお開帳のお供にも連れて行かれてゐた。

お菊は一旦《いつたん》自分の部屋へ退《さが》つたが、何だか落付いてゐられないので、又うろ〳〵と起《た》ち上《あが》つて台所の方へ出た。白子屋は日本橋新材木町の河岸《かし》に向つた角店《かどみせ》で、材木置場には男達の笑ひ声が高く聞えた。お菊はそれを聞くとも無しに、水口にある下駄を突つかけて、台所から更《さら》に材木置場の方へぬけ出して行つた。そこには五六人の男が粗削りの材木に腰をかけて何か面白さうに饒舌《しやべ》つてゐた。その傍《そば》に飯炊《めしたき》の長助《ちようすけ》がむづかしい顔をして、黙つて突つ立つてゐた。

『お菊どん。何処《どこ》へ……。お使《つかい》かい。』と、若い男の一人が何か戯《からか》ひたさうな顔をして声をかけた。

『いゝえ。』

卒気《そつけ》ない返事を投げ返したまゝで、お菊は又そこを逃げるやうに通りぬけて、材木置場の入口へ出た。享保《きようほう》十二年九月三日の夕方で、浅黄《あさぎ》がやがて薄白く暮れかゝる西の空に紅い旗雲が一つ流れて、気の早い三日月が何時《いつ》の間にか白い小舟の影を浮べてゐた。お菊はその空を少時《しばらく》瞰《み》上《あ》げてゐると、水を吹いて来る秋風が冷々《ひやひや》と身にしみて来た。和国橋《わこくばし》の袂《たもと》に一本しよんぼりと立つてゐる柳が顫《ふる》へるやうに弱く靡《なび》いて、秋の寒さは其《そ》の痩せ衰へた影から湧き出すやうに思はれた。お菊は自分の身体《からだ》を抱くやうに両袖をしつかり掻《か》き合せた。

『寧《いつ》そもう家《うち》へ逃げて帰らうか知《し》ら、それとも長助どんに相談しようか知ら。』

お菊は思ひ余った胸を抱《かか》へて、何時《いつ》までもうつかりと立つてゐた。彼女《かれ》は唯《た》つた今、お内儀《かみ》さんのお常と朋輩《ほうばい》のお久とから世に怖《おそろ》しいことを自分の耳へ吹き込まれたのであつた。それは婿《むこ》の又四郎に無理心中を仕掛けて呉《く》れと云ふ相談で、彼女も一時は吃驚《びつくり》して返事に困つた。

白子屋の主人庄三郎は極めて人の好《い》い、何方《どつち》かと云へば薄ぼんやりした質《たち》の人物で、家内のことは女房のお常が総て切つて廻してゐた。商売のことは手代《てだい》の忠七が総て取仕切つて引受けてゐた。お常は今年四十九の古女房であつたが、若い時からの華美好《はでずき》で、その時代の商人《あきんど》の女房には似合《にあ》はしからない贅沢三昧《ぜいたくざんまい》に白子屋の身代《しんだい》を殆《ほとん》ど傾け尽して了《しま》つた。荷主には借金が嵩《かさ》んで、どこの山からも荷を送つて来なくなつた。このまゝでゐれば店を閉めるより他はないので、お常は一人娘のお熊が優《すぐ》れて美しいのを幸ひに、持参金附の婿を探して身代の破綻《ほころび》を縫はうとした。数の多い候補者の中でお常の眼識《めがね》に叶《かな》つた婿は、大伝馬町の地主弥太郎が手代又四郎といふ男で、彼は五百両といふ金の力で江戸中の評判娘の夫にならうと申込んで来た。

お常は承知した。庄三郎は女房の御意《ぎよい》次第で別に異存はなかつた。併《しか》し本人のお熊は納得しなかつた。お熊は下女のお久の取持で手代の忠七と疾《と》うから起誓《きしよう》までも取交《とりかわ》してゐる仲であつた。今更ほかの男を持つては忠七に済まないと彼女《かれ》は泣いて拒《こば》んだが、今のお常に取つては娘よりも恋よりも五百両の金が大切であつた。彼女は母の威光で娘を口説《くど》き伏せた。主《しゆう》の威光で手代を圧《おさ》へ付けた。二人は泣いて諦めるより他はなかつた。縁談は滑るやうに進んで、婚礼の日は漸次《しだい》に近《ちかづ》いた。三十四の又四郎と十八のお熊とが表向に夫婦の披露をしたのは、今から五年前の享保七年の冬であつた。五百両の金が入つたので、義理の悪い借金は大抵《たいてい》片附いた。白子屋の店も蘇生《よみが》へつたやうに景気を盛返した。又四郎は律義一方の男で商売にも精を出した。

併《しか》しお常の華美《はで》や贅沢は矢《や》はり止《や》まなかつた。お熊と忠七との縁も真実《ほんとう》に切れてはゐなかつた。斯《こ》うした家庭がいつまでも円《まる》く治《おさま》つてゆく筈はなかつた。もと〳〵が金を目的《めあて》に貰つた婿であるから、月日の経《た》つに従つてお常は又四郎を邪魔にし出した。お熊は勿論《もちろん》彼を嫌つてゐた。忠七も蔭に廻つて色々の智慧を吹き込んだ。三人が暗い所に時々寄集つて、何とかして又四郎を追ひ出したいと相談を凝《こら》したが、律義一方の婿の上から何かの落度《おちど》を見付け出すといふことは頗《すこぶ》る困難であつた。理窟無しに彼を離婚するには忌《いや》が応《おう》でも持参金の五百両を附けて戻さなければならなかつた。今の白子屋に其金《そのかね》のあらう筈はなかつた。

思案に行き詰つたお常は、或粉薬を飯《めし》にまぜて又四郎を鼠のやうに殺さうとしたが、飯《めし》炊《たき》の長助に妨げられて成功しなかつた。その以来又四郎は余《よ》ほど警戒してゐるらしく見えるので、お常も迂闊《うかつ》に手を出すことが能《でき》なくなつた。忠七は自《じ》棄《やけ》になつて放蕩《ほうとう》を始めた。お熊は嫉妬やら愚痴やらで毎日泣いた。お常もいよ〳〵焦れに焦れた末に、浅い女の胸の底からこんな苦しい智慧を絞り出した。

『お菊に心中を仕掛けさせ、それを科《とが》に又四郎を追い出さう。』

その相談を第一に受けたのは、お気に入りのお久であつた。彼女《かれ》はすぐに同意した。

『さうですね。お菊どんならば色は白し、眼鼻立もまんざらで無し、あれならば若旦那の相手だと云つても世間で承知しませう。』

所謂《いわゆる》まんざらで無い容貌《きりよう》の持主に生れて、下女には惜《おし》いと皆《みん》なから眼をつけられてゐたお菊は不運であつた。彼女《かれ》はお内儀さんの前に呼び付けられて、お久の口を通しておそろしい役目を云ひ付けられた。若旦那の熟寝《よくね》てゐるところへ忍んで行つて、剃刀《かみそり》でその喉《のど》へ少しばかりの傷をつけて呉《く》れ。決して殺すには及ばない。唯《ただ》ほんの微傷《かすりきず》でも付けて呉れゝば可《い》い。そうして、お前も喉を突く真似をしろ。そこへ誰かゞ飛び込んで取鎮《とりしず》めるから案じることはない。何故そんなことをしたかと調べられたら、お前は何にも云はずに泣いてゐれば可い。唯それだけのことだとお久は云つた。

『わたくしが若旦那様に傷を付ければ、どうなるのでございます。』と、年の若いお菊は顫《ふる》へながら訊いた。

『約《つま》り若旦那がお前と密通してゐて、お前が心中を仕掛けたと云ふことになる。さうすれば、若旦那も離縁になる。それがお店の為でもあり、お嬢さんの為でもある。勿論、皆《みん》なが承知のことだから、決してお前に科《とが》も難儀もかけまい。それを首尾よく仕負《しお》ふせれば、お前もお暇になる代りに、十両のお金と別にお嬢さんの黄八丈のお小袖《こそで》を下《くだ》さる。お前それでも忌《いや》か。』と、お久は黄八丈といふ詞《ことば》に少し力を入れて低声《こごえ》で云ひ聞かせた。

この春お熊が母と一所に回向院《えこういん》のお開帳へ参詣《さんけい》した時に、お菊も供《とも》をして行つた。お熊の黄八丈の小袖が群集の中でも眼についた。店へ帰つてからお菊は嘆息《ためいき》を吐《つ》いてお久に囁《ささや》いた。

『妾《わたし》も一生に一度でも可《い》いから、あんなお小袖を着て見たい。』

お久はそれを能《よ》く記憶してゐて、今度の褒美に黄八丈の小袖を懸《か》けたのであつた。十両の金よりも、黄八丈がお菊の魂を唆《そその》かした。併《しか》しそんな大それたことを引受けて可《い》いか悪いか、彼女《かれ》にも容易に分別が付かなかつた。

『又四郎は心の好くない者だから離縁したいと思つてゐるが、そこには何かの科《とが》がなければならない。お前が唯《ただ》少しの微傷《かすりきず》を負はせて呉れゝば可い。何の相手を殺せばこそ主殺《しゆごろ》しにもならうが、ほんの微傷を付けた位《くらい》のことは別に仔細もない。妾達《わたしたち》が呑込んでゐて何事も内分《ないぶん》に済ませる。あんな者に一生添はせて置いては、娘が如何《いか》にも可哀想だから、お前もそこを察して……この通り、主人が手をついて頼みます。』と、お常は鼻を詰らせて口説《くど》いた。

あんな者に添はせて置いては娘が可哀想だ——これもお菊の心を動かした。若旦那の又四郎は主人として別に不足もない。入婿《いりむこ》といふ遠慮もあらうが、眼下《めした》の者に対しても物柔かで、つひぞ主人風を吹かしたことも無い。暴《あら》い声で叱つたこともない。併《しか》しそれを若いお内儀《かみ》さんのお婿として看《み》る時にはお菊の眼も又違つて、平生《ふだん》から若いお内儀さんの不運をお気の毒だと思はないでもなかつた。第一に若旦那は今年三十九で若いお内儀さんは廿三《にじゆうさん》だといふ。その時代に於ては十六も年の違ふ夫婦は余り多くは見当らなかつた。年の若いお菊にはそれが余りに不釣合のやうに思はれた。まだその上に若旦那は色の黒い、骨の太い、江戸の人とは受取れないやうな、頑丈な不粋《ぶいき》な男振《おとこぶり》で、まるで若いお内儀さんとは比べ物にならなかつた。何のこともない、五月人形の鍾馗様《しようきさま》とお雛様とを組み合せたやうなもので、余りに若いお内儀さんが痛々しかつた。殊《こと》に新参ながらも入婿の事情を薄々知つてゐるお菊は、五百両の金の型《かた》に身を売つたやうな若いお内儀さんの不運には愈《いよい》よ同情してゐた。

他人の眼から見てすらも然《そ》うである。況《まし》て現在の阿母様《おふくろさま》の身になつたら、その不釣合も愈よ眼に立つことであらう。若いお内儀さんも可哀さうに思はれることであらう。人の善《い》い若旦那を指して、心の好《よ》くない者といふのは、些《ちつ》と受取り難《にく》い話ではあるが、何方《どつち》にしても阿母様の心では若旦那を追ひ出したいに相違ない。それは無理もないことだと彼女《かれ》は思つた。併し自分がそんな空怖しい役目を引受けて、何の恨《うらみ》もない若旦那に無実の云《い》ひ懸《が》けをするなど丶は、飛んでも無いことだと彼女は又思つた。

『切角《せつかく》ではございますが、これは他の事とも違ひます。また其《その》相手も他のお方とは違ひます。仮にも御主人様と名の付く方に傷を付けるなど丶は、考へても怖しいことでございます。どうぞこればかりは……。』

お菊は一生懸命になつて断つたが、お常は何《ど》うしても許さなかつた。お久も肯《き》かなかつた。このまゝにして置けば、お熊さんは前の川へ身を投げるに決つてゐる。お前は若旦那に傷を付けるのを恐れながら、若いお内儀さんを見殺しにするのは何とも思はないのか。若旦那は婿である。若いお内儀さんは家附《いえつき》の娘である。お前はこゝの店の家来でありながら家附の娘を殺しても、入婿の若旦那に忠義を立てたいのか。それでは奉公の筋道が違ひはしないかと、その時代の人には道理《もつとも》らしく聞えたやうな理窟責《りくつぜめ》にして、お久は頻《しきり》にお菊の決心を促《うなが》した。それでも彼女《かれ》は素直に其道理《どうり》の前に屈伏することを躊躇《ちゆうちよ》した。まあ兎《と》も角《かく》も明日《あす》まで待つて呉《く》れと、お菊は一寸《いつすん》逃れの返事をして、やう〳〵其処《そこ》から逃げ出して来たのであつた。

『どうしたら可《よ》いだらう』

彼女はだん〳〵に暗くなつてゆく水の色を眺めながら、夢見る人のやうに考へつめてゐた。退引《のつぴき》ならない難儀を逃れるのには、寧《いつ》そこゝを逃げて帰るに限るとも思つた。併《しか》し年季中に奉公先から無暗《むやみ》に逃げて帰つたら、物堅《ものがた》い両親が何と云ふであらう。たとひ此訳《このわけ》を打明けても恐らく真実《ほんとう》とは思つて呉《く》れまい。自分の我儘から奉公を嫌つて、そんな出鱈《でたら》目《め》の口実を作つて逃げ出して来たものと思はれて、厳しく叱られるに相違ない。さうして、正直一図《いちず》の阿父《おとつ》さんは忌《いや》がる妾《わたし》を無理無体に引摺《ひきず》つて、再び此店へ連れて来るに相違ない。さうなつたら、お内儀さんや若いお内儀さんから何《ど》んなに憎まれるであらう。お久どんから何《ど》んなに窘《いじ》められるであらう。それを思ふと、お菊は帰るにも帰られなかつた。長助どんに相談したら必然《きつと》若旦那に訴へるに相違ない。さうなると、妾は生証人に曳《ひ》き出される。お内儀さんやお久どんはそんなことを頼んだ記憶《おぼえ》はないと云ふに決つてゐる。妾一人が罪をかぶせられて、根も葉もない讒言《ざんげん》を構《かま》へたと云ふことになる。それもあんまり口惜《くやし》いと彼女《かれ》は思つた。

それと同時に彼女は黄八丈の小袖も欲《ほし》かつた。若いお内儀さんも気の毒であつた。よもやと思ふもの丶、若《も》しお熊さんがこの川へ飛び込んだら何うなるであらう。彼女はまた悚然《ぞつ》とした。

『この川で死ねるか知ら。』

お菊は川岸《かし》へ出て怖さうに水の面《おもて》を覗いて見た。空はまだ暮れ切らなかつたが、水の光は漸次《しだい》に褪《さ》めて、薄《うす》ら寒い夕靄《ゆうもや》の色が川下の方から遡《さかのぼ》るやうに拡がつて来た。水は音も無く静かに流れてゐた。

番太郎が七つ半（午後五時）の柝《き》を打つて来たのに驚かされてお菊は慌《あわ》て丶内へ入つた。

## 下

お菊はその晩寝付かれなかつた。自分を睨《にら》んでゐる若旦那の怖い顔や、泣いて自分に頼むやうな若いお内儀さんの痛々しい顔や、むづかしさうな在所の両親《ふたおや》の顔や、十両の小判や、黄八丈の小袖や、それが走馬燈《まわりどうろう》のやうに彼女《かれ》の頭の中をくる〳〵と廻《めぐ》つた。隣に床《とこ》を延《の》べてゐるお久はと覗いて見ると平日《いつも》は寝付が悪いと口癖のやうに云つてゐる彼女が、今夜に限つて枕に顔を押付けるかと思ふと、何も云はずに衾《よぎ》をすつぽりと引被《ひつかぶ》つてしまつた。

　寝付が悪いといふお久が今夜は熟睡《よくねむ》つて、寝坊だと笑はれてゐる自分が今夜は何《ど》うして睡られさうもないので、お菊は幾たびか輾転《ねがえり》した。軈《やが》てうと〳〵と睡つたかと思ふと、彼女は何だか得体の知れない真黒な大《おお》い怪物にぐい〳〵と胸を圧《お》さへ付けられて、悶《もが》いて苦しんでやう〳〵に眼を醒《さ》ますと、しつかり獅嚙《しがみ》付いてゐた衾の襟《えり》は冷い汗にぐつしよりと湿《ぬ》れてゐた。

『あゝ気味が悪い。』

　彼女《かれ》は寝衣《ねまき》の袂《たもと》で首筋のあたりを拭きながら、腹這ひになつて枕辺《まくらもと》の行燈《あんどう》の微《かすか》な灯《ほ》かげを仰いだ時に、廊下を踏む足音が低くひゞいた。

『おや、泥棒か知ら。』とお菊は今夜に限つて急に怖気立《こわげだ》つた。彼女は慌てゝ俯伏《うつぶ》して再び衾《よぎ》を被つてゐると、枕もとの襖《ふすま》が軋《きし》みながらに明いた。長い裾《すそ》を畳に曳いてゐるらしい衣《きぬ》の音が軽く聞えた。怖いもの見たさに、お菊は眼を少しく明けて窃《そつ》と窺《うかが》ふと、うす暗い行燈の前に若い女の立姿が幻のやうに浮き出してゐた。もしや幽霊かとお菊は又悸《おび》えて首を悚《すく》めると、女は彼女の枕もとへすうゝと這い寄つて来て低声《こごえ》で呼んだ。

『お菊。寝てゐるのかえ。』

それが若いお内儀さんの優しい声であることを知つた時に、お菊はほつゝとして顔をあげると、お熊は抑えるやうに又囁いた。

『可《い》いから寝ておいでよ。』

主人の前で寝そべつてゐる訳には行《い》かないので、お菊はすぐに衾《よぎ》を跳退《はねの》けて蒲団の上に跪坐《かしこま》ると、お熊はその蒲団の端へ乗りかゝるやうに両膝を突き寄せて彼女の顔を覗き込んだ。

『今日の夕方、阿母《おつか》さんからお前に何か頼んだことがあるだらう。』

若いお内儀さんが夜半《よなか》に閨《ねや》をぬけ出して、下女部屋へ忍んで来た仔細は直《すぐ》に判つた。判ると同時に、お菊は差当りの返事に困つた。さりとて嘘を吐《つ》く訳にも行かないので、彼女は恐れるやうに窃《そつ》と答へた。

『はい。』

『まことに無理なことだけれどもね。お前、後生《ごしよう》だから承知してお呉《く》れでないか。定めて怖ろしい女だと思ふかも知れないが、妾《わたし》の身にもなつてお呉れ。お前も大抵知つてゐるだらうが忠七と妾との仲を引分けて、気に染まない婿を無理に取らせたのは、皆《みんな》阿母さんが悪い。こゝの家へお嫁に来てから足掛け三十年の間に、仕度三昧《したいざんまい》の道楽や贅沢をして、阿母さんは白子屋の身上《しんしよう》を皆《みん》な亡《な》くして了《しま》つた。その身上を立直す為に、妾はとう〳〵人身御供《ひとみごくう》にあげられて忌《いや》な婿を取らなければならないことになつた。思へば思ふほど阿母さんが怨《うら》めしい、憎らしい。世間には親の病気を癒す為に身を売る娘もあるさうだが、寧《いつ》そ其方《そのほう》が優《まし》であつたらう。』

お熊は声を忍ばせて泣いた。彼女《かれ》の痩せた肩が微《かすか》におのゝく度に、行燈の弱い灯《ひ》も顫《ふる》へるやうにちらちらと揺れて、眉の痕《あと》のまだ青い女房の横顔を仄白《ほのじろ》く照してゐた。今の水々しい美しさを見るに付けても、その娘盛りが思ひ遣られて、お菊は若いお内儀さんの悲しい過去と現在とを悼《いた》ましく眺めた。

『ねえ、お菊。くどいやうだけれども、承知してお呉れでないか。阿母さんも流石《さすが》、娘が可哀さうになつたと見えて、この頃では何《ど》うかして又四郎を離縁したいと色々に心配して呉れてゐるやうだけれど、何しろ五百両といふ金の工面《くめん》は付かず、こんな辛い思ひをして何日《いつ》までも生きている位《くらい》なら、妾《わたし》はもう寧《いつ》そのこと……。』

遣瀬《やるせ》ないやうに身を悶《もだ》えて、お熊は嗚咽《すすりなき》の顔をお菊の膝の上に押付けると、夜寒に近い此頃の夜《よ》にも奉公人の寝衣《ねまき》はまだ薄いので、若い女房の熱い涙はその寝衣を透《とお》して若い下女の柔かい肉に滲《にじ》んだ。お熊の魂はその涙を伝はつてお菊の胸に流れ込んだらしく、彼女は物に憑《つ》かれたやうに、身を顫はせて、若いお内儀さんの手を握つた。

『判りました。よろしうございます。』

『え。それでは聞いて呉れるの。』

『はい。』と、お菊は誓ふやうに答へた。

お熊は何にも云はないでお菊を拝んだ。その途端に、隣に寝てゐたお久が不意に此方《こつち》へ向いて輾転《ねがえり》を打つた。お菊は吃驚《びつくり》して見かへると、それを相図のやうにお熊は窃《そつ》と起《た》つた。どこかで既《も》う一番鶏《いちばんどり》の歌ふ声が聞えた。

それから八日目の九月十一日の夜半《よなか》に、お菊は厳重に縛り上げられて白子屋の店から牽《ひ》き出された。名主《なぬし》や五人組も附添つて、町奉行所の方へ急いで行つた。夜露がもう薄い露になつてゐて、地に落ちる提灯《ちようちん》の影が白かつた。

北の町奉行は諏訪美濃守《すわみののかみ》であつた。お菊はその夜主人又四郎の寝間《ねま》へ忍び込んで、剃《かみ》刀《そり》で彼が咽喉《のど》を少しばかり傷《きずつ》けたと云ふので主殺《しゆごろ》しの科人《とがにん》として厳重の吟味を受けた。お菊は心中であると申立てた。かねて主人と情《じよう》を通じてゐたが所詮一所《しよせんいつしよ》に添ひ遂げることは能《でき》ないので、男を殺して自分も死なうとしたのであると云つた。相手の又四郎も翌日呼び出されたが、彼はお菊の申立を一切否認して、白子屋は悪人どもの巣であると云つた。入婿の自分は今まで何事にも虫を殺して堪忍してゐたが、第一に女房のお熊は手代と密通してゐるらしいと云つた。母のお常にも不行跡が多いと云つた。今度の一条《いちじよう》もお菊の一存でなく、ほかに彼女を唆《そその》かした者があるに相違《そうい》ないと云ひ切つた。

奉行所でも手を廻して吟味《ぎんみ》すると、どの方面から齎《もたら》して来る報告もすべて又四郎に有利なものであつた。

『上《かみ》を欺《あざむ》くな。正直に白状しろ。』

この訊問《じんもん》に対して、正直なお菊は脆《もろ》くも恐れ入つて了《しま》つた。奉行の美濃守は眉を顰《ひそ》めた。これは容易ならざる大事件である。経験の浅い自分には迂闊に裁判を下《くだ》し難《がた》いと思つたので、彼はその事情を打ち明けて此の一件を南の町奉行所へ移した。南の奉行は大岡越前《おおおかえちぜん》守忠相《のかみただすけ》で、享保二年以来、十年以上もこゝに勤続して名奉行の名誉《ほまれ》を頂いてゐる人物であつた。

『おそろしいことぢや。これには死罪が大勢出来る。』と流石《さすが》の越前守も一件書類に眼を通して、悲しさうに嘆息《ためいき》をついた。

同じ月の十五日に白子屋の主人庄三郎、女房お常、養子又四郎、女房お熊、手代忠七、清兵衛、下女お久、下男彦八、長助、権介、伊介の十一人は奉行所に呼び出されて、名奉行の吟味を受けた。お久が先《ま》づ白状した。お常とお熊と忠七もつゞいて奉行の問《とい》に落ちた。お菊は勿論お常とお熊と忠七とお久の四人もすぐに入牢申付《じゆろう》けられた。この時代の法によると、この罪人の殆《ほとん》ど全部が死罪に処せらるべき運命を荷《にな》つてゐた。

入牢中にお熊も泣いた。お菊は声を立てゝ、毎日泣き叫んで、牢屋役人を困らせた。秋も段々に末になつて伝馬町の牢屋でも板間《いたま》の下で蟀《こうろぎ》が鳴いた。家根《やね》の上を雁《がん》が鳴いて通つた。暗い冬空が近《ちかづ》くと共に罪人の悲しい運命も終《おわり》に近いて来たが、何分にも死罪の多い裁判であるので、越前守も吟味に吟味を重ねて、その中《うち》から一人《いちにん》でも多くを救ひ出さうと努めたが、お常のほかには何《ど》うしても仕置《しおき》を軽くする理由を見出すことが能《でき》なかつた。『もと〳〵お内儀さんが悪いのでございます』と、お菊は泣いて訴えた。併《しか》しお常は彼女《かれ》の主人であつた。被害者の又四郎に取つても母であつた。階級制度の厳重なこの時代にあつては、実際お常が此《この》事件の張本人であるとしても、彼女は第一の寛典《かんてん》に浴すべき利益の地位に立つてゐた。

死罪は老中《ろうじゆう》に伺ひを立てなければならない、老中から更に将軍の裁可を受けなければならない。斯《こ》うして時日を遷延《せんえん》してゐる中《うち》に、何とかして死罪から一等を減ずる方法を見出させようと云ふのが、所謂《いわゆる》『上《かみ》のお慈悲』であつた。併《しか》し今度の罪人は此のお慈悲を受けることが能《でき》なかつた。享保十二年の冬は容赦《ようしや》なく暮れて行つた。十二月七日に関係者一同を白洲《しらす》へ呼び出して、越前守は眉の間に深い皺《しわ》を刻みながら厳重の宣告を下した。

主人の庄三郎は直接この事件に何の関係もなかつたが、一家の主人としてこれほどの事件に就《つい》て何にも知らないと云ふのが已《すで》に不都合であると認められて、家事不取締《ふとりしまり》の廉《かど》を以《もつ》て江戸追放を申渡された。彼はその時に五十五歳であつた。お常は前にも云ふ通り、母であり主人であるが為に、生命《いのち》だけは繋《つな》がれて流罪《るざい》になつた。お熊と忠七とは密通の廉《かど》を以て、町中引廻《まちじゆうひきまわ》しの上に浅草（今の小塚原《こづかつぱら》）で獄門《ごくもん》に梟《か》けられることになつた。忠七は三十歳であつた。お久も町中引廻しの上に死罪を申渡された。最後にお菊は左の通りの宣告を受けた。

庄三郎下女　きく

此者儀《このものぎ》主人庄三郎妻つね何程申付候《なにほどもうしつけそうろ》ふとも、主人のことに候へば致方《いたしかた》も可有之《これあるべく》の処《ところ》、又四郎に疵付候段《きずつけそうろうだん》不届至極《ふとどきしごく》に付《つき》、死罪に申付《もうしつく》。但《ただ》し引廻しに及ばず候《そうろう》。

死罪四人の中ではお熊が一番落付いてゐて、少しも悪びれた姿を見せなかつた。忠七とお久は今更のやうに蒼《あお》くなつて顫《ふる》へてゐた。お菊は白洲の砂利《じゃり》の上に身を投げ伏して泣いた。それを見た時に、お熊の眼からは真白な涙が糸を引いて流れた。罪人が引立《ひった》てられて白洲を退《さが》る時に、お菊は容易に動かなかつた。

『お慈悲でございます、お慈悲でございます。』と、彼女は砂利の上を転げながら叫んだ。自分はこれまでに一度も悪いことをした覚えはない。今度のことも拠《よんどこ》ろなく頼まれたのであると切《しき》りに訴へたが、彼女《かれ》の涙は名奉行の心を動かすことは能《でき》なかつた。併《しか》し名奉行にも涙が無いのではなかつた。四人の中で三人は引廻しを申渡されたにも拘《かかわ》らず、お菊だけは引廻しの恥を免《まぬか》れたのである。仮にも主人に刃《やいば》を向けた彼女に対しては、この以上に寛大の仕置を加へやうが無いのであつた。又四郎その他の者はすべて御構《おかま》い無《な》しと申渡《もうしわた》された。

牢にゐる間に、お熊は窃《そっ》とお菊に約束して、若《も》しお前が命を助かつたらば、妾《わたし》の形見として黄八丈の小袖を遣《や》らうと云つた。併しお菊も助からなかつた。いよ〱申渡しを受けて牢屋へ帰つた後《のち》、お菊もやう〱覚悟したらしく、隙《すき》を見てお熊に囁《ささや》いた。

『お内儀《かみ》さん。お前がお仕置に出る時には、あの黄八丈を召して下さい。寧《いっ》そ思ひを残すことが無くつて可《よ》うございます。』

お熊はさびしく微笑んだ。

引廻しの三人はそれから二日経つて仕置に行はれた。お菊は更に三日の後に、牢内で斬られる筈《はず》であつた。たとひ三日でも仕置を延ばして呉れたのは、これも上《かみ》の慈悲であつた。

お熊が引廻しの裸馬《はだかうま》に乗せられた時には、自分の家から差入れて貰つた白無垢《しろむく》の上に黄八丈の小袖をかさねて、頸《くび》には水晶の数珠《じゅず》をかけてゐた。その朝は霜が一面に白く降つてゐた。これから江戸中の人の眼に晒《さら》されやうとするお熊が黄八丈の姿を、お菊は牢格子《ろうごうし》の間から夢のやうに見送つた。

# 赤膏薬

今から廿二三年前《にじゆうにさんねんぜん》に上海《シヤンハイ》で出版された「騙術奇談《へんじゆつきだん》」といふ四巻の書がある。わが読者のうちにも已《すで》に御承知の方もあらうが、古来の小説随筆類のうちから詐欺的犯罪行為に関する小話《しようわ》を原文のまゝに抜萃《ばつすい》したもので、長短百種の物語を収めてある。

そのうちに「銀飾肆受騙《ぎんしよくしじゆへん》」といふ一話がある。金銀の飾物《かざりもの》を作る店で、店さきに一つの燈火《ともしび》を置き、その灯《ひ》の下で店の人が首飾《くびかざり》の銀細工をしてゐると、やがてそこへ一人の男がひどく弱つたやうな風をして近寄つて来て、哀しさうな声で云《い》つた。

『わたしは腫物《できもの》で困つてゐる者ですが、幸ひに親切な人が一貼《いつちよう》の膏薬《こうやく》をくれまして、これを貼れば直《す》ぐに癒《なお》るといふのです。就《つい》ては甚《はなは》だ申し兼ねましたがお店の灯を鳥渡《ちよつと》拝借して、この膏薬を炙《あぶ》りたいのでございますが……。』

店の人も承知して灯を貸してやると、男は大きい膏薬を把《と》り出して灯にかざしてゐたかと思ふと、不意にその膏薬を店の人の口に貼り付けた。あつと思つたが、声を出すことが出来ない。男はその間《ま》に手をのばして、そこにある貴重の首飾を引つ攫《さら》つて逃げ出した。

店の人はやうやくに口の膏薬を剝《は》がして、泥坊泥坊と呼びながら追ひかけたが、賊はもう遠く逃げ去つてしまつた。

この話を読んで、わたしは江戸時代にもそれと殆《ほとん》ど同様の事件のあつたことを思ひ出した。犯罪者も所詮はおなじ人間であつたから、その悪智慧《わるぢえ》も大抵《たいてい》はおなじやうに働くのであらう。わが江戸の話は文政《ぶんせい》末期の秋の宵《よい》の出来事である。四谷の大木戸《おおきど》手前に三河屋といふ小さい両替店《りようがえみせ》があつて、主人新兵衛《しゆじんしんべえ》夫婦と、せがれの善吉、小僧の市蔵、下女のお松の五人暮らしであつた。

秋の日の暮れ切つた暮六《くれむ》つ半《はん》（午後七時）頃である。小僧はどこへか使《つかい》に出た。新兵衛夫婦は奥で夜食の膳に向つてゐて店には今年十八歳の善吉ひとりが坐つてゐると、若い侍風の男ふたりが這入《はい》つて来て、ひとりは銀一歩《ぶ》を銭《ぜに》に換へてくれと云ふので、善吉は、その云ふがまゝに両替へをして遣《や》ると、男は他《た》のひとりを見かへつて、笑ひながら云つた。

『おい。こゝの火鉢を借りて、一件《いつけん》の膏薬を貼つたら何《ど》うだ。』

『むゝ。』と、他のひとりも同じく笑ひながら躊躇《ちゆうちよ》してゐた。彼は顔の色がすこしく蒼い。その上に、左の足が不自由らしく、歩くのに跛足《びつこ》をひいてゐた。

『どこかお悪いのですか。』と、善吉は訊《き》いた。

『悪い、悪い。大病人だ。』と、初めの男はまた笑つた。

『よせ、よせ。もう行かう。』と、他《た》の男はや丶極《き》まりが悪さうに起《た》ちかけた。

『は丶、痩我慢《やせがまん》をするなよ。』と、初めの男は矢《や》はり笑つてゐた。『実はこの男はあんまり女の子等に可愛がられた天罰で、横痃《よこね》を遣《や》つてゐる。そこで今、伝馬町《てんまちょう》の薬屋で瘡毒一切《そうどくいっさい》の妙薬《みょうやく》といふ赤膏薬《あかこうやく》を買つて来たのだが、そこで直ぐに貼つてしまへば好《い》いのに、極まりを悪がつて其儘《そのまま》に持つてゐるのだ。こ丶の店には、ほかに誰もゐなくつて丁度《ちょうど》好《い》い。その火を借りて早く貼つてしまへよ。』

それを聴いて、善吉も笑ひ出した。

『そんなら御遠慮はございません。どうぞ早くお貼りください。』

『それ見ろ。この息子もさう云ふぢやあないか。なんの、極まりが悪いことがあるものか。この息子だつて内々貼つてゐるかも知れない。』

『は、、御冗談を……。』

善吉も若い者であるから、こんな話に一種の興味を持つて、店の火鉢を二人の前へ押遣《おしや》ると、他《た》の男もたうとう思ひ切つて店に腰をおろした。彼は袂《たもと》から二枚の大きい膏薬をとり出して、火鉢の上にかざし始めた。

『おれも手伝つて、一枚をあぶつて遣《や》らう。この膏薬は二枚かさねて貼らなければ、ほんたうに毒を吸ひ出さないのださうだ。』

初めの男も一枚を把《と》つて、火にかざしてゐたが、やがて打返してみて舌打ちした。

『薬はまだ伸びない。なにしろ火鉢の火が微《かすか》だからな。いくら諸式高値《しよしきこうじき》でも、こゝの店は随分倹約だぞ。まるで蛍のやうな火種《ひだね》しか無いのだからな。』

『いえ、そんな筈《はず》はございませんが。』

善吉は思はず顔を出して、火鉢のなかを覗《のぞ》かうとすると、彼《か》の二人は突然善吉の手を捉《とら》へて、大きい赤膏薬をその両方の眼にべつたりと貼り付けてしまつた。さうして嚇《おど》すやうに小声で云つた。

『さわぐな。』

熱い膏薬を両眼《りようがん》に貼り付けられて、俄盲《にわかめくら》になつた上に、相手は兎《と》もかくも侍ふたりである。善吉は唯《ただ》おめ〳〵と身を竦《すく》ませてゐると、彼等は帳場の金箱《かねばこ》を引つかゝへてばた〳〵と逃げ出した。その物音に気がついて、奥から新兵衛夫婦が出て来たときには、二人の姿はもう宵闇《よいやみ》にかくれてゐた。

膏薬を剝《は》がして眼を洗はせたが、熱い煉薬《ねりぐすり》が眼に沁《し》みたので、善吉はその後幾日も眼医者に通はねばならなかつた。前の支那《しな》の話に膏薬を口に貼つた。こちらは二人と一人であるから、両方の眼に膏薬を貼つた。要するに同巧《どうこう》の手段である。こちらは侍二人である以上、わざ〳〵眼隠しをするにも及ばないやうに思はれるが、悪事を働くには矢はりこの方が安全であると考へたらしい。

三河屋からは直《す》ぐに訴《うつた》へ出《い》でがあつたので、犯人の探索が行はれた。彼等は身持のよくない小旗本の次三男《じさんなん》か、安御家人《やすごけにん》か、さう云ふたぐひの者に相違ないとは誰でも容易に想像する所であつた。手先の一人は取りあへず四谷伝馬町の生薬屋《きぐすりや》を取調べたが、その当日又はその前日に赤膏薬を買ひに来た侍はないと云ふのであつた。してみると、伝馬町で買つたなどと云つたのは、万一の用心のために出鱈目《でたらめ》をならべたので、実は何処《どこ》で買つて来たのか判らない。したがつて、彼等は近所の者か遠方の者か、それも判らない。

かうなると、探索の範囲もよほど広くなるわけであるが、流石《さすが》に蛇《じや》の道は蛇《へび》で、手先等《ら》は、先《ま》づ近所の新宿に眼をつけた。彼等はおそらく其金《そのかね》を分配して、新宿の妓楼《ぎろう》に足を入れたであらうと鑑定したのである。その鑑定は適中して新宿の伊賀屋といふ店へ登楼した一人の客が右の小指に火傷《やけど》をしたと云つて、相方《あいかた》のおせんと云ふ女郎から山崎の守符《まもりふだ》を借りたことが判つた。山崎の守符はそのころ流行したもので、その守符で火傷を撫《な》でれば直ぐに平癒《へいゆ》すると伝へられてゐた。

その客はおせんの馴染《なじみ》で、四谷信濃町《しなのまち》に住んでゐる三十俵《びよう》取《ど》りの國原《くにはら》次郎といふ者である。その晩は次郎ひとりであつたが、その友達の三上甚五郎《みかみじんごろう》といふのも時々に連れ立つて来るといふ。更に進んで内偵すると、彼等ふたりは組内でも評判の道楽者であることも判つた。併《しか》し相手が武士であるから、迂闊《うかつ》に召捕るわけにも行《い》かないので、手先ふたりは三河屋のせがれ善吉を同道して、次郎の屋敷の近所に網を張つてゐると、彼は湯屋へ行くらしく、手拭《てぬぐい》をさげて表《おもて》へ出た。木《こ》かげに忍んでゐた善吉は彼を指さして、あの侍に相違ないといふので、手先は猶予なしに彼を取押へた。四谷坂町に住んでゐる三上甚五郎もつゞいて引挙げられた。

三河屋で一分《いちぶ》の銀《ぎん》を両替へしたのは次郎である。横痃の跛足を粧《よそお》つてゐたのは甚五郎である。彼等は一旦その近所の太宗寺《たいそうじ》内へ逃げ込んで、金箱《かねばこ》のなかをあらためると、銀と銭とを併せて二両ほどしか無かつた。思ひのほかに少いとは思つたが、二人はそれを山分けにして別れた。一緒に新宿へ遊びに行つては、足が附《つ》く虞《おそ》れがあると思つたからである。金箱は本堂の縁の下へ抛《ほう》り込んで立去つた。

彼等としては先《ま》づ用意周到に処理した積りであつたが、次郎は彼の赤膏薬を火鉢で炙《あぶ》つてゐる際に、なるべく好《よ》く炙らうとして謝つて自分の右の小指を火に触れた。そのときは差《さ》のみにも感じなかつたが、新宿へ行つてからは其《そ》の小指がひりひりと痛んで来たので、彼は相方のおせんに何か薬はないかと訊くと、おせんは山崎の守符を貸してくれた。それが測《はか》らずも手先の耳に洩《も》れて、遂《つい》に露顕《ろけん》の基《もと》となつたのである。

事実は単にこれだけである。これに何かの潤色を加へたならば、もう少し面白い探偵物語に作り上げることが出来るかも知れない。

# 解題

千葉俊二

一九二三年（大正十二）九月一日午前十一時五十八分、関東地方は相模湾沖を震源とするマグニチュード七・九の巨大地震に見舞われた。その日の東京は低気圧の通過にともない、朝から雨まじりの、風速十メートルをこす南の風が吹いていたが、十一時ごろには雨もあがって晴れ上がり、残暑を感じさせる蒸し暑い日となった。

岡本綺堂は、当日、麴町元園町の自宅で、二、三日前からとりかかっていた原稿を書きつづけていた。綺堂の住んでいたあたりは屋根瓦をふるい落とされた家があったくらいで、地震の揺れによる被害そのものはほとんどなかったけれど、日の暮れるころになると南は赤坂から芝方面、東は下町の方面、北は番町方面と三方から猛火に囲まれた。火先は東に向かっているので、元園町方面は安全だろうと、どの家も避難の準備に取りかかろうとはしなかった。真夜中すぎ、ようやく危険が迫ってきたとき、綺堂の脳裡には少年時代の思い出がそれからそれへと活動写真のようにあらわれたという。

あの高い建物が焼け落ちれば、火の粉はこゝまでかぶつてくるに相違ない。わたしは床几をたちあがると、その眼のまへには広い青い草原が横はつてゐるのを見た。それは明治十年前後の元園町の姿であつた。そこには疎《まば》らに人家が立っていた。わたしが今立つている酒屋のところにはお鉄牡丹餅《ぼたもち》の店があつた。そこらには茶畑もあつた。草原にはところ〴〵に小さい水が流れてゐた。五つ六つの男の児が肩もかくれるやうな夏草をかけ分けてしきりにばつたを探してゐた。

（「火に追はれて」大正十二年十月「婦人公論」）

妻と女中と三人でめいめい両手に持てるだけの荷物を持ちだし、紀尾井町の友人の家に避難したが、それから一時間後に元園町一帯は火につつまれた。

震災で家を焼かれた綺堂は、家財はもちろん、蔵書も原稿も一切のものを失い、着の身着のまま、目白に住んでいた門下の額田六福《ぬかだろっぷく》のもとに身をよせ、十月十二日に麻布十番地に貸家を見つけて移っている。『岡本綺堂日記』（昭和六十二年、青蛙房）によれば、その間、十月十日に小山内薫の紹介状をもった川口松太郎の来訪をうけ、プラトン社が新たに発行する雑誌への寄稿の依頼をうけている。後年、川口自身が書いているところによれば、雑誌の編集をやることになって第一に訪ねたのは綺堂で、半七捕物帖の続編を依頼したのだという。しかし、綺堂はすでに半七を書くことに倦んでおり、昔話ならばということで引きうけたようだ（「烏滸がましき序」、『岡本綺堂読物選集3』所収、昭和四十四年、青蛙房）。

プラトン社はクラブ化粧品本舗中山太陽堂がはじめた出版社だが、大阪に本社があり、すでに大正十一年五月から「女性」という雑誌の刊行をはじめていた。震災によって東京が壊滅的な状況となり、他誌が終刊や休刊に追い込まれるなかで、プラトン社は大阪にあったために被害をうけることもなく、「女性」は、東京が復興するまでのあいだ、文芸誌としてひとり気を吐き、震災後の文壇をリードした。震災後にはその余勢を駆って、「苦楽」という新たな雑誌を創刊したが、大正十三年一月の創刊号には次のような挨拶が掲げられていた。

講談はもう行詰つた。第一卑俗にすぎる。と云つて文壇小説では肩が凝るわりに面白く無い、さういふ方に「苦楽」をお奨めしたい。
在来の通俗小説もあまりに愚劣である。もう少し文学的で、しかも興味の多い、面白くつて何か感じる物があつて欲しい、といふやうな方へ「苦楽」を御奨めします。
高踏にも過ぎず、と云つて卑俗にも堕ちず。趣味が豊かで興味多く、そして家庭の中でも、電車の中でも読める娯楽雑誌が出たら、といふ要求を充《みた》すのが「苦楽」の持つ責任です。

「女性」で婦人雑誌の低級さを醒まさせたプラトン社は、右の如き要求に従つて此の新興娯楽雑誌「苦楽」を刊行致します。

この創刊の辞は、まさに震災後の、大正から昭和へという時代において一般大衆の文学的な要求がどのような方面へ向かおうとしていたかを如実にあらわすものとなっている。それもそのはずである。この「苦楽」という雑誌の編集者は、川口松太郎と、その後「南国太平記」などの時代小説を書いて、サラリーマンという新時代の知的階層に絶大な人気があった直木三十五《さんじゆうご》（植村宗一）だった（若くして亡くなった直木三十五を記念して友人の菊池寛が設けた直木賞を、「鶴八鶴次郎」「明治一代女」で第一回受賞したのが川口松太郎である）。「苦楽」の創刊は、その後の大衆文学の方向を決定づけたこの両人による編集としてスタートし、やがて来たるべき大衆文学の隆盛を予示したのである。

岡本綺堂は、当時、すでに新歌舞伎の作者として第一人者の地位を築き、『半七捕物帖』によって知的で、洗練された娯楽小説の書き手として人気を博していた。「苦楽」のねらう読者層は、講談ではもの足らず、さりとて作者の個人的な体験を記した私小説や実験的なこむずかしい小説を好んで読もうとはしない人々である。人気の劇作家として巧みな語り口と話のツボをおさえた良質な読物を提供する綺堂の存在は、こうした新たな時代の要求にマッチした作品の書き手として、新雑誌の編集者に強く意識されたとしても不思議ではない。日記によれば、綺堂は転居して間もない麻布十番地の貸家の四畳半の書斎で、手許に参考資料も何もない状態で十月十八日から『三浦老人昔話』の執筆にとりかかっている。

プラトン社の原稿をかきはじめる。午前中に六枚。十一時過ぎに額田が来て、大阪の樋口幽堂君から送つて来たと云つて松茸一籠と奈良漬一樽をとゞけてくれる。恰も栗飯をたいたので、額田と一緒に午飯をくひ、午後一時ごろまで語る。

『半七捕物帖』の「松茸」という話には、半七の友人として三浦老人が登場するが、「松茸」は大正九年九月の「文芸倶楽部」に発表されたもので、雑誌発表時にはいまだ三浦老人は登場していない。「松茸」における三浦老人に関する部分は、『三浦老人昔話』の連載後の大正十四年四月に新作社から刊行された『半七捕物帖　第五輯』に収録された際に書き足されたものだ。『半七捕物帖』の「松茸」で三浦老人が半七の友人として紹介されるについては、『三浦老人昔話』の執筆にとりかかったこの日のエピソードがかかわっていたのかも知れない。

三浦老人は旧幕時代には下谷で家主をしており、当時なにかの裁判沙汰があれば、その町内の家主も関係することになっていたので、岡っ引きの半七ともまんざら縁のない商売でもない。半七は一八二三年（文政六）の生まれで、一九〇四年（明治三十七）の秋に八十二歳で没したということになっており、三浦老人はそれよりさらに十歳も年長ということになっている。すると、幕府が瓦解したのは半七親分が四十五歳、三浦老人は五十五歳のときということになるけれど、三浦老人にしても、半七親分にしても、明治の新時代には居場所を得ないような無用の人であり、「年寄りのむかし話を聴くのが」好きな「わたし」を相手に話でもするより、これといった用もないような人間として描かれている。『三浦老人昔話』は綺堂の震災後の最初の本格的な執筆だが、いずれも三浦老人が旧幕時代に見聞した物語という体裁をとっている。綺堂は住みなれた元園町の自宅が焼け落ちると覚悟したとき、少年時代からの思い出がそれからそれへと活動写真のように眼の前にあらわれたといっていたが、一面の焼け野原となった東京を見ては、その裏側に永遠に失われてしまった懐かしい「江戸」を思わずにはおれなかったのだろう。「権十郎の芝居」は次のように語りだされている。

これも何かの因縁《いんねん》かも知れない。わたしは去年の震災に家を焼かれて、目白《めじろ》に逃れ、麻布《あざぶ》に移つて、更《さら》にこの三月から大久保百人町《おおくぼひやくにんまち》に住むことになつた。大久保は三浦老人が久しく住んでゐたところで、わたしが屢々《しばしば》こゝに老人の家《いえ》をたづねたことは、読者もよく知つてゐる筈《はず》である。

老人は已《すで》にこの世にゐない人であるが、その当時にくらべると、大久保の土地の姿はまつたく変《かわ》つた。停車場《ていしゃじょう》の位置もむかしとは変つたらしい。そのころ繁昌《はんじょう》した躑躅園《つつじえん》は十余年前《よねんぜん》から廃《すた》れてしまつて、つゝじの大部分は日比谷公園に移されたとか聞いてゐる。（中略）

昔話――それを語つた人も、その人の家も、みな此世《このよ》から消え失せてしまつて、それを聴いてゐた其当時の青年が今やこゝに移り住むことになつたのである。俯仰今昔《ふぎようこんじやく》の感に堪《た》へないとはまつたく此事《このこと》で、この物語の原稿をかきながらも、わたしは時々にペンを休めて色々の追憶に耽《ふけ》ることがある。

ここに記されたように綺堂は、『三浦老人昔話』を執筆中の大正十三年三月に麻布からさらに大久保百人町へと引っ越している。三浦老人とは、大久保時代の綺堂の心情を仮託した人物だったのだろう。というのは、「此世から消え失せてしまつ」たのは、「それを語つた人」や「その人の家」ばかりでなく、維新後も江戸の記憶をかろうじてつなぎとめていたその街並みもきれいさっぱり、大久保のつつじ園と同様に消滅してしまっていたのだから。綺堂が、江戸を舞台とした探偵物語だけではあきたらなく思い、自己のうちに生きつづける「江戸」を書きとどめておきたいと思ったとしても不思議ではない。

千五百石の旗本でありながら、清元の浄瑠璃に凝り、家元から清元喜路太夫という名前までもらったという「桐畑の太夫」、大坂への御用道中に鎧櫃のなかへ醬油をしのばせて行こうとした食道楽の旗本を描いた「鎧櫃の血」、芝居道楽の侍が、権十郎の芸をめぐって町人と口論して、その果てに斬り殺してしまったという「権十郎の芝居」。不思議なことに『三浦老人昔話』には、武士でありながら道楽や趣味に身をやつして破滅してゆくような、どこかタガがゆるんだその時代の制度としっくりゆかないままに、人間味溢れる悲喜劇を演ずる人物が多く描きだされている。

また「むかしの大名や旗本の下屋敷には色々の秘密がありましたよ」（「下屋敷」）という旗本の下屋敷での生活からとんでもない事件に巻き込まれてしまった人物を描いた「春色梅ごよみ」や「下屋敷」。殿様から吉原の花魁へ雷見舞に遣わされたあげく、淫売屋のごろつきに絡まれて二人を切り倒して、自らも腹を切らざるを得なかった若侍を描いた「雷見舞」。武家の出でありながら、芝の神明の境内で矢場女をしている矢がすりのお金《きん》を描いた「矢がすり」など、この作品に登場する人物は、本来、おるべきでない場におり、生きるべきでない時代に生きてしまったというような人物ばかりである。それは御家人の子として生まれて、明治の藩閥《はんばつ》政治全盛の時代に成人した綺堂が、生まれながらにしてその時代の出世コースから外され、当代の権威を無視して自己の好む芝居の世界へと亡命せざるを得なかったことと無縁でないことはいうまでもない。

綺堂の父の敬之助（半渓）は、百二十石取りの御家人で、漢学に通じながら一種の通人で芝居を好んだというが、「権十郎の芝居」はそうした父の感化なくしては生まれなかったし、「旗本の師匠」も、敬之助は近所の子供を集めて、勤務の余暇に漢学を教えていたというから、そんな父にヒントを得て書いたのだろう。「屋敷師匠の話」（昭和三年四月「浮世絵」）というエッセイで、「塚原渋柿園氏とわたしの父とから聴いて置いた昔話」として「江戸の旗本や御家人で武道や書道の指南を」した屋敷師匠について記しているけれど、綺堂には父から聞いた昔話や若いころ新聞記者として古老を訪ねまわって聞き書きした江戸の知識が生々しく記憶されていたのである。

ところで菊池寛は震災直後に「地震は、われ〳〵の人生を、もつとも端的な姿で見せてくれた。人生は根本的に、何であるか、人生には根本的には何が必要であるかを見せてくれた。人生につきまとつてゐた、いろ〳〵な表面的な装飾的なものが、地震の動揺に依つて、揺り落されてしまつたのだ。われ〳〵は露骨な究極の姿で人生を見たのだ」（「災後雑感」）と語った。誰しも未曽有の大震災に遭遇してはこうした心境を幾分なりとも抱かざるを得なかったろう。

「人参」は安政の大地震に取材した話で、半七の養父の吉五郎がかかわった事件ということになっており、『半七捕物帳』との強いつながりを示す。が、この一篇は事件解決までの筋道を語る探偵趣味が前面に押し出されるのではなく、犯人の久松が犯行におよぶまでの動機に主眼がおかれている。ここに描かれたような大地震後の人心の荒廃と虚無的な心情は関東大震災後にも同じように瀰漫《びまん》しただろうが、明治維新と関東大震災と二度にわたり自己の存在基盤を揺るがされた綺堂の心の奥深くにも、諦めの色に染めあげられながらも、どこかこうした虚無的な思いに共鳴するところもあったようだ。

いくさの時に法螺貝を吹く役の師範役となり、城がいよいよ落ちるという最後に吹く落城の譜という秘曲の譜を伝授され、「万一の場合のほかに決して吹くな」という師匠の固い戒めにもかかわらず、どうしても吹いてみたい欲望に抗しきれず、夜中の森のなかでそれを吹き、落城の譜が祟ってわが身が落城することになってしまったという「落城の譜」。刺青が彫れない体質だというのに、駕籠屋の息子として背中に刺青がないというのは甚だ幅が利かないと、刺青師に無理にたのんで刺青を彫ってもらったが、最後まで仕上げることができずに死んでしまった若者を描いた「刺青の話」。いずれも自己の破局をあらかじめ知りながら、そこへ向かって突き進まずにはいられない主人公の姿を描いている。

「刺青の話」は、はじめ大正二年に書かれた「五人の話」のなかの「其五　刺青師の話」を、大正五年十二月に平和出版社から刊行された『両国の秋』に同題の単独の短篇に書き直し、さらにはこの『三浦老人昔話』の一篇として収録したもの。綺堂はこれによほど愛着が深かったようで、その後、「清吉の死」（大正十五年十一月「文藝春秋」、のちに「江戸子の死」と改題）という戯曲にもしている。この作品の主人公の名が「清吉」であるところから、綺堂はおそらく谷崎の「刺青」（明治四十三年十一月「新思潮」）を強く意識して書いたのだろうが、同じ刺青を扱っても一方はその美に耽溺し、他方はそのためにわが身を滅ぼす結果にいたる。綺堂は、この清吉に維新の折に「一種の痩我慢」から「よせば好いことに立騒いで、さん〴〵に敗滅してしまつた」(「はしがき」『岡本綺堂全集　第一巻』昭和七年、改造社)一家一門に通ずる江戸っ子気質の最たるものを見ていたのだろう。

先の「人参」で桂齋を刺した久松は、桂齋を母と姉の仇だというが、「母と姉との仇討ならば、なぜすぐに自訴して出なかつたか」との役人の問いに、自分も川に飛び込もうとしたけれど、「暗い水のうへに姉のおつねが花魁のやうな姿でぼんやりあらはれて、飛込んではならないと云ふやうに頻りに手を振るので」、死ぬ気がなくなったと答える。ここに綺堂読物のもうひとつの系譜をなす怪談、奇談への通路が用意されているといえる。自己の置かれた境遇とその心情とが、もはや繕えないような大きなギャップが生じたとき、その裂け目からこの世のものならぬ物の怪も現出するのだ。

『三浦老人昔話』では、自分が手にかけたふたつの首を幻に見る「鎧櫃の血」、さらには深川の七不思議に取材した「置いてけ堀」がそうした怪談への通路となっている。そして、綺堂はこの『三浦老人昔話』の連載後、震災後の世相といよいよ埋め合わせることのできないギャップを感じてか、同じ「苦楽」に綺堂読物集第二巻となる『青蛙堂鬼談』を連載しはじめることになる。「鬼談」の「鬼」とは、もともとは死者の霊を意味することばだが、『青蛙堂鬼談』は、いうなれば地中に埋もれた亡霊たちの叫びのごときもので、関東大震災の地割れによってはじめて解放されたような意識の古層にわだかまる物語なのだといえる。

初出は以下のとおりである。

三浦老人昔話　「苦楽」大正十三年一月号
桐畑の太夫　「苦楽」大正十三年二月号
鎧櫃の血　「苦楽」大正十三年三月号
人　参　「苦楽」大正十三年四月号
置いてけ堀　「苦楽」大正十三年五月号
落城の譜　「苦楽」大正十三年七月号
権十郎の芝居　「苦楽」大正十三年九月号
春色梅ごよみ　「苦楽」大正十三年八月号（原題「市川さんの話」）
旗本の師匠　「やまと新聞」大正二年五月二十四日〜六月二十七日（原題「五人の話」のうちの第五話「刺青師の話」）
刺青の話　「苦楽」大正十三年六月号
雷見舞　「講談倶楽部」大正七年十月号（原題「下屋敷の秘密」）
下屋敷

矢がすり　「苦楽」大正十三年十月号

附　録

黄八丈の小袖　「婦人公論」大正六年六月号

赤膏薬　「オール讀物」昭和六年十月号

附録にはこれまでの作品集などに収録されることのないまま埋もれている綺堂作品を多く紹介するようにつとめる。綺堂は、創刊（大正五年一月）間もない「婦人公論」の大正五年（一九一六）八月から十二月まで「両国の秋」、大正六年十一月から大正七年九月まで「玉藻の前」、大正九年四月から十二月まで「小坂部姫」を連載している。大正期の綺堂は「婦人公論」の主要な寄稿者のひとりであり、中央公論社との関係も浅からぬものがあった。「婦人公論」に掲げられた短篇から「黄八丈の小袖」を選んだが、これは『文藝別冊／KAWADE夢ムック　総特集　岡本綺堂』（平成十六年一月、河出書房新社）にも「単行本未収録作品」として紹介されたことがある。「赤膏薬」は『随筆集　猫やなぎ』（昭和九年四月、岡倉書房）に収録されたが、物語として読んでも面白い作品である。「探偵物語」の執筆に向かう綺堂の想像力の働き方をうかがうにもはなはだ興味深い作品なので、ここに収載した。綺堂にはこうした半ば忘れ去られた作品が相当数あるので、順次に紹介してゆきたい。

著者略歴

**岡本綺堂**（おかもと　きどう）

一八七二年（明治五）東京生まれ。本名は敬二。元御家人で英国公使館書記の息子として育ち、「東京日日新聞」の見習記者となる。その後さまざまな新聞の劇評を書き、戯曲を執筆。大正時代に入り劇作と著作に専念するようになり、名実ともに新歌舞伎の作者として認められるようになる。一九一七年（大正六）より「文芸倶楽部」に連載を開始した「半七捕物帳」が、江戸情緒あふれる探偵物として大衆の人気を博した。代表作に戯曲『修禅寺物語』『鳥辺山心中』『番町皿屋敷』、小説『三浦老人昔話』『青蛙堂鬼談』『半七捕物帳』など多数。一九三九年（昭和十四）逝去。

編者略歴

**千葉俊二**（ちば　しゅんじ）

一九四七年生まれ。早稲田大学第一文学部卒業。現在、早稲田大学教育・総合科学学術院教授。著書に『谷崎潤一郎　狐とマゾヒズム』『エリスのえくぼ　森鷗外への試み』（小沢書店）『物語の法則　岡本綺堂と谷崎潤一郎』（青蛙房）ほか。『潤一郎ラビリンス』（中公文庫）全十六巻、『岡本綺堂随筆集』（岩波文庫）などを編集。

本書は、一九三二年（昭和七）五月に春陽堂から刊行された日本小説文庫『綺堂讀物集一　三浦老人昔話』を底本とし、一九二五年（大正十四）五月に春陽堂から刊行された『綺堂讀物集乃一　三浦老人昔話』を適宜参照しました。「黄八丈の小袖」と「赤膏薬」は、初出誌を底本としました。

正字を新字にあらためた（一部固有名詞や異体字をのぞく）ほかは、当時の読本の雰囲気を伝えるべく歴史的かなづかいをいかし、踊り字などもそのままとしました。ただし、ふりがなは現代読者の読みやすさを優先して新かなづかいとし、明らかな誤植は修正しました。

底本は総ルビですが、見た目が煩雑であるため略しました。ただし、現代の読者のために、簡単なことばであっても、独特の読み仮名である場合は、極力それをいかしました。

本書に収載された作品には、今日の人権意識からみて不適切と思われる表現が使用されておりますが、本作品が書かれた時代背景、文学的価値、および著者が故人であることを考慮し、発表時のままとしました。

（中公文庫編集部）

中公文庫

# 三《み》浦《うら》老《ろう》人《じん》昔《むかし》話《ばなし》
## ——岡《おか》本《もと》綺《き》堂《どう》読《よみ》物《もの》集《しゅう》一《いち》

2012年6月25日　初版発行
2022年2月25日　4刷発行

著　者　岡《おか》本《もと》綺《き》堂《どう》

発行者　松田陽三

発行所　中央公論新社
〒100-8152　東京都千代田区大手町1-7-1
電話　販売 03-5299-1730　編集 03-5299-1890
URL https://www.chuko.co.jp/

D T P　柳田麻里
印　刷　三晃印刷
製　本　小泉製本

Published by CHUOKORON-SHINSHA, INC.
Printed in Japan　ISBN978-4-12-205660-2 C1193

定価はカバーに表示してあります。落丁本・乱丁本はお手数ですが小社販売部宛お送り下さい。送料小社負担にてお取り替えいたします。

# 中公文庫既刊より

各書目の下段の数字はISBNコードです。978－4－12が省略してあります。

お-78-2
青蛙堂鬼談《せいあどうきだん》　岡本綺堂読物集二
岡本綺堂
夜ごと人間の血を舐る一本足の美女、蝦蟇に祈禱をするうら若き妻、夜店で買った猿の面をめぐる怪異——暗闇に蠢く幽鬼と妖魔の物語。〈解題〉千葉俊二
205710-4

お-78-3
近代異妖篇　岡本綺堂読物集三
岡本綺堂
人をひとり殺してきたと告白する藝妓のはなし、影を踏まれるのを怖がる娘のはなしなど、江戸から大正期にかけてのふしぎな話を集めた。〈解題〉千葉俊二
205781-4

お-78-4
探偵夜話　岡本綺堂読物集四
岡本綺堂
死んだ筈の将校が生き返った話、山窩の娘の抱いた哀切な秘密、駆落ち相手を残して変死した男の話など、探偵趣味の横溢する奇譚集。〈解題〉千葉俊二
205856-9

お-78-5
今古探偵十話　岡本綺堂読物集五
岡本綺堂
中国を舞台にした義俠心あふれる美貌の女傑の話、新聞記事に心をさいなまれてゆく娘の悲劇「慈悲心鳥」など、好評「探偵夜話」の続篇。〈解題〉千葉俊二
205968-9

お-78-6
異妖新篇　岡本綺堂読物集六
岡本綺堂
狢《むじな》や河獺《かわうそ》など、近代化がすすむ日本の暗闇にとり残された生き物や道具を媒介に、異界と交わるものたちを描いた「近代異妖篇」の続篇。〈解題〉千葉俊二
206539-0

お-78-7
怪獣　岡本綺堂読物集七
岡本綺堂
自分の裸体の写し絵を取り戻してくれと泣く娘の話、美しい娘に化けた狐に取り憑かれる歌舞伎役者の話など、綺堂自身が編んだ短篇集最終巻。〈解題〉千葉俊二
206649-6

お-78-8
玉藻の前
岡本綺堂
「殺生石伝説」を下敷きにした長編伝奇小説。平安朝、金毛九尾の妖狐に憑かれた美少女と、幼なじみの陰陽師の悲恋。短篇「狐武者」を収載。〈解題〉千葉俊二
206733-2

た-13-5
**十三妹《シイサンメイ》**
武田泰淳
強くて美貌でしっかり者。女賊として名を轟かせた十三妹は、良家の奥方に落ち着いたはずだったが……中国古典に取材した痛快新聞小説。〈解説〉田中芳樹
204020-5

た-13-6
**ニセ札つかいの手記** 武田泰淳異色短篇集
武田泰淳
表題作のほか「白昼の通り魔」「空間の犯罪」など、独特のユーモアと視覚に支えられた七作を収録。戦後文学の旗手、再発見につながる短篇集。
205683-1

た-13-7
**淫女と豪傑** 武田泰淳中国小説集
武田泰淳
中国古典への耽溺、大陸風景への深い愛着から生まれた、血と官能に満ちた淫女・豪傑の物語。評論一篇を含む九作を収録。〈解説〉高崎俊夫
205744-9

た-13-9
**目まいのする散歩**
武田泰淳
歩を進めれば、現在と過去の記憶が響きあい、新たな記憶が甦る……。野間文芸賞受賞作。巻末エッセイ「丈夫な女房はありがたい」などを収めた増補新版。
206637-3

し-15-10
**新選組始末記** 新選組三部作
子母澤寛
史実と巷談を現地踏査によって再構成した不朽の実録。新選組研究の古典として定評のある、子母澤寛作品の原点となった記念作。〈解説〉尾崎秀樹
202758-9

し-15-11
**新選組遺聞** 新選組三部作
子母澤寛
新選組三部作の第二作。永倉新八・八木為三郎・近藤勇五郎など、ゆかりの古老たちの生々しい見聞や日記で綴った、新選組逸聞集。〈解説〉尾崎秀樹
202782-4

し-15-12
**新選組物語** 新選組三部作
子母澤寛
「人斬り鍬次郎」「隊中美男五人衆」など隊士の実相を綴った表題作の他、近藤の最期を描いた「流山の朝」を収載。新選組三部作完結。〈解説〉尾崎秀樹
202795-4

う-9-4
**御馳走帖**
内田百閒《ひゃっけん》
朝はミルク、昼はもり蕎麦、夜は山海の珍味に舌鼓をうつ百閒先生の、窮乏時代から知友との会食まで食味の楽しみを綴った名随筆。〈解説〉平山三郎
202693-3

各書目の下段の数字はISBNコードです。978－4－12が省略してあります。

う-9-5
ノラや
内田百閒
ある日行方知れずになった野良猫の子ノラと居つきながらも病死したクルツ。二匹の愛猫にまつわる愛情と機知とに満ちた連作14篇。〈解説〉平山三郎
202784-8

う-9-6
一病息災
内田百閒
持病の発作に恐々としつつも医者の目を盗み麦酒をがぶがぶ……。ご存知百閒先生が、己の病、身体、健康について飄々と綴った随筆を集成したアンソロジー。
204220-9

の-5-5
胡堂百話
野村胡堂
大衆文学を代表する作家の歩んだ道、啄木、鏡花、小剣ほかの多彩な登場人物、「銭形平次」あれこれ、レコード収集など掬すべき人生を綴る随筆集。
200840-3

た-30-6
鍵 棟方志功全板画収載
谷崎潤一郎
妻の肉体に死をすら打ち込む男と、死に至るまで誘惑することを貞節と考える妻。性の悦楽と恐怖を限界点まで追求した問題の長篇。〈解説〉綱淵謙錠
200053-7

た-30-11
人魚の嘆き・魔術師
谷崎潤一郎
愛親覚羅氏の王朝が六月の牡丹のように栄え耀いていた時分――南京の貴公子の人魚への讃嘆、また魔術師と半羊神の妖しい世界に遊ぶ。〈解説〉中井英夫
200519-8

た-30-46
武州公秘話
谷崎潤一郎
敵の首級を洗い清める美女の様子にみせられた少年――戦国時代に題材をとり、奔放な着想をもりこんで描かれた伝奇ロマン。木村荘八挿画収載。〈解説〉佐伯彰一
204518-7

た-30-58
台所太平記
谷崎潤一郎
特技はお料理、按摩、ゴリラの真似。曲者揃いの女たちが、文豪の家で元気にお仕事中！ 珍騒動と笑いが止まらぬ女中さん列伝。〈挿絵〉山口 晃〈解説〉松田青子
207111-7

て-8-1
地震雑感／津浪と人間 寺田寅彦随筆選集
寺田寅彦
千葉俊二
細川光洋 編
寺田寅彦の地震と津浪に関連する文章を集めた。地震国難の地にあって真の国防を訴える警告の書。小宮豊隆宛震災絵はがき十葉の図版入。〈解説・註解〉千葉俊二・細川光洋
205511-7